回家

14年又57天

孙悦 著

中信出版集团 | 北京

图书在版编目（CIP）数据

回家：14 年又 57 天 / 孙悦著 . -- 北京：中信出版社，2022.10（2022.10 重印）
ISBN 978-7-5217-4670-9

I. ①回… II. ①孙… III. ①随笔－作品集－中国－当代 IV. ① I267.1

中国版本图书馆 CIP 数据核字 (2022) 第 153269 号

回家：14 年又 57 天
著者： 孙悦
出版发行：中信出版集团股份有限公司
（北京市朝阳区惠新东街甲 4 号富盛大厦 2 座 邮编 100029）
承印者： 嘉业印刷（天津）有限公司

开本：880mm×1230mm 1/32 印张：8.5 字数：164 千字
版次：2022 年 10 月第 1 版 印次：2022 年 10 月第 8 次印刷
书号：ISBN 978-7-5217-4670-9
定价：59.80 元

服务热线：400–600–8099
投稿邮箱：author@citicpub.com

贾宁财务讲义

人人都需要的财务思维

The Finance Mindset

贾宁——著

中信出版集团 | 北京

图书在版编目（CIP）数据

贾宁财务讲义：人人都需要的财务思维 / 贾宁著
. -- 北京 : 中信出版社, 2020.9（2025.12 重印）
ISBN 978-7-5217-2025-9

Ⅰ. ①贾… Ⅱ. ①贾　Ⅲ. ①财务管理 Ⅳ.
①F275

中国版本图书馆CIP数据核字（2020）第122270号

贾宁财务讲义——人人都需要的财务思维

著　　者：贾宁
出版发行：中信出版集团股份有限公司
　　　　　（北京市朝阳区东三环北路 27 号嘉铭中心　邮编　100020）
承 印 者：北京盛通印刷股份有限公司

开　　本：880mm × 1230mm　1/32　　印　　张：12　　字　　数：268千字
版　　次：2020年9月第1版　　印　　次：2025年12月第21次印刷
书　　号：ISBN 978-7-5217-2025-9
定　　价：78.00元

目 录

第一章
表　征　呈现公司经营活动

在企业内部，财务报表是管理和决策的工具；在企业外部，财务报表是最通用的商业语言。财务报告的一个重要目标是向财务报告使用者提供对其进行决策来说有用的信息。

第二章
找　钱　融资与管理

把融资和管理这两个看似不同的话题放在一起讨论，是因为这两件事本质上都和“找钱”有关。只不过，融资是企业从外部找钱，管理是企业通过降本增效，从内部找钱。

第三章
花　钱　投资与分配

投资是企业获得利润、创造价值的重要途径。本章介绍企业进行各类投资的决策逻辑，同时讲述如何量化投资的风险和增加投资的灵活性，减少试错成本。本章还会讲述企业如何进行分配决策。

第四章
精 进 快速把脉一家上市公司

要想在短时间内快速了解一家上市企业，最高效的方法就是阅读这家企业的财务报告。

附 录
财务报表基础

前言 为什么人人都需要财务思维？

这个世界上的所有事物，只要在运行，本质上就都不是隐藏起来的，而是在对外发送信息，区别只在于它们使用的是互不相同的语言。

心电图是心脏的语言；微表情是情绪的语言；财务报表则是地球上所有公司对内和对外沟通的一种通用语言。

财务报表反映了公司的经营状况，反映了公司的战略意图，反映了公司的价值和未来。但同时，它也隐藏了公司的雄心和企图，理念和选择，花招和骗局。

不过遗憾的是，财务语言就像是天书，只流通在少数人中间，普通人对它又爱又恨。我愿意来改变这一点，因为我找到了那把解读财务语言的钥匙，它就是：财务思维。

思维格局，决定了一个人的人生高度。这些年，我接触了各行业的不少精英，我发现他们有一个共同点，就是看问题从不基于单一视角，而是能够纳入更多维度，再进行综合判断。视角越丰富，问题看得就越透彻，各种可能性就会考虑得越周全，这样做出的决策，就越接近正确。

因此，财务思维的价值，是帮助你在工作当中，增加一个思考视角和决策角度。无论你从事的是什么工作，想要获得成功，做每个决策时都需要从财务角度思考一下。为什么呢？

道理其实很简单，因为企业所有的经营活动，本质上都是为了赚钱，为股东创造价值。如果你在业务决策中，没有从财务角度进行过考量，那么你做出的决策，就有可能和企业的目标不一致。就好像在跑步比赛中，如果选手把方向搞错了，跑得再快也是徒劳。这样的人，在职场上的路肯定不会走得很顺利。

为了让你能够更好地体会财务思维的价值，我举个例子，通过这个例子，我们可以看到，是否具备财务思维，会对业务决策有什么不同的影响。

我想请你思考一个问题：什么是销售？

这是摩拜单车的创始人王晓峰在给销售人员们培训时提出的一个问题。虽然当时在场的都是公司的资深销售，但是要让他们用一两句话总结什么是销售，也不太容易。最后王晓峰将他们给出的答案总结成六个字——“把东西卖出去”。

这显然是不具备财务思维的销售给出的答案。为什么呢？

因为即使“把东西卖出去”了，如果缺乏成本控制，公司也未必能因此赚到钱。用财务的话说，收入高，利润未必高。一些销售人员为了完成销售指标或者获取新客户，往往会对客户进行大额补贴，导致其获客成本很高。如果你看一下前几年的“千团大战”和在线出行企业的财务数据，就会发现这些公司每年的用户数量和收入都在快速增长，但同时利润却在持续下降。而一个具备财务思维的销售，会知道一味专注于开发新客户，未必是最好的选择。将老客户维护好，企业后续的边际成本[1]就会递减，因此具备财务思维的销售也会更注重挖掘老客户的价值。

另外，不具备财务思维的销售人员，为了完成指标，可能会“饥不择食”地选择客户，导致后续回款困难。世界著名的信用管理企业邓白氏集团发布的一份报告显示，账款的逾期时间与收账成功率成反比，也就是说，账款逾期时间越长，回收的成功率越低。因此，在王晓峰看来，销售其实是一个闭环。“把东西卖出去”只完成了销售任务的一半，还有另一半，也是更重要的一半，是能“把钱收回来”，这才是销售的本质。

增加了“把钱收回来”这个财务视角之后，销售人员在进行业务决策时就会产生两个改变。首先，销售人员在销售前会首先考虑客户的资信情况，具备财务思维的销售人员只选择那些优质客户。与其在账款追讨上耗费精力，不如提前在客户选择方面下功夫，尽可能选择那些资信良好的优质客户。比如中国很多家给沃尔玛供货的公司，宁可忍受沃尔玛的压价，也愿意和它做生意，因为与沃尔玛做生意“把钱收回来”的成本低。

其次，在制定销售政策时，具备财务思维的销售人员不会为了提高销售额而过度延长赊销期。一些销售人员为了吸引客户，往往愿意提供更长的信用周期，接受客户延后支付。这种先交货、延期收款的销售方式叫信用销售，也叫“赊销”，是一种常见的促销手段。然而，过长的赊销期除了可能产生坏账，还有一个风险，就是让企业利润和现金流越来越脱节。有研究发现，在

① 边际成本指的是单位新增生产的产品（或者购买的产品）带来的总成本的增量。——编者注

20 世纪 90 年代，每 4 家破产的企业中，有 3 家是盈利的，只有 1 家是亏损的。这些盈利企业主要是因为缺少现金，资金链断裂，最终导致破产。此外，回款期越长，企业当下能用来再投资的资金就越少，进而会影响企业未来的收益。

你看，对于销售员来说，如果增加了财务思维，他们就会做出不一样的、更符合企业利益的业务决策。所以有人说，“不懂财务的业务人员是伪业务人员”。

也许你永远不会从事财务工作，但你一定永远身处商业社会。所以，财务不是你的一个选项，而是商业社会给你提出的一个新要求。

这本书能让你快速了解财务的核心思维，以及企业管理中那些高明的财务策略，为你在工作和生活中的决策打开新的视角。

读完这本书，你会发现，书中介绍的一些财务思维，会颠覆你的传统认知。比如：负债率高的企业，风险不一定高；利润高的企业，却未必给股东赚了钱。

你也会发现，书中介绍的一些财务思维，可以被完美运用到你的工作和生活当中。比如：面临高度不确定的决策时，可以使用“实物期权”这个财务思维来降低决策风险；财务中的 OPM 策略①，也可以用来帮助你更好地管理个人财务。

你还会发现，书中介绍的一些财务思维，也经常被应用于其他学科领域。比如：分析企业经营业绩时经常使用的杜邦分析法，

---

① OPM 策略的英文为 other people’s money，意思就是“用别人的钱”。在第一章第 4 节“负债经营：高负债等于高风险吗”中将会有关于这一融资方式的进一步说明。——编者注

就是基于“分治策略”这个财务思维，而分治策略在计算机科学和政治学中也有广泛应用。

这本书的内容分为四大部分。在第一章中，我将告诉你财务高手是如何解读企业的财务报表，并超越报表的局限性，看清一家公司的真实状况的。当然，通过报表了解公司的经营状况，只是财务高手具备的能力之一。公司要想提升业绩，创造价值，靠的是合理筹集资金，获得更多资源，并懂得如何通过投资来赚更多的钱。所以，财务高手往往还具备另外两项能力，一项是如何找钱的能力，一项是如何花钱的能力。因此，在第二章中，我会告诉你财务高手在融资（对外找钱）和管理（对内找钱）这两个方面的思维方式。在第三章中，我会带你理解财务高手是怎么做出投资和分配决策的。在第四章中，我将教给你一套分析思路和工具，帮助你快速对一家上市公司“把脉”。本书还设有附录：如果你此前已对财务知识具有一定的基础性了解，就可以略过这一部分；如果你此前没有财务基础，则可以在附录中了解财务报表的核心科目。

曾国藩说：“谋大事者，首重格局。”希望本书能提升你的思维格局，助力你在事业和生活中获得成功。

第　一　章

表征

呈现公司经营活动

01 财务报表

公司能被完整装进报表里吗

财务报表是公司的“体检报告”

提到财务思维，很多人自然会想到会计和财务报表。它们之间是什么关系呢？简单来说，财务报表是公司的一份“体检报告”，会计人员就是负责“抽血、检测，把公司的各项经营活动量化、记录下来，并制成报告”的人。但光有体检报告还不够，我们通常还要拿着它找医生进行诊断，这是为什么呢？这是因为体检报告上只有数字，关于数字和身体状况之间的关系，我们还需要听从医生的判断。

财务思维就是根据公司的“体检报告”，对公司做出健康判断和决策的能力。

如果想做出正确的判断和决策，我们得先看懂“体检报告”的结果。好的医生不仅懂得怎么看体检报告，更懂得它提供的信息存在哪些局限性。财务报表也一样，如果想做出正确的经营决策，就得理解企业的哪些经营情况能够在报表中反映出来，哪些又是报表中看不到的。

对任何一家企业而言，有三张报表是最重要的。我先简单介绍一下这三张表，如果你想了解更多信息，可以翻阅正文之后的附录。[①]

第一张表是资产负债表。它是会计年（半年或季度）末那天企业财务情况的一张静态照片，它让我们看到的是一家企业的“高矮胖瘦”。（参见本书第336~340页表5–2。）

第二张表叫损益表，也叫利润表。如果说资产负债表是企业财务情况的一张静态照片，损益表则像是一段录像，它记录了企业在一段时期内的经营成果，回放了盈利或亏损的形成过程。（参见本书第346~349页表5–3。）

第三张表是现金流量表，它反映的是企业在一段时间内，现金流入和流出的变化情况。其实，我们从资产负债表中就能看到企业有多少现金，为什么还要特意为企业的现金状况编制一张表呢？因为现金涉及企业的生死存亡，太重要了，我会在后文专门介绍企业的现金问题。（参见本书第354~356页表5–5。）

财务报表的两大功能

在普通人眼里，财务报表只是枯燥的数据和表格。但在财务

① 企业还需要在财务报告中提供第四张表，即所有者权益变动表，它反映的是企业所有者权益（股东权益）总量的增减变动情况。由于财务报表分析主要关注的是另外三张表（资产负债表、损益表、现金流量表），因此本书不对所有者权益变动表进行展开讨论。

高手眼里，财务报表是一个重要的工具和一门必须掌握的语言。具体来说，在企业内部，财务报表是管理和决策的工具；在企业外部，财务报表是最通用的商业语言。

财务报表在企业内部的主要功能，是帮助管理者做出正确的经营决策。

如果把企业管理者比作一架飞机的机长，财务报表就相当于飞机上的仪表盘。在飞行过程中，机长不可能亲自收集飞机的各种数据，仪表盘就负责呈现飞行数据，让机长对飞行情况一目了然，做出正确的驾驶判断。财务报表在企业内部的作用也是如此：把企业经营情况转化成财务仪表盘上的数据和指标，企业管理者就可以根据需要读取和分析这些数据，进而做出相应的经营决策了。

当然，做出正确决策的一个重要前提是真正读懂财务仪表盘上的数据，知道这些数据揭示了什么信息。还要明白这些数据的局限性，知道哪些重要的企业信息是财务仪表盘的“盲区”，是没有被呈现出来的。这显然就需要经营者具备发达的财务思维。

在企业外部，财务报表的主要功能则是帮助企业和投资者、债权人，以及其他利益相关者进行沟通。

为什么需要通过财务报表进行沟通呢？我们不妨反过来想一想，没有财务报表的商业世界会是什么样的。

商业的核心是交易，企业之间的并购活动也是一种交易。假设你现在想收购一家企业，市面上会有很多企业可供你选择。虽然这些企业很清楚自己的质量如何，但是作为买方的你并不知晓这些信息。在缺乏了解的情况下，作为一个理性的购买者，你只能根据市场上这些企业的平均质量来出价。面对这个由平均质量开出的平均价格，劣质企业显然被高估了价值，自然特别想卖给你；而优质企业的价值被低估了，它们要么选择不出售，要么只能赔本卖给你。这种情况如果一直持续下去，最终就会出现“劣币驱逐良币”的现象。优质企业会逐渐退出市场，最后留下的就只有劣质企业了，你能买到的企业的质量只会越来越差。

上面这个例子反映的交易困境是2001年诺贝尔经济学奖获得者乔治·阿克尔洛夫教授在《“柠檬”市场：质量的不确定性和市场机制》这篇论文中讨论的一个经典问题。[①]之所以会出现这种“劣币驱逐良币”的现象，主要是交易双方之间的信息不透明、不对称，导致买方无法识别哪些是好企业，哪些是坏企业。

其实，生活中的所有交易——比如买房、买车，甚至买菜——都存在类似问题，我们都可能由于不了解卖方的真实情况，买到“酸柠檬”，即质量差的商品。因此，要想建立良性的市场机制，就要想办法让买卖双方之间的信息变得透明，加深彼此的了解。

但问题是，你的时间和精力都是有限的，你不可能亲自走访市场上的每一家企业。如果企业能通过一种方法总结和展示自己的经营状况，你就可以快速判断一家企业的好坏了。

这种方法，就是提供一套财务报表。

---

① Akerlof G. The Market for “Lemons”: Quality Uncertainty and the Market Mechanism[J]. The Quarterly Journal of Economics,1970,84(3): 488–500. 论文中使用的是汽车市场交易的例子来阐述信息不对称问题。

财务报表之外的信息同样重要

事实上，我国现行企业会计准则明确规定，财务报告的一个重要目标，就是向财务报告使用者提供对其进行决策来说有用的信息。①

但企业提供的财务报表必须不掺水、不做假，才能真正反映企业的情况。因此，财务报告的一个重要原则是真实性。

早在 1939 年，会计学学界的元老肯尼斯·麦克尼尔就首次提出了“真实性原则”。会计学学界的另一位元老威廉·斯科特也曾明确提出，“财务报告应该毫无虚假地、真实地进行描述”。

但是，“真实”不代表“全部”。财务报表是根据一套统一规则——会计准则——编制的，而任何规则都有其局限性，这就导致一家企业的真实情况无法完全反映在其财务报表中。

比如，资产。制造业企业最有价值的资产是厂房和设备等实物资产，高科技企业最有价值的则是技术、专利、人才等无形资源。然而，这些资源的投入能否在未来给企业带来经济利益具有较大的不确定性，其价值本身也无法精准量化，这不符合会计准则对“资产”的定义。因此，其中一些资源就没有出现在财务报表中。

再比如，负债。一些企业会为其他单位提供债务担保，如果对方出现问题，担保方则需要履行连带责任。如果在签署担保合同时，这个责任未来是否会发生具有高度不确定性，那么这种“或有负债”就不满足会计准则对“负债”的定义，因此它也不会在

① 财务报告的另外一个重要目标，是反映企业管理层受托责任的履行情况。简单来说，在公司制企业下，企业管理层受托于企业资产所有人经营和管理企业。因此，企业管理层有定期向委托人报告其受托责任履行情况的义务。

资产负债表中出现。可是，不在资产负债表中出现，并不意味着这个债务不存在，或者这家企业没有风险。

所以，我们在财务报表中可能并不能看到企业的某些重要信息。此外，即使看到这些重要信息，如果不具备财务思维，我们也可能会被数字的表象蒙蔽，从而难以了解企业背后真实的意图和真实的风险。

举个例子。一家企业在某年的年度财务报告（以下简称“年报”）中报告了正的利润，大部分人可能会以为这家企业的经营情况很好。然而，如果仔细分析利润的构成，我们就会发现这些利润并非来自企业的主营业务，而是通过政府补贴、投资股票市场，甚至出售房产获得的。这种企业的经营风险其实很高，我在后文会具体讨论。

所以，真正的财务高手，不仅能看清财务报表里的全部信息，而且能看到报表之外的隐藏信息。

划重点

如何看待财务报表的价值？

- 在企业内部，财务报表是管理和决策的工具；在企业外部，财务报表是最通用的商业语言。
- 财务报告的一个重要目标是向财务报告使用者提供对其进行决策来说有用的信息。然而，由于会计准则的局限性，财务报表无法反映企业经营的全部情况。因此，在评估一家企业的时候，了解报表之外的信息同样重要。

思考

有人说，在新经济时代[①]，企业的无形资产变得越来越有价值。然而，大部分无形资产目前还无法体现在财务报表里，所以财务报表变得越来越没用了。你同意这个观点吗?

答案[②]

Jasper

财务报表在公司的不同时期所能反映出的信息价值是不同的。对于很多早期的创业公司而言，它们的财务体系还不太健全，很多还都是通过代理记账来处理的。然而，即便是在这样的情况下，仍然还是有很多 PE/VC[③] 愿意为其投资。这说明早期财务报表在为投资人提供信息方面的作用是很有限的，优秀的投资人更多的是看重创业者的素质。随着规模扩大，财务体系逐渐健全，财务报表反映出的信息也随之增加。

对于投资者而言，财务报表良好的企业未必没问题，但是报表惨不忍睹的企业一定是不值得关注的。

---

① “新经济是指由技术、商业实践和经济政策的相互良性互动，从而产生巨大的经济绩效。其具体表现为快速的经济增长和收入提高、低失业率和适度通货膨胀。”（出自《2001 美国总统经济报告》。）——编者注

② 本书该部分的答案来自“得到”的用户，仅供读者参考。

③ PE（Private Equity），即“私募股权投资”，是指投资于非上市股权，或者上市公司非公开交易股权的一种投资方式。VC（Venture Capital），即“创业投资”，是指由职业金融家投入新兴的、迅速发展的、有巨大竞争力的企业中的一种权益资本，是以高科技与知识为基础，生产与经营技术密集的创新产品或服务的投资。——编者注

donwe

我觉得还是需要财务报表的。

（1）新经济时代，高科技领域固然越来越倚重人力资本，而这些资产无法量化，但投资者至少可以从损益表中的管理费，结合业务营收等判断人力资本的比重，从而侧面了解企业对于人力资本的花费程度。

（2）财务报表的核心要求就是真实，而企业的发展看重的是成长估值，财务与业务存在天然的差异，需要结合着看，需要透过现象看本质。比如，企业的估值很高，无形资产价值很高，这是市场对于企业发展模式和未来发展的预期认可，但落到实处，也许它的现金流未必很健康，都是融资输血，而自身造血能力则有待提高。

（3）财务报表的发展也会不断地与时俱进，金融创新、社会发展带来的新的概念也会逐渐落后，而在资产负债表中也会出现新的科目，这些新科目的出现就是为了适应新的经济形势，与新的业务配比。

02 资产边界

如何正确界定资产

了解了三张财务报表有多重要之后，我们先来看看第一张表——资产负债表——中的一个核心概念，资产，它占了资产负债表的整整一半。

我想请你先思考一下，什么是资产？

也许你会觉得，但凡花钱买来的，或者自己拥有的东西就是资产。这个答案只对了一半。中华人民共和国财政部（以下简称“财政部”）在2006年颁布的《企业会计准则——基本准则》中，将“资产”定义为：“企业过去的交易或者事项形成的、由企业拥有或者控制的、预期会给企业带来经济利益的资源。”这个定义强调两个要素：“拥有或者控制”以及“未来经济利益”。通俗地说就是：资产是你拥有的，并且未来能给你赚钱的东西。

也就是说，拥有的东西不一定是资产，拥有的能赚钱的东西才是资产。

资产的本质

我举个例子来说明一下。假设一家蛋糕店接了一份特殊订单，并为此买了30个特殊形状的模具，这些模具就会被认定为企业的资产。那么，这批蛋糕做完之后，这30个剩余模具还是蛋糕店的资产吗？

按照一般的认知，这些模具是用真金白银买来的，当然是资产。但是，在稻盛和夫这样的顶级管理者看来并非如此。

> 稻盛和夫一生创办了两家世界500强企业。他在经营京瓷这家企业时，就遇到过类似问题。京瓷的产品在早期都是按客户要求定制的，企业每次都要购买一些特殊的模具。然而，在稻盛和夫眼中，生产完成之后，这些剩余模具就不再是京瓷的资产了。
>
> 为什么呢？原因很简单，这些模具是给客户定制的，其他客户用不上。如果这个客户以后不再下订单，那么这些模具实际上就没有价值了，也就是说，这些模具未来不能给京瓷带来任何收益。所以，它们虽然是京瓷花钱买来的，但在企业完成相应的订单后，从本质上来看，它们就不再是京瓷的资产了。

稻盛和夫认定资产的标准只有一个：未来能给企业带来收益。只有那些未来能给企业创造利益的经济资源，才是资产。

如果我们把这些剩余模具错误地看作资产，对蛋糕店有什么影响呢？这样做会让蛋糕店的资产变得“虚胖”，并给经营者传递错误的信号。

假设这时刚好有一笔银行贷款快到期了，蛋糕店现金不够，需要变卖一部分资产还债。当财务经理看到账上有30个模具的资产时，以为可以卖掉它们来获得一些现金还贷，结果，这30个特殊模具没人买，蛋糕店因而还不上贷款，就会面临破产风险。

研发支出是不是资产

蛋糕店的例子告诉我们，有些企业购买的资源，如果不能继续为企业创造收益，从本质上来看，它们就不再是资产了。相反，有些企业自己开发的资源，由于会计准则的局限性，在财务报表中会被认定为“费用”，即企业经营中的消耗，但它们实际上可能是企业的重要资产。

在新经济时代，会计处理上最有争议的恐怕就是研发支出了。根据我国2006年之前通行的会计准则，研发支出是被当成费用而不是资产处理的。为什么呢？因为研发活动的失败率太高了，未来能否给企业带来收益的不确定性很高。因此，会计准则基于稳健性原则，要求企业把研发支出进行费用化处理。

这种操作会对企业产生什么影响呢？费用会降低当期利润，企业研发活动投入的资金越多，当期利润就越低，甚至可能从盈利变成亏损。所以很多企业家抱怨，虽然近些年国家一直在强调创新的重要性，但是旧的会计准则不是在鼓励创新，而是在抑制创新。

那么，企业不投入研发活动，问题不就解决了吗？

我根据万得数据库提供的数据，计算出2018年A股上市公司研发投入金额一共是7 143亿元。[①] 难道这些企业的CEO（首席执行官）不知道研发支出对利润的负面影响吗？他们当然知道。但是他们更明白，研发是企业的核心竞争力，研发投入在未来能够为企业创造巨大的经济利益。美国著名的无形资产专家西奥多·苏格亚尼教授研究发现，企业每增加1美元研发支出，就可以在之后的7年累计增加2美元的利润。[②]

所以，在财务高手眼中，研发支出并不是费用，而是资产。

那投资者对研发支出的看法和财务高手一样吗？苏格亚尼教授在这个研究中还发现，企业每增加1美元研发支出，其在资本市场的估值平均会增加5美元，也就是说，投资者能超越会计准则的局限性，从研发活动的本质来看待它的价值。

考虑到研发的本质，会计准则这些年相应做出了一些调整。我国财政部于2006年2月颁布了新会计准则，其中《企业会计准则第6号——无形资产》对研发支出的处理开始实行有条件资本化。新准则将研发活动分为两个阶段：研究阶段和开发阶段。研究阶段是指早期的探索型尝试，这个阶段的失败率通常很高。开发阶段是指在进行商业性生产或使用前，将研究成果应用于某项计划或设计，以生产出新的或具有实质性改进的产品。在新准则下，“研”这个阶段的支出是费用，但是到了“发”这个阶段，也就是当某个项目比较确定能在未来为企业带来经济利益的时

---

① 万得（WIND）和国泰安（CSMAR）是中国会计和金融领域研究常用的两个数据库。

② Sougiannis T. The Accounting Based Valuation of Corporate R&D[J]. The Accounting Review, 1994,69(25): 44-68.

候，这部分支出在财务报表中就可以被认定为资产。①

不在报表里的重要资产

现在我们知道了，有些列示在财务报表“资产”部分的科目，在财务高手眼里其实并不是资产；而有些被列示在财务报表“费用”部分的科目，本质上却是资产。除此之外，还有一种情形，就是对企业来说非常重要的一些资源，压根没出现在财务报表里。

> 以我供职的清华大学为例，它的财务报表中的主要资产有教学楼、宿舍，以及很多食堂——清华大学的食堂特别有名，里面有各种菜系，种类繁多。不过，清华大学是靠食堂来吸引各地的高考状元的吗？要真是这样，中国最热门的学校恐怕是新东方烹饪学校。
>
> 那是什么起作用了呢？是清华大学的牌子。“清华大学”这四个字往那儿一放，不用做任何招生宣传，考生就来报考了。

① 新会计准则规定，开发阶段的支出如果同时满足以下5项条件，则可以确认为无形资产：（1）完成该无形资产以使其能够使用或出售在技术上具有可行性。（2）具有完成该无形资产并使用或出售的意图。（3）无形资产产生经济利益的方式，包括能够证明运用该无形资产生产的产品存在市场或无形资产自身存在市场；无形资产将在内部使用的，应当证明其有用性。（4）有足够的技术、财务资源和其他资源支持，以完成该无形资产的开发，并有能力使用或出售该无形资产。（5）归属于该无形资产开发阶段的支出能够被可靠地计量。

> 可“清华大学”这个有声望的品牌，并没有出现在资产负债表的“资产”一栏里。这是为什么呢？因为清华大学的品牌虽然能够持续为它带来未来的收益，但由于它是自创品牌，价值无法量化，没人能准确算出这四个字究竟值多少钱，因此会计准则目前就不允许它出现在财务报表中。
>
> 世界上最值钱的饮料品牌可以说是可口可乐。可口可乐公司的创始人说过，假如有一天公司所有的厂房设备突然化为灰烬，只要他还拥有“可口可乐”这个品牌，半年后就能复制一家与现在规模一样的公司。但是，可口可乐的品牌价值也没有出现在可口可乐公司的财务报表中。

在新经济时代，企业积累了大量的业务数据，包括用户特征、交易记录、对产品的使用行为等信息。德勤等机构的研究团队收集了多家互联网企业的App（应用软件）人均单日启动次数、App人均单日使用时长等业务数据，并通过分析发现，这些数据和企业的财务表现之间存在正相关关系。这意味着，这些业务数据虽然没有被列在财务报表中，却是企业重要的资产。德勤甚至提倡，企业未来应该增加一张关注业务数据的“数字资产表”。

所以，一家企业实际拥有的资源，可能远远大于其财务报表中记录的资产。

如果投资者不知道企业还有许多值钱的“表外”资产，就会严重低估这家企业的价值。

假设有一家企业和可口可乐公司的财务状况一模一样，唯一的不同是，这家企业没有任何品牌资源。从财务报表上看，这两家企业的价值都一样，但是品牌资产能够在未来给可口可乐公司带来更高的收入和利润，两者相较，可口可乐公司未来的价值一定更高。如果投资人看不到这一点，在两家企业之间做选择的时候，就可能产生决策错误。

划重点

如何看待资产？

- 未来能给企业创造利益的经济资源，才是资产。
- 企业实际拥有的资源，往往大于其财务报表中记录的资产。

思考

企业的研发支出，会计上曾经将其认定为费用，实际却是企业重要的资产。在你的个人生活中，哪些支出看似是费用，本质上却是你的资产呢？

答案

明以竹

购买在线课程的花费，看似是费用，其实应该被计入资产。因为这些课程能帮助我们提升自我，在未来将转化为我们的收入。

03 资产配置
数字背后的经营战略

能否给企业带来经济利益，只是观察资产的一个维度。如果想要立体地理解企业的资产，财务高手还会考察另一个重要维度——资产配置。

从不同的资产配置中，可以看出一家企业的战略选择，而战略选择又直接决定了企业未来的命运。因此，我们可以通过资产配置揭示的信息，判断企业的经营战略是什么。

资产配置揭示经营战略

资产负债表除了显示一家企业的资产总数，还会分门别类地报告这家企业的资产结构，比如，有多少现金、存货，有多少金额的厂房设备，等等。这就是资产配置。

不同企业的资产配置千差万别。比如，同样是 1 000 万元的资产，有的企业可能有 800 万元现金，其余 200 万元是厂房设备和其他资产；有的企业可能只有 100 万元现金，剩下的 900 万元都是厂房设备和其他资产。

从这些信息里，我们能大致判断出一家企业的经营模式是“轻资产”还是“重资产”。

一般来说，重资产企业资产配置的明显特征是，固定资产和存货比例较高。固定资产指的是和生产经营活动有关的设备、厂房、工具等。存货指的是原材料，处在生产过程中的“在产品”，以及已经生产好的“产成品”。“固定资产”和“存货”这两个科目在资产负债表中都可以直接找到。比如，鞍钢股份的财务报告显示，鞍钢 2018 年的固定资产和存货的总额是 631.89 亿元，占总资产的 70.19%，它显然是一家典型的重资产企业。

相反，轻资产企业资产配置的明显特征是固定资产和存货比例低。所以，我们会天然地认为，钢铁、建材、汽车企业是重资产企业，而高科技、互联网企业是轻资产企业。真的是这样吗？

可口可乐公司生产和销售了 130 多年“糖水”，这需要大规模的生产线来支持，所以在大部分人心目中，它绝对是一家重资产企业。但可口可乐公司 2018 年的财务报表却显示，它的库存和固定资产总额是 109.98 亿美元，仅占总资产的 13.2%。这表示，可口可乐公司其实是一家轻资产企业。这是怎么回事呢？

如果我们仔细观察可口可乐公司这些年的战略变化，就会发现它早期确实是一家重资产企业，自己投资生产线，自主生产。但是近些年，可口可乐公司进行了重大的商业模式调整，积极“瘦身”，努力从重资产模式变成轻资产模式，背后的主要原因是为了挽救一直下滑的业绩。

可口可乐公司的业绩曾经非常亮眼，它也是巴菲特最看好的企业之一。然而近些年，随着人们对健康生活理念的推崇，可口可乐的销售额不断下降。这迫使可口可乐公司调整自己的经营战略，想办法提高盈利水平。

如果暂时无法通过扩大市场份额提高销售量，就得从节约成本入手，想办法改变经营模式，剥离价值链中成本最高、最不赚钱的业务环节。

宏碁集团创办人施振荣在1992年提出了著名的“微笑曲线”理论。他认为，在制造业的整条产业链中，开发和服务是附加值最高的业务环节，而组装、制造则是附加值最低的环节。企业只有不断往附加价值高的区块移动和定位，才能持续发展。

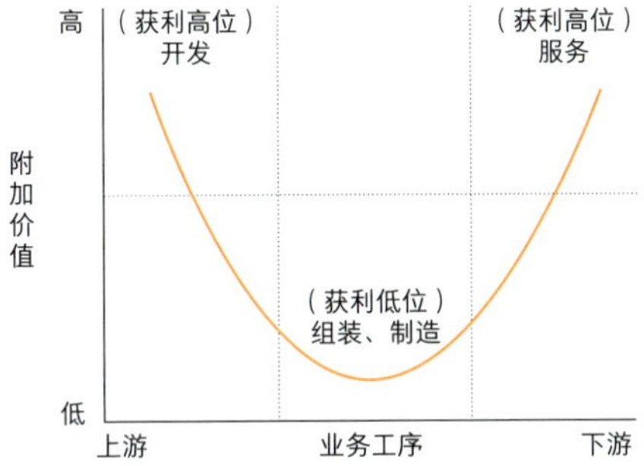

图1-1 微笑曲线

在可口可乐公司的生产链条中，组装环节是最不赚钱的，而上游的“浓缩糖浆”（即可口可乐原料）和下游的渠道环节利润相对更高。于是，可口可乐公司下定决心，剥离灌装业务，让有特许经营权的灌装企业负责生产和物流。可口可乐公司自己只负责“浓缩糖浆”的生产、产品营销及品牌维护。所以有人说，可口可乐公司现在不再是一家生产型企业，而是一家品牌企业。

轻资产战略其实很符合管理学中的二八定律——把 80% 的精力集中在 20% 最核心的事情上。

那么，可口可乐公司的转型成功吗？可口可乐公司 2017 年第二季度的财务报告显示，公司的毛利率较上年同期上升了近 4%。根据可口可乐公司 CFO（首席财务官）的说法，退出灌装业务是可口可乐公司的利润得到提升的主要原因。

轻资产模式对经营的影响

轻资产模式的本质是，企业试图把存货和固定资产方面的资金投入降到最低，同时最大化利用其在品牌文化、技术研发、人力资源等方面的“轻资产”，撬动、整合企业内外各种资源，从而获得利润和资本回报率的提升。近些年，国内外越来越多的生产型企业，比如苹果公司、耐克、光明乳业等，都在使用轻资产经营模式。

戴天婧、张茹、汤谷良等几位会计学教授总结了轻资产企业的财务特征。除了固定资产和存货比例低，我们可以从表 1-1 中看到，轻资产企业还有一些典型的财务特征。

表 1-1 轻资产模式的财务报表特征

高	现金储备、营运资本
	无息负债（通常依赖占用上下游资金）
	资产周转速度、存货周转速度
	广告费用、研发费用（具有营销、技术优势）
	利润、经营现金流，证券投资及其收益
低	存货、固定资产
	资本成本与利息费用
	有息负债
	现金股利分红

资料来源：戴天婧，张茹，汤谷良. 财务战略驱动企业盈利模式——美国苹果公司轻资产模式案例研究 [J]. 会计研究，2012（11）：23-32.

轻资产企业往往拥有更高的利润和更多的经营活动现金流。由于对上下游谈判能力比较强，它们通常能无偿占用合作伙伴的资金。这就是财务管理中的类金融模式，关于这一点我会在下一节具体讨论。此外，由于轻资产企业专注于品牌打造和新产品的研发，其广告和研发费用通常比较高。

这样看来，轻资产模式的好处非常多，但它并不适用于所有企业。轻资产模式对企业的能力要求非常高，如果没有强大的资源整合能力，特别是对合作企业的把控能力，就会非常容易出现两个问题。

第一个问题，产品质量可能失控。在这一问题上有一个典型的案例，就是光明乳业。2000 年，光明乳业接受了麦肯锡的咨询建议，开始转型为轻资产模式，并陆续收购了一批地方小型乳业企业。但由于对收购企业的控制力不足，在“三聚氰胺奶粉”事件中，光明乳业也被爆出牛奶质量不合格的问题。实际上，这些问题奶粉和牛奶主要来自光明乳业收购的这些乳业企业。

第二个问题，企业可能失去对外部环境变化的敏感度和应对的灵活性。比如，可口可乐公司在自主负责灌装业务时，能根据市场和消费者的变化灵活地调整产品；剥离了灌装业务之后，任何产品变化都需要和合作的灌装企业进行沟通协调，其市场反应速度明显下降。为了应对这个问题，可口可乐公司会周期性地买入和分离灌装业务。当企业需要体量和业务上的增长的时候，就把灌装厂买下来；当企业需要追求更高效益的时候，就把灌装业务卖出去。

资产期限结构揭示经营风险

在评估一家企业的经营状况时，除了通过资产配置看到企业的经营战略，还得看到企业背后的经营风险。这时，我们就需要增加一个观察的角度——资产的期限结构。

事实上，资产负债表中的资产排序就是按照期限从短到长排的。会计准则规定，企业准备持有不超过一年的资产，比如现金、存货等，叫流动资产；土地、厂房设备这些企业准备持有超过一年的资产，叫非流动资产。

财务高手会特别关注流动资产和流动负债（也就是一年内要偿还的债务）之间的关系，即流动比率，它的计算公式如下：

流动比率 = 流动资产 / 流动负债

如果流动比率小于 1，企业就会存在资金断裂的风险，此时投资者就要格外注意了。

除了资产的整体期限结构，我们还可以观察一些具体资产科目的期限结构，比如“应收账款”。为什么会产生应收账款呢？假设企业卖给客户 100 万元的产品，而客户当时只支付了 30 万元，答应一年后支付剩下的 70 万元，虽然企业此时还没有真正收到这 70 万元，但当产品售出之后，会计准则就要求把这部分账款计入资产的“应收账款”中。简单来说，应收账款就是客户欠企业的钱。

一些销售人员为了吸引客户，往往愿意提供更长的信用周期，接受客户延后支付。这种先交货、延期收款的销售方式叫信用销售，也叫“赊销”，是一种常见的促销手段。但是财务高手在使用“赊销”这种促销手段之前，会多考虑两个问题：（1）回款周期对企业收益的影响有多大？（2）应收账款最终无法回收，成为坏账的可能性有多高？

对于第一个问题，我们可以用财务中的一个重要概念来评估，就是“资金的时间价值”。如果今天将 100 万元存在银行，假设年利息是 10%，那么一年后，这笔钱就会变成 110 万元。反过来，把一年后的 100 万元“折现”到今天，只相当于 100/（1+10%）≈ 90.91 万元。

如果企业在一年之后才能收到这笔赊销的 70 万元，就意味着这笔交易的总收入其实根本不到 100 万元，只有 30+70/（1+10%）≈ 93.64 万元。回款期越长，这个数字越小。此外，企业经营获取的收益通常会用于再投资，赚更多的钱。回款期越长，企业当下能用来再投资的资金就越少。因此，回款周期，也就是应收账款期限，对企业收益其实是有直接影响的。

对于第二个问题，财务高手常常用“账龄分析法”来判断应收账款的回收风险。简单来说，就是把应收账款按拖欠时间的长短进行分类，并按组估计坏账损失的可能性。上市公司通常会在财务报告里提供账龄信息，表 1–2 就是科蓝软件在 2018 年年报中披露的应收账款账龄信息。

表 1–2　科蓝软件的应收账款账龄信息

账龄	2018 年期末余额（元）
1 年以内小计	392,198,189.80
1 至 2 年	100,468,562.00
2 至 3 年	70,526,320.46
3 至 4 年	40,132,158.96
4 至 5 年	12,723,962.14
5 年以上	21,074,194.26
合计	637,123,387.62

资料来源：科蓝软件 2018 年年度财务报告。

科蓝软件是一家 IT（信息技术）服务企业，主要客户是银行。我们都知道，银行付款审批程序复杂，速度又慢，所以科蓝软件提供完服务，要很长一段时间以后才能收到钱，因此企业的账龄普遍偏长。

世界著名的信用管理企业邓白氏集团发布的一份报告显示，应收账款的逾期时间与收账成功率成反比，也就是说，应收账款逾期时间越长，回收的成功率越低。如果逾期超过 90 天，收回成功率仅有 69.6%；如果超过半年，收回成功率会进一步降至 52.1%；如果逾期 1 年以上，那么收回成功率仅有 22.8%。①

如果企业的应收账款账龄偏长，我们就要特别警惕坏账的可能性，这时就需要进一步分析客户的资信度②，估计坏账可能带来的损失金额。科蓝软件估算的坏账损失如表 1–3 所示，和邓白氏集团的调查结果一致——账龄越长的应收账款，成为坏账的风险就越高。

表 1–3　科蓝软件估算的坏账损失风险

账龄	2018 年坏账准备（元）	计提比例
1 年以内小计	19,609,909.49	5%
1 至 2 年	10,046,856.20	10%
2 至 3 年	14,105,264.09	20%
3 至 4 年	20,066,079.48	50%
4 至 5 年	6,361,981.07	50%
5 年以上	21,074,194.26	100%
合计	91,264,284.59	

资料来源：科蓝软件 2018 年年度财务报告。

① 见 https://www.dnb.com/resources/accounts-receivable-collections.html。

② 企业资信指企业在货币借贷中的偿债能力、履约状况、守信程度及由之形成的社会声誉。——编者注

划重点

分析资产时应重点关注哪些维度?

- 资产的配置,可以帮助判断一家企业的运营模式是轻资产还是重资产。
- 资产的期限结构,可以帮助判断企业的经营风险。

思考

文中讲道,一些生产制造型企业其实是轻资产运作的。反之,有哪些我们通常以为是轻资产运作的企业,实际却是重资产企业呢?

答案

匿名用户

一般我们会觉得电商企业都是轻资产运营公司,但实际上,京东却是电商中典型的重资产运营公司。与阿里巴巴不同,京东的自营业务占比很大,且从 2008 年开始花费重资构建物流基地。另外,电商的资产配置也是动态的,前几年大家拼杀的可能是线上业务,而这两年则纷纷开始布局线下业务,收购超市等实体店,以便让线上线下实现结合。

04 负债经营

高负债等于高风险吗

除了资产，资产负债表中还有一个重要概念——负债，它也是这张表的一个重要组成部分。

公司负债经营是非常普遍的现象——在中国的上市公司中，没有一家公司是零负债的。

财务高手在衡量企业的负债水平时，不仅会关注债务金额，还会关注“资产负债率”这项指标。资产负债率就是企业的负债总额与资产总额的比值。比如，一家企业的总负债是 400 万元，而总资产有 1 000 万元，那它的资产负债率就是 40%。我根据万得数据库提供的数据，计算出 2018 年中国 A 股上市公司（剔除金融类企业）的平均资产负债率是 60.8%。[①]

资产负债率是企业经营的风险指示器。通常来说，如果一家

① 在本书统计的指标当中，有一些指标剔除了金融类企业，因为这些企业与其他行业上市公司无论在所适用的会计制度，还是在业务性质方面，均有较大差异。

企业的负债率低，那么借钱给这家企业的债权人就会很安心，投资者也会对这家企业有信心；如果一家企业的负债率高，人们就会认为这是一家风险极高的企业。

但一定是这样吗？接下来，我就介绍几个关于负债的认知“误区”。

负债率不能跨行业比较

2018年12月，中国房地产测评中心发布了《2018年度中国房地产企业销售TOP200》排行榜，碧桂园以全年收入3 790.79亿元位居榜首。然而碧桂园的年报显示，2018年，其总资产为1.63万亿元，负债为1.46万亿元，资产负债率高达89.6%，创下自2007年上市以来的最高值。

另一家在香港上市的企业——美团网，其年报显示，2018年公司总资产为1 206.62亿元，负债为341.52亿元，资产负债率仅为28.3%。

一个是89.6%，一个是28.3%，这么一比，你可能会认为碧桂园的风险比美团网高太多了！

不过，在下结论之前，我们再仔细想一想。

如果把梅西和姚明放在一起，你会觉得谁更厉害？你可能觉得这个问题很难回答，因为他们从事的根本不是同一项体育运动。假如我非要拿梅西的篮球技术和姚明比，那对梅西就太不公平了！

同样的道理，把房地产企业和互联网企业的资产负债率放在一起比较，也是不公平的！

房地产是资金密集型行业。盖一栋楼需要几年的时间，从买土地、钢筋水泥到支付建筑工人的工资，房地产企业需要不断往项目里“砸钱”。可是它们没那么多钱,因而只能向银行借。因此，房地产企业的资产负债率普遍很高。

相反，互联网是轻资产运作行业。互联网企业既不盖房子，也不制造实物产品，没有那么大量的资金需求。另外，它们也没有太多能抵押给银行的实物资产，本身就很难获得贷款。因此，互联网企业的资产负债率普遍较低。

事实上，“资产负债率”这项指标确实存在明显的行业差异。我根据万得数据库提供的数据，计算出在2018年我国A股上市公司当中，平均资产负债率最高的三个行业是：房地产业（平均负债率是80.2%），建筑业（平均负债率是76.2%），电力、热力、燃气及水的生产和供应业（平均负债率是64.9%）。资产负债率最低的三个行业是：皮革、毛皮、羽毛及其制品和制鞋业（平均负债率是27.6%），酒、饮料和精制茶制造业（平均负债率是31.1%），印刷和记录媒介复制业（平均负债率是32.3%）。①

房地产企业和互联网企业所处行业和经营性质不同，就好像一个是苹果，一个是橘子，它们的财务数据是无法被放在一起比较的。财务数据不能跨行业比较，这是财务报表分析的一个重要原则。

那要怎么对比呢？正确的方法是，和同行业中的其他企业比较。

① 此处采用的是证监会的行业分类标准。

根据中国房地产业协会在《2019中国房地产上市公司测评研究报告》中披露的数据，2018年中国上市房地产企业中近30%的企业资产负债率高于80%，碧桂园是其中之一，也就是说，碧桂园的资产负债率比大多数同行要高。

高负债不代表高风险

碧桂园背着那么高的负债率，为什么还会成为2018年的行业龙头，而不是濒临破产呢？这背后的原因，藏在负债的性质里面。

如果你仔细看表1–4中碧桂园2018年的资产负债表，就会发现一个叫“合同负债”的债务条目。

表1–4　碧桂园2018年资产负债表　　单位：百万元

	2018年	2017年
非流动资产		
物业、厂房及设备	23,421	21,628
投资物业	16,435	8,338
无形资产	670	392
土地使用权	2,496	2,425
在建物业	107,812	98,840
于合营企业之投资	27,891	19,346
于联营公司之投资	18,768	11,585

（续表）

	2018 年	2017 年
以公允价值计量且其变动计入其他　综合收益的金融资产	1,796	1,517
衍生金融工具	992	113
贸易及其他应收款	10,962	5,372
递延所得税资产	18,701	12,198
非流动资产合计	229,944	181,754
流动资产		
在建物业	626,937	360,922
持作销售的已落成物业	44,338	27,886
存货	8,822	4,252
贸易及其他应收款	426,397	272,640
合同资产及合同取得成本	17,094	15,738
预付所得税金	21,350	13,198
受限制现金	14,200	11,318
现金及现金等价物	228,343	137,084
以公允价值计量且其变动计入损益　的金融资产	12,019	24,830
衍生金融工具	250	47
流动资产合计	1,399,750	867,915
流动负债		
合同负债	562,800	346,748
贸易及其他应付款	498,821	330,884
证券化安排的收款	794	1,805
当期所得税负债	30,783	21,607
优先票据	2,238	3,795
公司债券	23,964	16,814

（续表）

	2018 年	2017 年
可换股债券	8,051	—
银行及其他借款	91,844	47,672
衍生金融工具	111	212
流动负债合计	1,219,406	769,537
流动资产净值	180,344	98,378
总资产减流动负债	410,288	280,132
非流动负债		
优先票据	39,478	28,118
公司债券	17,944	30,520
可换股债券	5,117	—
银行及其他借款	139,839	87,845
递延政府补助金	249	233
递延所得税负债	32,224	16,448
衍生金融工具	2,029	356
非流动负债合计	236,880	163,520
本公司股东应占权益		
股本及溢债	27,881	24,461
其他储备	8,247	5,943
留存收益	85,202	63,267
本公司股东应占权益合计	121,330	93,671
非控制性权益	52,078	22,941
权益总额	173,408	116,612
权益总额及非流动负债	410,288	280,132

资料来源：碧桂园 2018 年年度财务报告第 122-123 页。

根据《企业会计准则第 14 号——收入》，合同负债是指企业已收或应收客户对价[①]而应向客户转让商品的义务。

这是什么意思呢？我解释一下。期房通常采用预付制，就是签购房合同的时候，客户会先把钱交给开发商，房子盖好之后，开发商再把房子交给客户。在盖房子的几年时间里，房地产企业已经收了客户的钱，但还欠着客户的房子，客户交纳的预付款就成了房地产企业资产负债表上的合同负债。

但是，这种负债的增加代表房地产企业的风险变高了吗？

我搜索了一下“风险”这个词的由来。最为普遍的一种说法是，在远古时代，渔民们每次出海前都要向神灵祈祷，保佑自己能平安归来，因为渔民深深地体会到海上的“风”会给他们带来无法预测的危险。“风”即意味着“险”，因此有了“风险”这个词。风险就是无法预测又不可控的因素。

回到盖房子这件事情上。除非碰到地震、洪水这种不可抗的天灾，只要开发商讲诚信，顺利交房还是比较有把握的一件事情。所以，合同负债背后对应的风险其实并不高。另外，房子卖得越多，合同负债才会越高，这反而说明公司业务做得好。

所以，单凭一家房地产企业的资产负债率高这一点，就认为这是一家高风险企业，显然是不对的。

我们再往深一步想，客户交的预付款对于房地产企业来说，本质上意味着什么呢？

房地产企业收了客户的钱，可以拿这笔钱去投资，也可以做

① “对价”原本是英美合同法中的重要概念，其内涵是一方为换取另一方做某事的承诺而向另一方支付的金钱代价或做出的某种承诺，即当事人一方在获得某种利益时，必须给付对方的相应代价。——编者注

其他它想做的事情。实际上，这等于是客户变相借给开发商一笔钱。

一般来说，除非朋友之间借钱，否则都是要付利息的。但是，开发商向客户付过利息吗？所以，买期房交预付款，不但是客户变相借给房地产企业一笔钱，而且这笔钱还是无息的。

用别人的钱赚钱

期房预付款其实是一种非常聪明的财务管理方式，即前文中提过的 OPM。OPM 本质上是一种无息债务融资方式，也叫类金融模式。常见的 OPM 模式有两种。

一种是用客户的钱。房地产企业采用的就是这种模式，类似的还有共享单车收取的用户押金、健身房和发廊的充值卡。

另一种是用供应商的钱。比如沃尔玛、苏宁、格力电器、茅台、京东这些企业，都在无偿占用供应商的钱。

它们是怎么做的呢？假设我在苏宁买了 1 万元的家电。苏宁收到我的钱后，会马上把其中的 3 000 元货款打给供货商吗？不会的，苏宁通常会押款一段时间。这么一来，原本不属于苏宁的那 3 000 元就能在苏宁的账上多待一阵子了。这样一来，对于苏宁来说，不仅它的现金流变得更好看了，它还能将这 3 000 元用于运营或者投资。

事实上，苏宁和国美很早就开始使用 OPM 策略了。这两家企业利用自身的销售网络优势，增强与家电制造厂商的议价能力，不断延长付款期限，无偿占用这些厂商的资金。国美的资金占用周期从 2005 年的 112 天延长至 2010 年的 137 天，苏宁则从

2005 年的 42 天延长至 2010 年的 111 天。①

OPM 策略给这两家企业带来了多大的好处呢？2005 年，国美通过使用 OPM 策略节省了 2.25 亿元的利息支出，约占当年利润的 29%。苏宁节省的利息支出，占 2005 年利润的 9% 左右。②

除了财务收益，OPM 策略在这两家企业的扩张战略中也发挥了重要作用——新增门店的部分资金缺口就是靠大量占用供货商资金补足的。可以说，OPM 策略成功地帮助这两家企业快速实现了规模扩张，让它们成长为行业龙头企业。

由此可见，企业“赚钱”的方法其实有很多。除了依靠卖产品、提供服务的传统手段，经营过程中高超的财务思维和运作方式，同样可以让企业获得巨大的财务收益。

学会负债是一种能力

OPM 策略背后的财务思维——用别人的钱赚钱，其实由来已久。法国著名作家小仲马的《金钱问题》中就有这样一句台词：“做商业是十分简单的事，它就是借用别人的资金。”

大部分人对负债天然有一种抵触心理，一想到自己欠了别人的钱，就会夜不能寐。但是，财务高手懂得借鸡生蛋，用别人的钱让自己的生意越做越大。

① 姚宏，魏海玥．国美 PK 苏宁：类金融模式的风险与创新 [C]. 中国管理案例共享中心案例，2011.

② 黄世忠．OPM 战略对财务弹性和现金流量的影响——基于戴尔、沃尔玛、国美和苏宁的案例分析 [J]. 财务与会计，2006(23): 15–18.

你可能认为，企业之所以敢用 OPM 策略，是因为其占用客户或者供应商的资金时没有利息压力。实际上，企业也会积极引入风险更高的有息债务（比如银行贷款）。只要使用贷款资金进行投资获得的收益率高于债务的利息，这样做就是合理的。举个例子，你面前有一个很好的投资机会，投资 100 万元能获利 20 万元。就算你手头没那么多钱，但如果银行的利息只要 10 万元，你就可以先向银行贷款，最后还能净赚 10 万元。这就是用银行的钱为自己赚钱。

不懂得利用负债的人，只能保守地守着自己的摊子。可口可乐公司前任董事长罗伯特·伍德鲁夫是一位在财务管理方面极为保守的企业家。他执掌可口可乐公司期间，十分不喜欢使用债务资金，因此，可口可乐公司在 1980 年之前几乎没有任何银行贷款。伍德鲁夫的谨慎虽然让可口可乐公司在经济危机中幸运地存活了下来，却也制约了企业的发展速度。后来，被称为“可口可乐改革者”的罗伯特·戈伊苏埃塔继任了可口可乐公司董事长的职务。他十分擅长资本运作，继任后一改前任的作风，大举增加了公司的负债水平。

当然，戈伊苏埃塔并不是滥借贷款来加重企业的财务负担，而是看准发展方向，将资金用于在世界各地收购灌装厂，并将其进行改造升级。戈伊苏埃塔的财务逻辑十分清晰：“你基于一定的利率贷款，将钱进行更高回报的投资，两者之间的差额就会落入你的口袋。就是这么简单。”[①]

---

① Sellers, P., Woods, W. Where Coke Goes From Here[J]. Fortune Magazine, 1997.

在他执掌可口可乐公司期间（1981—1997），公司的市值从40亿美元增长到1 500亿美元，规模也扩张了3倍。[①]如果畏首畏尾，不敢冒借债的风险，那么企业就会失去发展的好机会，最终会在竞争中失败。

负债风险取决于负债性质

OPM策略表面上会提高企业的资产负债率，但企业的风险其实并不高。因此，财务高手在基于负债率评估企业风险之前，会先去了解负债的性质是什么样的。

负债的性质可以分为两种。

第一种是经营性负债，是由企业经营模式（比如OPM策略）造成的负债。这种负债其实不可怕，也没有利息压力，它们不是财务高手在评估企业风险的时候最关注的方面。

第二种是金融性负债，即企业需要偿还利息和本金的债务。这种债务越多，企业的财务风险就会越高。遇到这种负债时，我们就需要多加关注。

了解负债的不同性质之后，我们再回头看一下碧桂园的资产负债表。2018年，碧桂园的合同负债是5 628亿元，占负债总额的38.6%。因此，碧桂园的实际负债率要显著低于表面上的89.6%。当然，资产负债率不是判断企业风险的唯一标准，我们还需要结合企业的经营情况对企业进行全面而综合的分析。

---

① 参见《不列颠百科全书》（*Encyclopedia Britannica*）中Roberto Crispulo Goizueta这一词条，https://www.britannica.com/biography/Roberto-Crispulo-Goizueta。

划重点

如何看待负债？

- 企业负债水平和其他财务指标不能跨行业比较。
- 负债性质决定负债风险。经营性负债属于低风险负债，金融性负债属于高风险负债。
- 合理利用负债，有助于提升收益率。

思考

文中讲道，房地产企业由于有大量的“合同负债”，因此不能用资产负债率衡量其财务风险。那么，哪些财务指标能够帮助我们判断房地产企业的风险呢？

答案

可以参考的一项财务指标是净负债率，其计算公式为：（有息负债－货币资金）/净资产。这个计算公式剔除了“合同负债”的影响。

05 负债隐藏
报表外的危机

前文提过，因为人才、专利、技术等有价值的一些无形资源不符合会计准则的确认要求，所以没有被列示在企业财务报表的资产中。同样，有些潜在的企业债务，因为不符合会计准则的确认要求，也没有出现在财务报表的“负债”中。

这些没有被列示在报表中的债务就像隐藏在水下的冰山，平日里风平浪静，没什么问题，可一旦“爆发”，就可能引发“泰坦尼克号”式的厄运，对企业造成毁灭性打击。21 世纪初，安然公司等企业就是因为大量的“表外”债务，最终破产。

所以，要想认清一家企业的真实债务情况，仅看资产负债表内列示了哪些负债是不够的，还需要了解企业有哪些“表外”债务。可是这些“表外”债务既复杂又隐蔽，就连很多专业人士都搞不清楚。有研究调查过会计人员对“表外”债务的理解情况，回答很清楚的只有 10.5%，回答不清楚的竟然高达 23.3%。[①]

① 陈红．公司会计治理的新视角——表外负债研究 [J]. 会计之友（上旬刊），2008(6): 4–9.

接下来，我就来介绍一些常见的，没有被列示在财务报表中的企业债务。

或有负债

先说一个案例。

ABB 公司是欧洲一家著名的电器企业，它曾经在财富世界 500 强里排在第 68 位。ABB 发明了数十项改变人类生活的重大技术，包括世界上首条高压直流输电线、最长的地下输电线路、世界首批工业机器人等。

ABB 是靠大量的并购活动迅速成长起来的。ABB 这家企业本身就是由一家瑞典企业和一家瑞士企业在 1988 年合并而来的。两家企业互为补充，合并后迅速发展。在尝到合并的甜头之后，新企业继续到处开疆扩土，每个员工和投资者都期待 ABB 未来更大的发展。

1989 年 12 月，ABB 收购了美国燃烧工程公司，这家公司主要为美国海军以及世界各地的铁路公司、铸造厂和石油化工制造企业提供锅炉产品。然而，ABB 在完成收购前，只对美国燃烧工程公司进行了财务方面的尽职调查[①]，却忽略了这家企业经营方面存在的一个重要隐患——它的锅炉产品使用了含有致癌物质的石棉作为隔热材料。

① 尽职调查又称“审慎调查”，指在收购过程中收购者对目标公司的资产和负债情况、经营和财务情况、法律关系，以及目标企业所面临的机会与潜在的风险进行的一系列调查。——编者注

后来，接触过这种锅炉的员工和客户身体出现了不良反应，超过 10 万人对 ABB 提起集体诉讼。ABB 为此支付了 8.65 亿美元的赔偿金，导致公司在 2001 年出现 6.91 亿美元的巨额亏损，濒临破产。[①] 后来，ABB 用成立一只 12 亿美元的信托基金作为赔偿保障的承诺，使原告同意了 ABB 提出的美国燃烧工程公司破产申请，这才结束了这场官司。

ABB 遇到的这类诉讼，是企业经营过程中经常面临的一种风险。企业一旦败诉，对其业绩影响很大。然而，在一些诉讼案件中，当法院尚未判决时，企业无法预期诉讼的结果，也不能可靠地计量其将要承担多少赔偿金额。这样的诉讼案件就会被认定为企业的一项“或有负债”。

或有负债是不被列示在资产负债表的“负债”中的。资产负债表列示的负债通常有明确的支付时间和金额，但或有负债更像一颗不定时“炸弹”，它是否会爆炸，在哪一个时间点会爆炸都不确定，一旦爆炸，它的杀伤力有多大，也无法预计。因此，或有负债不符合会计准则对负债的认定要求，不能体现在财务报表中。

然而，或有负债却可能对企业造成影响，因此需要通过一种方式让财务报表的使用者知晓这种债务的存在。这种方式就是在报表附注中进行披露。《企业会计准则第 13 号——或有事项》规定，除非或有负债极小可能导致经济利益流出企业，否则企业应当在财务报表附注中披露有关信息，具体包括：

① How Asbestos Burned ABB[J]. Bloomberg Businessweek, 2002.

（1）或有负债的种类及其形成原因，包括已贴现商业承兑汇票、未决诉讼、未决仲裁、对外提供担保等形成的或有负债。
（2）经济利益流出不确定性的说明。
（3）或有负债预计产生的财务影响，以及获得补偿的可能性；无法预计的，应当说明原因。

或有负债的另外一个常见例子是债务担保。一些企业会为其他单位提供债务担保，如果对方出现问题，担保方则需要履行连带责任。如果在签署担保合同时，这个责任未来是否会发生具有高度不确定性，它就会被认定为或有负债，不在资产负债表的“负债”中出现。

但是，如果已经有客观证据表明，被担保企业不能偿还到期债务，而担保企业有很大概率要承担连带责任，需要支付相关费用，相关赔偿金额也可以被估算出一个区间，那么按照会计准则的规定，担保企业就不能把这类债务确认为“或有负债”，而是需要将其确认为“预计负债”。预计负债是需要被列示在资产负债表的“负债”中的。同时，企业还需要在财务报告的附注中进一步披露预计负债的具体信息，包括预计负债的种类、形成原因、金额等。

刻意隐藏负债

如上所述，或有负债是由于不符合会计准则对“负债”的定义，因此才不出现在资产负债表中的。还有另一种负债不出现在资产负债表中的情形——企业为了让财务报表上的负债率看起来更低，故意将一些债务隐藏在财务报表之外。

2019 年 4 月，上海证券交易所（以下简称“上交所”）给新城控股集团股份有限公司（以下简称“新城控股”）发去问询函，质疑其把高额负债刻意隐藏在财务报表外。事情的具体经过如下。

房地产企业由于项目资金需求量大，又需要分散风险，通常有大量的合（联）营公司。根据现行会计准则，如果新城控股拥有一家合（联）营公司的控制权，它就需要合并财务报表，也就是说，要把合（联）营公司的资产和债务都计入新城控股的财务报表中。

然而新城控股找了个理由，说自己是根据公司章程而不是会计准则的规定来决定是否合并财务报表的，因此没有把 24 家持股比例超过 50% 的合（联）营公司的财务报表合并。这个解释显然没有说服力。

那么，新城控股为什么不愿意把这 24 家企业的财务情况纳入自己的财务报表中呢?

你如果仔细看一下这 24 家企业的情况（表 1–5），就会发现它们大多是亏损企业，而且资产负债率非常高。其中，永清县新城房地产开发有限公司的资产负债率甚至达到 399.54%。

表 1–5 新城控股 2018 年未并表企业 单位：万元

公司名称	总资产	总负债	资产负债率	净利润
上海佳朋房地产开发有限公司	613,581.42	353,624.76	57.63%	−418.66
上海嘉禹置业有限公司	444,974.43	396,040.26	89.00%	−758.78
佛山鼎城房地产有限公司	816,249.14	773,026.44	94.70%	−4,869.88
唐山郡成房地产开发有限公司	223,791.56	225,398.68	100.72%	−1,607.05

（续表）

公司名称	总资产	总负债	资产负债率	净利润
天津俊安房地产开发有限公司	168,434.48	163,312.53	96.96%	−535.90
天津市淀兴房地产开发有限公司	408,020.63	370,278.62	90.75%	−2,245.53
常州新城创恒房地产开发有限公司	606,906.94	535,018.26	88.15%	−1,170.38
常州新城宏业房地产有限公司	372,421.71	342,164.41	92.00%	−43.45
常州新城紫东房地产发展有限公司	587,712.76	543,056.27	92.40%	226.89
常熟中置房地产有限公司	118,237.62	31,992.59	27.06%	23,377.10
成都兴青房地产开发有限公司	175,668.38	174,924.23	99.58%	−922.52
日照亿昶房地产开发有限公司	61,383.46	9,929.56	16.18%	−546.10
昆明新城亿崧房地产开发有限公司	74,392.83	69,423.51	93.32%	−28.69
永清县新城房地产开发有限公司	6.51	26.01	399.54%	−0.12
永清银泰新城建设开发有限公司	24,880.04	14,910.96	59.93%	−1.86
苏州晟天房地产咨询有限公司	165,618.49	145,451.32	87.82%	−4,832.83
苏州聿盛房地产开发有限公司	1,614,023.37	1,567,204.85	97.10%	−5,380.78
莒县悦隽置业有限公司	46,705.71	11,820.96	25.31%	−115.25
重庆柯爵企业管理有限公司	88,633.86	48,639.68	54.88%	−5.81

（续表）

公司名称	总资产	总负债	资产负债率	净利润
江苏环太湖文化艺术城置业投资有限公司	269,852.11	264,997.71	98.20%	−29.57
绍兴新城亿佳房地产开发有限公司	156,771.55	142,587.40	90.95%	−101.56
南京新城万博房地产开发有限公司	395,108.70	362,304.09	91.70%	−548.81
天津市津南区新城吾悦房地产开发有限公司	436,836.03	389,888.85	89.25%	−4,207.96
太原新城凯拓房地产开发有限公司	482,762.45	436,250.07	90.37%	−3,487.62
合计	8,352,974.18	7,372,722.02	88.26%	−8,255.12

资料来源：新城控股关于2018年年度财务报告事后审核问询函的回复公告。

新城控股2018年年报显示，截至2018年12月底，其自身的资产负债率已经高达84.57%。如果把这24家高负债企业并表，它的资产负债率显然会进一步上升。新城控股这几年现金流一直很紧张，高度依赖银行贷款。如果继续推高资产负债率，就会引发银行的担心，所以它才会把应该体现在财务报表内的负债数据想办法调到表外去。

刻意把负债隐藏在财务报表外是想要故意欺瞒投资者，这是一种严重违反会计准则的行为。

创新融资方式

还有一种没有出现在资产负债表中的债务，它是由创新的融资方式带来的。

假设你开了一所民办学校，需要扩建，急需一笔资金。找投资人拉投资的话，周期较长，你又不想出让公司股份，稀释对公司的控制权，于是你想找一家银行贷款。可是要想获得银行贷款，通常需要抵押、担保，但是教育行业有其特殊性——根据我国现行法律规定，用于教育的房地产、教育设施不得拿来抵押，所以找银行贷款也很困难。

股权融资和贷款都不行，是不是就无法扩建了呢？其实还有一种方法，就是近几年非常流行的一种新的融资方式，叫资产证券化（Asset-Backed Securities，简称 ABS）。

简单来说，ABS 是指，你手上有个东西能够在未来不断给你带来现金，而且你可以较为准确地预测这个未来现金流的金额与频率，这时你就可以和金融机构合作，基于这个稳定的未来现金流发行证券，从而获得一笔融资，并用这个东西未来产生的现金来保障购买证券的人的收益。这种操作的本质就是预支未来的钱，通过打包出售这些未来收入，换取当下的融资。

比如，2017 年，二十一世纪国际学校发行了 3 亿元的 ABS，厦门英才学校也发行了 8 亿元的 ABS。①

除了学校，各类旅游景区、主题公园也常用这种创新融资方式。这些地方最稳定的现金流是入园的门票，这是 ABS 的基础资产。2012 年，华侨城 A 发行了 18.5 亿元欢乐谷主题公园 ABS。② 2018 年，三特索道集团发行了 8 亿元的索道 ABS。③ 同年，

---

① 详情参见“二十一世纪国际学校学费信托受益权资产支持专项计划”，以及“厦门英才学校信托受益权资产支持专项计划”。

② 详情参见“欢乐谷主题公园入园凭证专项资产管理计划”。

③ 详情参见“三特索道集团索道乘坐凭证资产支持专项计划”。

青岛海昌海洋公园也发行了 10 亿元 ABS。[①]

只要是能够稳定产生现金的资产，都可以被用来做成 ABS。学校发行的 ABS 要用学生未来定期支付的学费和生活费来保障该证券购买者的收益，而主题公园和旅游景区发行的 ABS 则要用未来的门票收入来保障该证券购买者的收益。从这个角度看，ABS 具备了债务的一些特点。然而在现行会计准则下，一些种类的 ABS 没有被要求列示在资产负债表中。[②]

除了 ABS，近几年，许多企业还十分热衷另外一种创新的融资工具——永续债。永续债是由企业发行，没有明确到期时间或期限非常长（一般超过 30 年）的债券。我国第一只永续债于 2013 年发行。截至 2019 年 6 月，国内共发行了 1 139 份永续债，发行规模累计达到 1.6 万亿元。其中，国有企业发行的永续债数量占总发行数量的 95%。[③]

永续债名义上是债券，然而，根据财政部《永续债相关会计处理的规定》，一些永续债不被认定为负债，而是被认定为所有者权益，也就是说，这些永续债虽然出现在资产负债表中，却被放在“所有者权益”部分。这是因为，不同于普通债券，永续债是没有固定期限的，发行人可以无限期推迟利息或本金的支付，因此它具有股权的一些特点。有趣的是，热衷发行永续债的企业往往是建筑业、制造业等资金密集型行业。这些行业中的企业的资产负债率水平普遍较高，发行永续债可以让这些企业表面上的资产负债率得到控制，避免进一步提高。

① 详情参见“海昌海洋公园入园凭证资产支持专项计划”。
② 详情参见《企业会计准则第 23 号——金融资产转移》的规定。
③ 感谢中山大学管理学院张俊生教授提供的数据。

划重点

财务报表中看到的负债只是企业所有债务的一部分。报表外的负债通常有三种情况：

- 或有负债，这类负债通常和企业的经营特征有关；
- 一些企业为了降低资产负债率，而刻意隐藏负债；
- 与企业创新的融资方式和金融工具相关的负债。

思考

文中讲道，未决诉讼、未决仲裁属于或有负债，企业需要在财务报告中进行披露。对于零售企业来说，有什么重要的或有负债吗？

答案

零售企业通常会对售后商品提供担保，如发生质量问题，企业将无偿提供修理服务，从而会发生一些费用。这是零售企业普遍存在的一项或有负债。

06 利润革命
近似的正确好过精确的错误

了解了资产负债表的核心内容以后，我们再来看看第二张财务报表——损益表，也叫利润表。企业拥有资产是为了赚钱，而到底赚了多少钱，这就反映在损益表中。

我想请你先思考一下：什么是赚钱？

你可能会很疑惑，怎么可能有人连什么是赚钱都不知道呢？实际上，每次我给企业高管培训时，都会先问他们一个有关赚钱的问题——并不是每个人都能答对的。连这些天天想着怎么赚钱的企业高管都不一定能答对，可见“赚钱”的定义没那么简单。

同样的问题，我也来问问你。假设你有 1 万元可以投资，如果把钱投给麦当劳，你可以获得 1 000 元的利润；如果投给肯德基，你可以获得 1 500 元的利润。你实际选择投给了麦当劳。请问，麦当劳给你赚钱了吗？

我猜你会觉得，不是赚了 1 000 元吗？

如果去问财务高手，他们会告诉你，麦当劳不仅没给你赚钱，还让你亏了 500 元！

什么是赚钱

麦当劳这个例子其实代表了会计学学界对“什么是赚钱”的一场思想革命。

你投资麦当劳时赚的 1 000 元，是我们通常熟悉的会计利润，也就是能在损益表中看到的利润数字。

会计利润等于收入减去所有看得见的成本。比如，麦当劳的汉堡一个卖 15 元，做这个汉堡用的牛肉、生菜等原料，还有管理费等成本一共 10 元，那么麦当劳在这个汉堡上的会计利润就是 5 元。

这样衡量利润有什么问题吗？

会计利润仅仅把“0”作为基准线进行比较，只要收益大于 0，会计利润就认为企业在给股东创造价值。这种计算方式没有衡量企业真正的盈利能力，因为它忽略了一个重要的隐形成本——资金的机会成本。

一般来说，每个人的投资选择不会只有一个。当你决定投资一个项目的时候，其实等于放弃了其他项目带来的收益。你选择投资麦当劳，实际上就放弃了投资肯德基可以赚 1 500 元的机会。

正确的比较“基准线”，应该是投资人在同风险等级的其他项目上能够获得的收益，这就是投资一个项目的机会成本。

因此，要判断麦当劳是不是真的给你赚钱了，需要用麦当劳提供给你的收益减去投资肯德基会带给你的收益。只有当数字为正时，麦当劳才是真正给你赚了钱，即给你创造了价值。这就是财务高手认为麦当劳让你亏了 500 元的原因。

管理大师彼得·德鲁克在其 1995 年发表的《管理者们真正需要的信息》中提到："我们通常所说的利润，其实并不是真正意义上的利润。如果一家企业未能获得超过资本成本[①]的利润，那么它就处于亏损状态。这家企业没有在创造价值，而是在销毁价值。"[②]

从会计利润到经济利润

意识到这点之后，会计学学界掀起了一场利润革命，开始用一个叫"经济利润"（economic profit，简称 EP，也叫 economic value added，简称 EVA）的概念来衡量什么是赚钱。经济利润的计算公式如下：

经济利润 = 会计利润 – 资金的机会成本

机会成本就是当你做一个决策时，放弃的其他选择中价值最高的那个。不过，机会成本不是固定不变的，同一种资源在某些情况下是机会成本，在另一些情况下可能会变成沉没成本[③]。

我在美国求学的时候常去一家餐厅，这家餐厅卖一种炸

---

① 资本成本，是指投资资本的机会成本。——编者注

② Drucker P. The Information Executives Truly Need[J]. Harvard Business Review, 1995，73(1)：54–62.

③ 沉没成本，是指以往发生的，但与当前决策无关的支出。——编者注

虾饼和一种海鲜汤。去的次数多了，我发现炸虾饼每天都有，而海鲜汤是“限量”的，并非每天都供应。跟老板熟了之后我才知道，这家店每天会预估需要腌制多少虾肉做炸虾饼。如果预估偏高，多腌的虾肉又无法存放，就只能用来做海鲜汤了。

餐厅在计算海鲜汤的成本时，应该包括剩余的腌制虾肉吗？答案是不应该，因为那些虾肉已经被腌制过了，如果不做成海鲜汤，就要被扔掉。

假如炸虾饼的销量超过预期，但老板将其中一些虾肉预留出来做海鲜汤，这些虾肉算什么成本呢？这时候，被预留的虾肉就成了机会成本，应该算入海鲜汤的成本，因为它们本该用于制作炸虾饼。

所以，机会成本的划定界限有时并不清晰。

现实中，计算资金的机会成本，也就是资本成本的方法有很多种。常用的一种方法是加权平均资本成本（weighted average cost of capital，简称 WACC）。它的计算方法是，把每种类型资金的成本乘以这类资金占总资本的比重，然后将得到的数字加总。由于企业从外部获取资金的来源主要有两种——股权和债权，加权平均资本成本的计算公式通常如下：

加权平均资本成本 = 债务资本成本 ×（1- 税率）（债务资本 / 总资本）+ 股权资本成本 ×（股权资本 / 总资本）

比如，一家企业的资产负债率是 40%，也就是债务资本占总资本的 40%，股权资本占 60%。债务资本成本为 12%，股权资本成本为 20%，税率为 25%，那么这家企业的加权平均资本成本 =12% ×（1–25%）× 40%+20% × 60%=15.6%。

为什么债务资本成本要扣除税率呢？因为债务涉及的利息费用支出是直接从当期的税前利润中扣除的，这样企业就可以少缴一些税。这笔从税收抵扣中获得的收益 [债务资本成本（即利息）× 税率]，也被称为“利息税盾”。这实际上降低了债务资金的真实成本。

当然，实际计算经济利润时，还需要进行非常复杂的会计调整。有研究表明，为了精确测算经济利润，调整项最多可达 200 项。[①]

“近似的正确好过精确的错误”

在这种情况下，我们还应该使用经济利润吗？

巴菲特说过一句话，我很欣赏，“近似的正确好过精确的错误”。

这也是财务发展的一种思维，即小步迭代式进步。尽管度量上较为复杂，不容易计算精准，但是人们已经意识到，“经济利润”在衡量企业的价值创造方面仍然是一项比“会计利润”更有参考价值的指标。

事实上，可口可乐公司、IBM（国际商业机器公司）这些世界 500 强企业早已采用经济利润来考核管理层的业绩了。2013 年起，国务院国有资产监督管理委员会（以下简称“国资委”）

① 郝洪，杨令飞．国资委经济增加值（EVA）考核指标解读 [J]. 国际石油经济，2010(4): 26–29.

也开始在中央企业（以下简称“央企”）中全面推行经济利润考核。为了推行经济利润的应用，国资委基于“近似的正确好过精确的错误”的理念，将资本成本统一设定为 5.5%。①

研究发现，实施经济利润考核确实有助于改善企业绩效，提升企业价值。罗伯特·克莱曼教授研究发现，实施经济利润考核的企业，在之后 3 年里的业绩要显著好于未实施经济利润考核的企业。② 国内学者使用 A 股上市公司数据进行研究后，也发现经济利润考核整体上有利于企业价值的提升，并能提升企业的创新水平。③

有的人可能会问，会计利润和经济利润计算出来的数字差别大吗？答案是，非常大。

举个例子。安然公司 1999 年和 2000 年的年报披露，公司的会计利润分别是 8.93 亿美元和 9.79 亿美元。安然公司在 2000 年的年报中表示：“公司的净利润在 2000 年创历史纪录，并且盈利能力有望继续提高。”但是，如果计算安然公司那两年的经济利润，我们就会发现业绩根本就没有

① 参见国务院国有资产监督管理委员会令第 30 号《中央企业负责人经营业绩考核暂行办法》。央企资本成本率原则上定为 5.5%；对军工等资产通用性较差的企业，资本成本率定为 4.1%；资产负债率在 75% 以上的工业企业和 80% 以上的非工业企业，资本成本率上浮 0.5 个百分点。

② Kleiman R. Some New Evidence on EVA Companies[J]. Journal of Applied Corporate Finance, 1999,12(2): 80–91.

③ 池国华，王志，杨金．EVA 考核提升了企业价值吗？——来自中国国有上市公司的经验证据 [J]. 会计研究，2013(11): 60–66. 余明桂，钟慧洁，范蕊．业绩考核制度可以促进央企创新吗？[J]. 经济研究，2016(12): 104–117.

年报中吹嘘的那么好。事实上，安然公司那两年的经济利润都是负数。

安然公司的会计利润和经济利润为什么会有这么大的差异呢？

其实从1999年开始，安然公司的经营就已经出现了问题。安然公司没有什么高收益项目可投资，但是为了保持正的会计利润、蒙蔽股东，公司饥不择食地投资了包括能源和宽带网络在内的大量低回报项目。这些项目的回报率非常低，甚至比银行贷款的利率还低。所以，安然公司表面上看起来为股东创造了利润，实际上却是在挥霍投资人的钱，导致负的经济利润，最终致使公司破产。当然，安然公司是一个比较极端的例子，它的破产也是一个非常复杂的问题，资金使用不当只是其中一个原因。

铁路时代和资产折旧

“近似的正确好过精确的错误”这种思维方式，在财务领域的很多地方都能得到体现，比如，美国第一条横跨北美大陆的铁路工程。这个项目非常重要，因为现代财务所有的理论和智慧，都在这个项目里有所体现。

在这条铁路修建以前，如果一个人想横穿美国，他/她就只能走巴拿马地峡或者乘船经过好望角。而无论采用哪种方式，都需要几周时间，耗费上千美元。

到了19世纪60年代，美国的技术有了飞跃式的突破，当时出现了两家铁路公司——太平洋铁路公司和中央太平洋铁路公司，它们准备建造第一条横跨美国大陆的铁路。可是，这条铁路累计投资额高达46亿美元，要消耗当年40%的美国经济产出，两家铁路公司肯定支撑不了这么庞大的费用。怎么办呢？①

当时正好赶上资本主义革命浪潮席卷欧洲。为了寻求更稳定的投资环境，欧洲的投资者开始把视线转向美国，铁路工程正好给他们提供了投资机会。

欧洲投资人最关心的是铁路公司有没有给他们赚钱，为此，他们要求铁路公司定期披露利润信息。而在这之前，美国企业是从来不对外提供财务信息的。从此之后，其他企业的投资人纷纷效仿。可以说，这条横跨大陆的铁路工程改变了整个财务披露制度。

在计算铁路公司利润的时候，有个特殊情况需要考虑，即这些企业的固定资产特别多，比如火车、铁轨等。而日复一日地进行货物运输会导致火车和铁轨出现严重磨损，逐渐失去运输能力。

前文讲过，未来能给企业带来收益的才是资产，而固定资产

① Stephen Ambrose. Nothing Like It In the World：The Men Who Built the Transcontinental Railroad 1863-1869[M]. New York：Simon&Shuster, 2001.

损耗的部分显然不能继续产生收益，这部分就不再是铁路公司的资产，而是费用，应该从当期利润中扣除，否则，就会高估铁路公司未来的运力。比如，铁路公司未来实际只有 50% 的运力，财务报表上没有体现出这一点，投资者看到的还是 100% 的运力，那未来的实际利润肯定会低于投资者的预期，铁路公司未来的日子就不会好过了。因此，铁路公司的会计师们认为，必须想办法在利润的计算中反映出这部分损耗。

没有人反对这个思路。可是，工程师只能算出火车和铁轨可以使用多少年，却没法知道运输过程中的损耗具体是什么时候发生的。那这种损耗对应的费用，应该从今天扣除，还是从下个月扣除呢？这时，会计师们就使用了“近似的正确好过精确的错误”的思路：假设每天的损耗是一样的，预估火车的使用年限，然后用火车的价格除以预计使用天数，得出每天的折旧费用。

虽然火车实际上每天搭载的货物不同，行驶的路段路况不同，损耗肯定是不一样的，但是用一种合理的方法，近似正确地估计损耗，比完全不考虑这个问题更贴近铁路公司真实的经营情况。

可以说，到了铁路时代，会计师们才开始认真考虑折旧问题。自此，就产生了利润表上另一个重要的会计科目——固定资产折旧。

划重点

如何看待利润？

- 衡量企业的价值创造能力，应该看“经济利润”，而非“会计利润”。
- 评估企业盈利水平时，不仅需要考虑显性成本，也需要考虑隐性成本（即投入资金的使用成本）。
- 计算利润和其他财务指标时，近似的正确好过精确的错误。

思考

你所在的行业中，哪些项目可以用“近似的正确好过精确的错误”这个思维做得更好？你能举个例子吗？

答案

匿名用户

像罗振宇老师说的创业问题——上了火箭再说，先不要管仓位，也就是说，不要等到万事俱备才行动，有了方向就赶紧做。因为当自己意识到某件事可行时，别人可能已经成功了。

07 利润质量
可持续利润最可贵

无论是经济利润还是会计利润，关注的都是利润大小的问题。但这只是观察利润的一个角度，也是一般人会看的角度。财务高手是怎么观察利润的呢？他们会考察另一个重要维度——利润的可持续性。

企业能不能持续盈利，从投资角度来看特别重要。因为投资人在投资一家企业的时候，投资的不是它的过去，也不是它的现在，而是它的未来。

虽然利润的大小将决定一家企业在短期内能达到的高度，但真正决定这家企业有没有未来的，是利润的可持续性。

不过，企业想保持利润长期稳定增长是一件非常难的事情。我根据万得数据库提供的数据，统计出 2000 年我国 A 股所有上市公司当中，有 41.5% 的企业能保持 1 年的净利润增长，只有 13.7% 的企业能保持连续 3 年净利润增长，而能保持 10 年以上净利润连续增长的企业只占 1.1%。由此可见，可持续利润是多么珍贵。

只有知道如何判断一家企业的利润是否具有可持续性，才算全面了解了“利润”这个概念。

利润可持续性的意义

假设有两家生产牙膏的企业。第一家企业靠辛辛苦苦卖牙膏赚了 700 万元，又靠投资赚了 300 万元。第二家企业特别擅长投资，仅靠投资就赚了 1 200 万元，但是牙膏卖得不好，不但没赚钱，还亏了 200 万元。投资和卖牙膏的收益加起来，这两家企业都赚了 1 000 万元，那么你会买哪家企业的股票呢？

有的人可能会有些犹豫，毕竟这两家企业看起来各有所长，一家擅长卖牙膏，一家擅长做投资。但是财务高手会告诉你，应该选择第一家企业。

第二家企业其实有个原型，就是曾经的中国牙膏“第一股”——柳州两面针股份有限公司（以下简称“两面针”）。两面针当年是非常厉害的一家企业，它曾经研发出中国第一支中药牙膏，和中华牙膏、黑妹牙膏一起被称为国产牙膏的“三大金刚”。

两面针首次公开发行股票招股说明书显示，2002 年，两面针一共卖了 5 亿支牙膏，市场占有率达到 16.3%。两面针牙膏还获得了“中国名牌产品”称号。

两面针起步势头很猛，市场影响力也非常大，可惜好景不长。2006 年前后，佳洁士、高露洁这些国外品牌开始强攻中国市场。加上自身管理老化的因素，两面针牙膏的销量开始大幅下滑。

产品销量出现下滑时，企业通常会加强营销或者研发新产品。但两面针不但没有重视牙膏销量下滑的问题，反而开始涉足其他产业，同时大量买入其他企业的股票。两面针的财务逻辑是，想办法在其他行业赚钱，用来补足牙膏主业的亏损。

这个策略成功了吗？两面针的运气还是很不错的，成功参股了中信证券，在中信证券的股票上赚了一大笔钱。

两面针 2016 年年报显示，公司通过卖出 1 162 万股中信证券的股票，当年赚了 1.57 亿元。此外，它还从中信证券、广西北部湾银行、柳州银行等企业的股票中拿到近 4 000 万元的分红。

那两面针在牙膏、日化产品这些主营业务上赚了多少钱呢？2016 年，两面针的主营业务利润是 -2 111 万元，也就是说，它的主营业务是亏损的。2016 年，两面针只卖了 1.4 亿支牙膏，不到 2002 年 5 亿支销量的 30%。以前在大型超市销售的两面针牙膏，如今主要出现在经济型酒店的一次性牙具里。

如果我们只关注两面针的总体利润，可能会以为它经营得很好，但是仔细看它的利润结构就会发现，两面针的主业已经出现疲态，企业在靠投资这个副业支撑利润。

有的人可能会说，两面针毕竟赚到钱了，这种赚钱方式难道有什么问题吗？

当然有问题，等两面针把手上的中信证券的股票都卖完之后，要怎么办呢？

苏宁易购就碰到了这样的窘境。2019 年之前，苏宁易购通过卖出手中的阿里巴巴股票，一度保持了较好的业绩。然而，苏宁易购在 2019 年上半年业绩预告中披露，由于卖完了所持阿里巴巴的股票，其利润预计同比下滑 61.69%~65.02%。

靠炒股这个副业带来的利润，看起来似乎和主营业务创造的利润是一样的，但实际上，这种利润是不可持续的。

利润可持续性对投资的影响

事情做一次不难，难的是能持续做下去。

巴菲特为什么被誉为“股神”？是因为他能获得超高的投资收益吗？事实上，他的年化收益率还不如很多小的基金经理。但是，只有巴菲特能做到连续多年超过大盘，哪怕是在宏观环境非常糟糕的时候。

为什么我们公认梅西是足球明星？是因为他某一场比赛踢得特别好吗？事实上，一个喜欢踢球的中学生可能在某一场比赛中进的球比梅西还多。但是，只有梅西能持续在国际足球比赛中进球。

经营企业也是一样，企业盈利一次不难，难的是保持长期盈利和增长。

判断企业利润是否具有可持续性，对投资者来说也很重要。事实上，如果我们用利润可持续性作为标准来选股票，是可以赚到钱的。

斯蒂芬·佩因曼和张晓军两位会计学教授曾经就这个问题做过研究。他们把美国上市公司按照盈利的持续性水平分成 10 组，买入持续性水平最高的那组公司股票，同时做空持续性水平最低的那组。结果，在 1979—1999 年这 21 年间，有 20 年他们都赚到了钱，而且大多数年份的投资收益率都超过 10%。

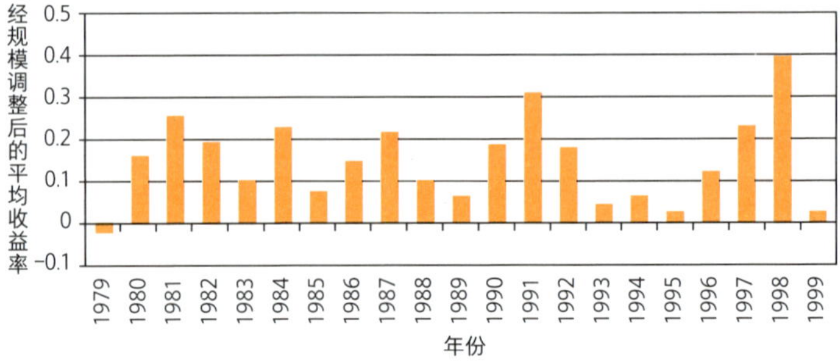

图 1-2　基于盈利持续性水平的投资组合收益率

资料来源：Penman S H, Zhang X J. Modeling Sustainable Earnings and P/E Ratios Using Financial Statement Information [DB], 2004-03.

所以，市场里并不都是财务高手，大部分人其实不明白利润可持续性的重要性。你只要比别人多具备一些财务思维，对财务数据看得更透彻一些，就能赚到钱。

持续经营的重要性

持续经营的重要性，在财务领域的很多地方都有体现。

以企业估值为例，无论用哪种估值方法，都存在一个基本假设，就是企业是一个可以“持续经营”的实体，也就是说，我们假设企业能够基业长青。因此，一家企业的价值由两部分组成：“短期业绩”和“长期可持续增长能力”。在短期业绩同等的条件下，长期可持续增长能力越强的企业估值更高。

清朝的陈澹然在《寤言二·迁都建藩议》中有这样一句名言：“不谋万世者，不足谋一时。”但从长远的角度考虑问题，这其实是一件“说到容易，做到难”的事情。大部分人在做决策时都会陷入“短视”的思维误区，往往只顾眼前的收获和满足感。

这一点对我们的日常生活也有影响。一些学生在毕业季找工作的时候，往往会更在意哪家单位给的薪酬更高，却较少考虑这份工作是否为自己提供了良好的成长和发展空间；一些女孩子非常喜欢吃蛋糕、冰激凌等甜食，往往只在意当下吃得开心，不顾这些食物对身体健康的长远损害。

企业如果在经营决策中也出现急功近利的短视行为，造成的后果很可能不仅是财务上的损失，而是“生命代价”。

> 美国波音公司（以下简称“波音”）是世界上最大的飞机制造商之一，它素来有着创新的传统，长期坚持投资新技术的研发。然而 1997 年兼并麦道飞机公司后，波音开始追逐短期利润。时任 CEO 的费尔·康迪特（Phil Condit）曾经公开表示：“波音的首要任务已经不是制造领先同行业的一些新型飞机了。如今，我们的主要任务是，努力创造一个以稳定股价为基础的发展环境。”康迪特还在波音内部大规模实施了一项“股价信托计划”。这项计划将员工奖金与公司股价挂钩。如果股价在未来四年内增长超过 3%，大量员工就可以获得额外的奖金。①

① Wallace, J. Boeing Workers Learn Value of Stock-Related Bonus. Seattlepi. (2008-07-14). https://www.seattlepi.com/business/article/Boeing-workers-learn-value-of-stock-related-bonus-1279292.php.

为了提升短期利润，刺激股价，波音开始大量削减研发支出，并在生产过程中发起一项新的变革——产业链外包。在787客机的制造过程中，外包比例高达70%，波音自己只负责建造其中的一小部分零部件以及最后的总装工作。

外包是一把双刃剑。大规模的生产外包虽然帮波音有效地控制了成本，却让波音逐渐失去了对核心能力的把控。2011年，波音最大的客户之一美国航空公司准备跟波音最主要的竞争对手空中客车公司签署购买订单。为了挽回客户，波音中止了新客机的研发，决定升级20世纪60年代就研发出来的畅销机型737。波音的工程师加速赶工，只花了3个月就完成了这款叫作737 MAX的飞机设计方案。

结果，737 MAX在正式交付后，由于其设计存在缺陷，先后造成了两场大型空难，合计致死346人。之后，737 MAX客机在全球范围遭停飞。这两起空难，从某种程度上可以说是波音急功近利、追求短期绩效的“苦果”。

硅谷“创投教父”彼得·蒂尔说过：“如果你把短期增长看成重中之重，就会错过最重要的问题——10年之后，你的公司还能存在吗？”[①]

① 彼得·蒂尔，布莱克·马斯特斯. 从0到1[M]. 高玉芳，译. 北京：中信出版社，2015.

如何判断企业的持续盈利能力

如何判断一家企业的利润有多少是可持续的呢？有一个常用的分析工具。

表 1-6 中的框架由两个维度（主次和经常性）和四个格子（四个“比如”）组成。我们需要做的，就是把企业利润拆分，分别放到这四个格子里。在这四个格子中，最需要我们关注的是左上角的格子——主要的、经常性的利润。

表 1-6　盈利能力分析框架

	经常性的	非经常性的
主要的利润	比如：核心产品的销售利润	比如：停产产品的销售利润
次要的利润	比如：闲置资金产生的利息收入	比如：火灾保险理赔款

我以耐克为例具体介绍一下。对耐克来说，主要的、经常性的利润就是靠主营产品获得的利润，比如运动鞋和服装。这部分也是投资人最关心的利润。而主要的、非经常性的利润，就是偶尔才会推出的限量款产品，以及跟设计师合作的产品。这些利润是不经常发生的。

耐克赚了钱就会有一些现金，它把这些现金存在银行，挣到的利息就是次要的、经常性的利润。还有一些极端情况，比如耐克的厂房着火了，耐克获得了保险公司的理赔，理赔收入就是次要的、非经常性的利润。这部分利润是投资人最不关心的。

如果你想投资一家企业的股票，可以先把它的利润拆分，放进这个表格里，再来判断它的可持续盈利能力。

盈利能力分析框架可以帮我们剔除副业对企业盈利能力的影响。但如果两家企业都比较专注主营业务，而且在过去几年里主营业务表现得都不错，持续产生利润，那么该如何判断这两家企业主营业务在未来若干年利润的可持续性呢?

可以看两个核心因素:（1）市场需求。企业主营业务所满足的需求，预计在未来会增加、持平，还是下降?（2）商业模式。企业主营业务是以销售商品或项目为主，还是通过运营服务持续产生收入?

> 我举个例子分析一下这两个核心因素要怎么用。假设有两家房地产企业，一家以销售住宅为主，通过卖房子获得利润；另一家以商业地产运营为主，通过物业出租获得利润。如果在30年前，这两家企业面临的市场需求都将长期上升，它们的利润均为可持续的。在这种情况下，从收益角度看，住宅地产企业远远超过商业地产企业。但随着住宅市场的逐渐成熟，城镇化比率不断上升，人口老龄化不断加剧，住宅地产企业不敢拿地，没有新的开发项目，后续利润就不见得可持续了。而商业地产企业仍然可以通过物业出租获取长期的租金回报，只要经济整体上行，其所持有的物业没有大的问题，商业地产企业的利润就是可持续的。

所以，市场需求是影响企业利润是否长期可持续的主要因素。在一个下行的市场，任何企业都会遭遇经营困难，它们势必要寻找自己的第二增长曲线。商业模式则是影响企业利润能否可持续的次要因素。通过运营服务获取收入和利润的企业，通常要比销售产品和项目的企业稳定得多。

划重点

分析利润时重点关注哪些维度？

- 除了考察利润大小，还要考察利润的可持续性。
- 利润可持续性高的企业更具有投资价值。
- 可以使用“盈利能力分析框架”来判断一家企业的利润可持续性。

思考

文中讲道，我们需要多维度考察利润质量。除了“可持续性”，还有哪些维度可以帮助我们判断利润质量？

财务学者认为，利润的平滑程度（即利润额在年度之间的波动幅度），稳健性（即损失是否能够及时反映到盈余中），价值相关性（即盈余信息是否能够引起股价变化），以及盈余管理程度（即企业财务造假程度），都有助于判断一家企业的利润质量。

08 现金水平

手里的钱越多越好吗

理解了资产负债表和损益表的核心内容后，我们来看看第三张财务报表——现金流量表。

我们关心利润，本质上是关心企业的未来。但利润有一个不能解决的问题，就是企业当下的生存问题，而现金流量表关注的正是这个问题。

有研究发现，在20世纪90年代，每4家破产的企业中，有3家是盈利的，只有1家是亏损的——是的，盈利的公司也会破产。[①]

事实上，会计学学界最早的实证研究之一，就是关于如何应用财务数据预测企业未来的破产概率。在这篇题目为《用财务比率预测失败》的论文中，会计学泰斗之一威廉·比弗教授发现，在预测企业破产风险时，现金持有水平是所有企业财务特征中最

① 黄世忠. 财务报表分析的逻辑框架——基于微软和三大汽车公司的案例分析 [J]. 财务与会计, 2007(10): 14–19.

重要的一项指标。[①]

也就是说，企业破产，不是因为没有利润，而是因为没有现金了。

为什么盈利的公司会破产

只要理解了利润和现金之间的关系，你就能明白为什么盈利的企业也会破产了。

> 以前文介绍过的美国第一条横跨北美大陆的铁路工程为例。铁路公司刚开始经营的时候，客户都是货到就付款的。慢慢地，合作多了，有些客户就会要求延期支付运费。比如，上个月有客户运了一大批货，运费是2万元，运输已经完成了，但是运费还没付给铁路公司。
>
> 假设运输成本是5 000元，这时铁路公司的账面利润会增加1.5万元。可现金呢？铁路公司没收到一分钱，因此其现金持有量没有任何增加。
>
> 这样一来，利润中就会包括一部分没有真正拿到手的现金。假设这时铁路公司有1万元的银行贷款快到期了，它的账面上却没有任何现金，那它就会面临破产，因为银行只接受现金偿还贷款，不会管公司是否有利润。

利润和现金之间会产生这种错位关系，可以被认为是会计惹

① Beaver W. Financial Ratios as Predictors of Failure[J]. Journal of Accounting Research, 1966,4: 71–111.

的祸。因为会计准则规定，只要签了合同，也已经提供了服务或商品，就可以记录对应的收入和利润。但是现金得等到对方真正付款的时候，才能被记录。

会计准则之所以这么规定，是为了满足收入和成本之间的配比原则，也就是说，既然铁路公司已经完成了运输服务，相关的成本已经产生了，就应该配比这次运输的收入和利润，即使这时候钱还没有到账。

配比原则是特别重要的一种财务思维，甚至可以说是财务人员扎根在脑子里的概念，它无处不在。

比如，前文提过，不同行业的两家企业的财务报表不能被放在一起比较，这就是行业和企业财务特征之间的配比。我会在下一章提及，投资项目和资金来源之间需要进行“期限”和“风险”的双维度配比。

为什么要强调配比原则呢？我们不妨反过来想一想，如果不使用配比原则，而是等实际收到现金再记录利润，会出现什么问题。

假设客户半年之后才把运费付给铁路公司，那么在这半年里，公司的账上看不到这笔业务产生的收益，CEO 看起来就像什么事情都没做，自然就拿不到任何奖金。这肯定不公平，因为这不能准确反映铁路公司一段时期内的经营情况。

投资人也不喜欢这种方式。假设铁路公司在一个项目完成之后引进了几个新的投资人，如果要等这个项目服务的客户实际付款之后才记录利润，那么，新投资人就也能享受到这个项目所带来的收益了。这样做，老投资人肯定不愿意，明明这个项目实际发生的时候，新投资人还没给公司投资，他们凭什么分得收益呢？

所以，会计制度为了强调付出的努力和获得的成果配比，就遵循了配比原则。

使用配比原则的一个后果，就是利润和现金会在一段时间内产生错位。会计制度有其局限性，这就是其中一个。

公司持有多少现金才合适

既然现金是企业的安身立命之本，那现金越多，企业就越好吗？

财务上用来衡量现金持有水平的一项常用指标叫“现金比率”，它的计算公式如下：

现金比率 = 货币资金 / 流动负债

我根据万得数据库提供的数据，计算出 2018 年中国 A 股上市公司（剔除金融类企业）的现金比率平均是 30.6%，也就是说，如果一年内要偿还的债务是 100 元，企业一般只会保留 30.6 元现金，而不是我们想象的 100 元，甚至更多。

不过，这只是平均水平。研究发现，如果一家企业的财务负责人具有注册会计师资格，那么，这家企业的现金持有量就会显著高于其他企业。[①] 可见，搞会计出身的人，确实更加谨慎。

全球上市公司中，谁持有的现金最多呢？苹果公司。其年报

① 李晓玲，葛长付，侯啸天．CFO 特征对现金持有量影响及其区域市场化差别 [J]. 长安大学学报（社会科学版），2017(3): 45–56.

披露，2017 年年底，苹果公司持有 2 851 亿美元现金，比德国外汇储备还多。可是苹果公司因为现金多，遭到很多批评。一些投资人就公开批评过苹果公司的 CEO 蒂姆·库克：“拥有 2 000 多亿美元的现金而不去使用它，这是一种犯罪行为。”

为什么这么说呢？学者们认为，企业持有过多的现金，其实在向外部传递三个危险信号。

第一，说明企业没有好的投资机会，有钱没处花，只能放在银行赚取利息。这是效率最低的一种现金使用方式。

第二，说明企业融资困难或者成本高。有研究发现，小企业和信誉差的企业现金持有比例往往更高。[①] 因为小企业更难获得银行贷款，而且贷款利息更高。这就好比一个人只有在申请不到信用卡的时候，才会特别依赖现金。

第三，过多的现金容易导致企业乱花钱。这一点不难理解，如果你的钱包里有很多现金，你就会惦记“买买买”；如果钱包里只有几元，你就不会总想着怎么花钱了。

所以，企业持有的现金并不是越多越好。

中国上市公司的平均现金比率是 30.6%，那么，另外 69.4% 的债务要怎么还呢？

企业持有现金的主要目的是有足够的钱偿还短期债务。短期债务指的是一年内要偿付的，而不是明天马上就要还的债务。企业的资产里除了现金，还有存货和应收账款等，这些都可以快速变现，用来还债。

① Opler T, Pinkowitz L, Stulz R, Williamson R. The Determinants and Implications of Corporate Cash Holdings[J]. Journal of Financial Economics,1999,52(1): 3–46.

企业的财务战略矩阵

把前文讲的“经济利润”和“现金”这两项财务指标联系起来，就可以形成企业的财务战略矩阵。

企业如同人一样，会经历“出生—成长—成熟—衰亡”的生命周期。[①] 当我们把财务战略矩阵和生命周期理论结合时，就可以把每家企业归纳到图 1-3 的四个象限中，然后制定相应的财务战略了——企业应该采用什么方式筹集资金？又应该如何有效地管理和使用这些资金呢？

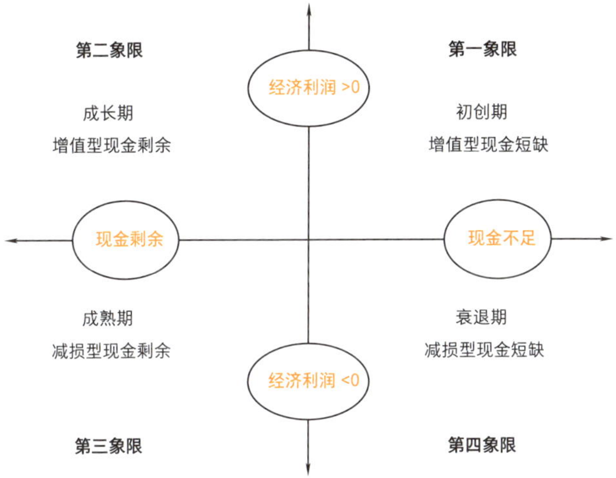

图 1-3　财务战略矩阵

资料来源：参见中国注册会计师协会编．公司战略与风险管理 [M]. 北京：经济科学出版社，2011：162.

① Levitt T. Exploit the Product Life Cycle[J]. Harvard Business Review. 1965, 43(6): 81–94.

（1）第一象限：初创期，增值型现金短缺

位于第一象限的企业，通常是初创型企业。这类企业的财务特点可以被归结为“增值型现金短缺”，也就是说，企业的主营业务是靠谱的，能够为企业创造正的经济利润，但是企业的自有资金不足以支持业务的快速增长。在这种情况下，业务增长得越快，现金短缺往往越严重。

这个现象在互联网行业非常明显，这主要是其背后的商业逻辑决定的：业务初创期企业暂时不考虑盈利，而是通过大量补贴和优惠获取用户，扩大市场份额。比如，美团网进军打车市场的时候，为了在上海网约车市场立足，曾经推出“用户前3单可直接减免14元”、注册司机可享受3个月内“零抽成”的优惠。这样做确实有助于市场份额的快速增长，然而企业每天都在用现金补贴用户，随着用户规模的扩大，其现金短缺问题会越发严重。

因此，这个阶段的企业常见的财务战略是：在融资战略的选择上，主要依靠外部融资支撑业务的快速发展；在分配战略的选择上，尽可能把钱留存在企业内部，满足业务扩张和投资的需求，而不进行任何分配。

（2）第二象限：成长期，增值型现金剩余

位于第二象限的企业，通常是处在青壮年时期的成长型企业，比如那些刚上市的企业。这些企业的财务特点可以被归结为“增值型现金剩余”，也就是说，主营业务能够为企业创造正的经济利润。同时，企业现金除了满足自身发展需求，还有剩余。这是四个象限中最好的一种状况，企业应该尽量维持并延续该状况。由于企业在创造价值，加速增长可以增加股东财富，这时企业首选的战略是利用剩余现金加速增长。

加速增长有两条主要途径：第一条是内部投资，比如增加研发投入，推出新产品；第二条是进行外部投资或者并购相关业务。相比之下，前者通常周期长、见效慢，后者更像是“吃快餐”，能帮助企业在短期内快速实现增长。上市企业在资本市场短期业绩的压力下，大多更愿意选择后者。这就是为什么企业在完成上市融资之后，通常会进行大量的外部投资和并购活动。

当然，企业不是一直都有好的投资机会的。如果加速增长之后仍有剩余现金，又找不到进一步投资的机会，企业就应该把剩余的钱通过分红或者回购股份的方式还给股东。

（3）第三象限：成熟期，减损型现金剩余

位于第三象限的企业，就像人到中年，开始有些力不从心。这类企业的财务特点可以被归结为“减损型现金剩余”，也就是说，主营业务虽然能够产生足够的现金流量维持自身发展，但是业务的增长没有创造正的经济利润，反而会降低企业的价值。这是企业处于衰退期的前兆。

在这种情况下，企业首先应该想办法通过扩大市场份额、提高价格或者控制成本等方式来提高会计利润。前文讲过，经济利润等于会计利润减去资金成本。如果会计利润短期内提升无望，企业可以想办法调整资本结构，降低资金成本，从而提升经济利润。如果这些都做不到，企业仍不能获得正的经济利润，那就应该考虑出售业务。

（4）第四象限：衰退期，减损型现金短缺

第四象限是最糟糕的情况，位于这个象限的企业就如同进入暮年的老人，已明显处于衰退期。这类企业的财务特点可以被归结为“减损型现金短缺”，也就是说，企业业务老化，不能再继续给企业创造价值，而企业又面临现金短缺的问题。

在这种情况下，企业的财务战略有两种：如果有能力扭转价值减损的局面，可以选择重组；否则，就应该选择出售这块业务，减少损失。

划重点

如何看待现金？

- 企业靠利润发展，但是靠现金流生存。
- 现金并非越多越好。现金持有水平取决于“风险预防”和“资金使用效率”这两个因素之间的平衡。
- “现金”和“经济利润”会影响企业的财务战略。

思考

文中讲道，企业的商业模式对现金流有着重要的影响。能否举个例子，说明什么样的企业的现金流比较充裕？

答案

张平 Francis

我的理解是，直接面向消费者，也就是2C企业[①]，并且采取会员制的付费模式，这样的企业通常不会产生现金流焦虑，因为会员在消费前就已经付清未来一段时间内的账款了，这使企业收入覆盖了流动负债，利润和现金也就不会前后错位了。

① 2C 企业指 To Consumer，意思是对接消费者的企业。——编者注

09 现金结构
为什么现金流为负的公司能上市

观察现金时，除了看企业持有多少现金，财务高手还会考察一个重要维度——现金结构。

现金流结构

在现金流量表里，现金会被分成三类：经营活动现金流、筹资活动现金流、投资活动现金流。这三类现金流的配比就是现金结构。

经营活动现金流是企业通过经营活动、销售活动产生的现金流。如果把企业内流动的现金想象成人体内流动的血液，经营活动现金流就是企业的自我“造血功能”。

筹资活动现金流主要和企业的融资活动有关，相当于外部在给企业“输血”。比如，企业获得了一笔银行贷款，筹资活动现金流就会相应增加。不过，之后企业定期支付利息或者偿还本金时，这部分现金中又会有一部分流出企业。

企业投资产生的现金支出，会被归类到投资活动现金流里，这相当于企业在“放血”。

这三类现金流中，哪一类最重要呢？

经营活动现金流最重要，因为它反映的是一家企业自我积累、自己供足资金的能力。

前文讲过铁路公司的财务配比问题。当运输完成后，铁路公司的利润会增加，但由于客户还没有真正付款，铁路公司的现金流是没有任何增加的。一段时间后，如果客户给铁路公司付了款，那么铁路公司的现金就会相应增加，也就是说，现金和利润趋同了。

但如果客户不靠谱，铁路公司迟迟收不到现金，那这笔业务产生的现金和利润之间的差异就会存在很长一段时间，也就是说，这笔业务利润的含金量非常低。

财务分析中用经营活动现金流和利润比值来衡量利润的含金量，比值越高，利润质量越高。

现金流状态和经营特征配比的重要性

保持一定量的经营活动现金流固然重要，但是我们反过来想一想，如果经营活动现金流为负，是不是就意味着企业没有造血功能，肯定很快就要破产了呢？

> 如果关注这几年的IPO（首次公开募股）审批，你就会发现获准上市的企业，特别是在创业板和科创板上市的企业中，有一些企业连续几年经营活动现金流为负。比如前

文提过的科蓝软件，它于2017年在创业板上市，然而在上市前3年，它的经营活动现金流持续为负，2015年更是达到-1.01亿元。

再比如首批在科创板上市的企业之一——宁波容百新能源科技股份有限公司（以下简称“容百科技”）。这家企业主要从事锂电池正极材料及其前驱体的研发、生产和销售。其招股说明书显示，2016—2018年，容百科技的经营活动现金流分别为-6 287.96万元、-63 766.65万元和-54 282.14万元。

表1-7 容百科技2016—2018年现金流量分析 单位：万元

项目	2018年度	2017年度	2016年度
经营活动产生的现金流量净额	-54,282.14	-63,766.65	-6,287.96
投资活动产生的现金流量净额	-86,959.27	-31,007.44	-12,756.99
筹资活动产生的现金流量净额	142,826.72	100,348.06	16,468.50
现金及现金等价物净增加额	1,469.92	5,755.55	-2,319.40

资料来源：容百科技首次公开募股招股说明书。

为什么经营活动现金流持续为负的企业也能上市？难道IPO的审批标准放松了吗？其实不是。

主要原因是，相关机构在评估申报企业——特别是申请在创业板和科创板上市的企业——的财务状况时，不再仅仅关注现金流的正负和大小，也会考虑企业的财务状况

（包括现金情况）与其所处的发展阶段、经营特征之间的配比程度。由于这些都是科技创新型企业，相关机构和投资者更加关注的是这些企业未来的持续成长能力，以及在申请上市时是否如实披露了符合其经营情况的财务数据。用“硬性”财务指标（比如现金流和利润大小）作为唯一的考核标准，显然是不合适的。

注意，我再一次用了“配比”这个词，可见配比在财务中是多么重要的一个概念。

继续以容百科技为例。虽然这家企业上市前3年的经营活动现金流都是负的，但其业务发展势头很猛，收入持续上涨。根据该公司招股说明书披露的信息，2017年和2018年，它的主营业务收入同比增幅分别为111.83%和60.33%。在2016—2018年，容百科技主营业务收入占营业收入的比重基本都在99%左右，可以看出这是一家非常专注于主营业务的企业（表1-8）。

表1-8　容百科技2016—2018年营业收入分析　　单位：万元

项目	2018年度		2017年度		2016年度	
	金额	占比	金额	占比	金额	占比
主营业务收入	299,207.42	98.38%	186,618.59	99.33%	88,098.96	99.53%
其他业务收入	4,918.58	1.62%	1,254.07	0.67%	420.27	0.47%
合计	304,126.01	100.00%	187,872.66	100.00%	88,519.23	100.00%

资料来源：容百科技首次公开募股招股说明书。

为什么容百科技每年的收入越来越多，现金却越来越少？这符合它的经营特征吗？

前文讲过，赊销会造成销售收入和现金之间的差异。当参看容百科技的客户信息时，我们发现，它的客户主要是国内外规模较大的动力电池厂商，而且客户集中度非常高。根据该公司招股说明书披露的信息，2016—2018年，公司前五大客户销售金额占当期营业收入的比例分别为60.40%、61.28%和52.79%。

当客户是行业中的龙头企业，销售集中度又高的时候，容百科技的谈判能力较弱，收入中的赊销比例会比较高，体现在财务报表中就是有高额的应收账款。同时客户会要求比较长的付款周期，这样容百科技当期收到的现金就会减少。

事实上，根据容百科技招股说明书披露，截至2016年年末、2017年年末和2018年年末，容百科技的应收账款余额分别为33 236.11万元、80 619.21万元和114 543.61万元，占当期营业收入的比例分别为37.55%、42.91%和37.66%。容百科技在招股说明书里也坦承："随着公司经营规模的扩大，应收账款增幅较大，部分客户应收账款回收周期较长。"

雪上加霜的是，容百科技的产品由于生产周期较长、生产流程复杂，为了配合业务的快速发展，满足客户的需求，企业就需要增加存货。根据该公司招股说明书披露的信息，容百科技在购买生产所需的原材料等方面的相关现金支出，从2016年的38 056.51万元增加到2018年的160 892.65万元。

当销售收入中的大部分是应收账款，企业又要支出大量现金以增加库存的时候，这显然就会给经营活动现金流造成很大的压力。这就能解释，为什么容百科技的收入越来越多，经营活动现金流却越来越少，甚至出现负数了。

企业的财务信息和经营特征之间相互印证，是财务报表分析中一种非常重要的思维方式。因为财务报表的目的虽然是呈现企业真实的经营状况，但财务数据是可以被人为操纵的。我们在基于财务信息对企业做出任何判断之前，都需要先确保数据背后的商业逻辑讲得通，否则就可能存在造假嫌疑，或者企业说一套做一套。

容百科技的现金流状况能够被其经营模式解释，因此，经营活动现金流是负的，不代表容百科技是一家坏企业，只能说明这家企业的资金压力不小。容百科技如果不能缓解现金压力，还是存在很大风险的。

因此，财务高手在评价容百科技的现金情况时，还会进一步思考两个问题。

第一个问题是关于现在的。如果容百科技自己产生的现金不能养活自己，那它就必须有能力通过外部融资，也就是“输血”，把现金水平维持在一个安全区间内。容百科技做到了吗？该公司招股说明书披露，2016—2018 年，公司分别获得了 8 238.59 万元、887.28 万元和 25 356.35 万元的借款，所以公司这 3 年的筹资活动现金流都是正的。另外，一旦成功上市，公司马上可以注入一大笔现金，这也有助于缓解容百科技的现金压力。

第二个问题是关于未来的。容百科技未来能有足够的现金养活自己吗？这个问题的答案取决于两点："未来发展的速度有多快"，"未来能不能收回客户欠的钱"。大量资金被客户占用，显然不利于企业的长期发展。因此，应收账款的管理能力，对容百科技来说是至关重要的。容百科技在招股说明书里承诺："公司将继续优化客户结构，缩短应收账款的回收周期。"如果容百科技能够兑现承诺，那么其资金压力就能得到有效缓解；反之，其未来现金流的压力就会进一步增大。

现金结构和企业生命周期的关系

事实上，容百科技的现金状态不是个例。许多处于初创阶段的企业，其现金结构都处于容百科技这种状况：经营活动和投资活动的现金流都是负的，只有融资活动的现金流是正的。

企业的现金结构和企业所处的生命周期阶段有很大关系。如表 1-9 所示，初创企业的经营活动现金流通常是负的。对于这些企业，我们不需要过度紧张其负的经营活动现金流状况，但是，我们需要关注企业是否有融资能力。①

除此之外，还有一类企业的经营活动现金流通常是负的，这类

① 这里指的是一般情况。当企业面临严峻的外部融资环境时，维持和增加经营活动现金流的能力就越发重要。

企业就是处于衰退期的企业。它们的主营业务已经岌岌可危了，因而才会出现负的经营活动现金流，这个时候投资者就需要提高警惕了。

表 1-9 现金流结构和企业生命周期

	初创期	扩张期	成熟期	衰退期
经营活动现金流	-	+	+	-
投资活动现金流	-	-	+	+
筹资活动现金流	+	+	-	-

OPM 策略对现金流的影响

容百科技由于面对的客户都是行业的龙头企业，因而其谈判能力较弱，这导致企业现金流压力很大。相反，那些龙头企业由于能够无偿占用供应商的资金（即前文中介绍过的 OPM 策略），其经营活动现金流通常会非常充裕。

在财务工作中，人们经常用“现金转化周期”指标，来衡量一家企业的 OPM 策略是否用得成功。[①] 现金转化周期的计算公式如下：

现金转化周期 = 应收账款周转天数 + 存货周转天数 - 应付账款周转天数

① Richards V, Laughlin E. A Cash Conversion Cycle Approach to Liquidity Analysis[J]. Financial Management, 1980,9(1): 32–38.

应收账款周转天数和存货周转天数指的是企业回款的速度，应付账款周转天数指的是企业付钱的速度。

企业现金转化周期越短（说明企业“收钱越快，付钱越慢”，也就是说，从别人那里拿钱的速度比给别人钱的速度快），其OPM策略就越成功，现金流的压力就越小。

不过，OPM策略是一把“双刃剑”，过度使用也会给企业带来极大的经营风险。美国REL咨询公司和CFO杂志在2001年发布的调查报告中就指出：企业使用OPM策略的能力需要客户和供应商的配合，特别是在经济下行期。企业必须能够充分获得供应商的信任，才能使用OPM策略以提升获利能力。它们在2002年发布的调查报告更是以《不要让供应链断裂》为标题，指出客户与供应商关系管理的重要性。

前文讨论过国美和苏宁的案例。这两家企业虽然都使用了OPM策略进行扩张，但国美在造就其连锁帝国的过程中，由于没有重视供应商关系管理，向供应商收取高额的进场费、广告费等，逐渐与供应商的关系恶化。后来，西门子、索尼等大厂家开始与国美进行现款现货交易，没有得到同样待遇的美的集团、TCL集团等大厂商和一些二、三线品牌的生产厂商，也开始向国美发难。与供应商紧张的关系，扩张带来的资金压力，以及国美前高层被捕，最终导致国美陷入被供应商挤兑的被动局面。

相比之下，苏宁更擅长维系与供应商的关系，它占用供应商的资金量相对少、时间较短。在快速扩张过程中，也没有过度依赖于占用供应商的资金。2008—2010年，苏宁在竞争对手国美苦苦挣扎在财务困境的泥淖中时，推行积极而稳健的财务策略，有力地支撑了自身对国美的超越。

划重点

分析现金时重点关注哪些维度?

- 除了考察现金持有水平，还要考察现金流结构。
- 现金流结构与企业的生命周期有关。对于初创阶段的企业，应该更多关注其现金流的商业合理性。
- 缩短现金转化周期是增加现金流的有效方法。

思考

有人说，人生的现金流结构也符合生命周期的规律。请你思考一下，人在幼年、中青年和老年阶段的现金流结构分别是什么样的?

答案

Ethan-Guo

年幼时期，经营活动现金流为负，因为没有赚钱的能力，主要依赖融资活动现金流（父母提供的经济支持）。

中青年时期，经营活动现金流为正，因为具备了挣钱的能力，融资活动现金流可能也为正（例如按揭买房）。

老年时期，经营活动现金流为负，融资活动现金流也为负，主要靠投资活动现金流（比如理财）。

要想解决衰退期问题，就需要在中青年时期多学习，保证投资活动现金流能持续盈利。另外，如果可以不退休，那老年时期还是可以实现经营活动现金流为正的，例如巴菲特这样的终身学习者。

10 报表附注

字越小越重要

我们在前文中讨论的是三张财务报表的核心内容。但是，这三张表只是企业对外发布的财务报告里的一部分。如果我们随便找一家上市公司的财务报告来看，就会发现这些报告非常厚，很多都超过了 100 页。

三张报表只占其中 3 页，剩下的那么多页写什么了呢？其中，有一个很重要的部分，就是这三张财务报表的附注。企业会解释它是按照什么规则编制的财务报表，这个规则就是会计政策。

看合同的时候，越是在犄角旮旯里的附注和小字，你就越得仔细看，因为猫腻通常都藏在那里。财务报表也是一样，企业财务的很多秘密都藏在附注里。所以，财务高手在分析财务报表之前，会先做一件事情，就是看附注，特别是关注哪些会计政策选择发生了变化。

变更会计政策可以增加利润

这件事为什么这么重要?

假设你在一家上市公司工作，这家公司已经连续两年亏损了，如果今年继续亏损，就可能面临退市风险。企业很快就要对外发布财务报表了，可财务人员算了半天账，发现今年的利润仍然是负数。老板特别着急，问大家有什么办法能快速扭亏为盈。

有一种神奇的方法，那就是改变会计政策。

我还是以美国第一条横跨北美大陆的铁路项目为例，解释这种神奇的方法。

铁路公司有很多固定资产需要折旧。假设铁路公司花100万元买了一台设备，预计能用5年。根据折旧常用的年限平均法（也叫直线法），每年的折旧费用是20万元。可购买设备之后，第一年业务做得不好，实在没法向投资人交代。怎么做才能迅速增加利润呢?

有一个方法就是延长折旧年限，把设备的预计使用年限从5年延长到10年，每年的折旧费用就变成10万元，这样一来，税前利润马上就增加了10万元。

这种改变会计政策的做法，让实际经营状况没有发生任何变化的企业，瞬间改变了业绩。

事实上，用这种方法调节利润的企业非常多。

美国财务专家霍华德·施利特、杰里米·佩勒和尤尼·恩格尔哈特写过一本书，叫《财务诡计》。[①] 书中提到，通过改变长期资产折旧方法来增加利润，是上市公司最常用的财务操纵方法之一。

这节开篇提到的那家快要被摘牌的上市公司，其实是有很多原型的，其中一家是鞍钢股份。鞍钢股份在 2011 年和 2012 年连续两年出现亏损，到了 2013 年，它的盈利压力特别大，如果再出现亏损，就可能面临退市风险。结果，2014 年 4 月，鞍钢股份宣布公司在 2013 年成功扭亏为盈，安全着陆。

事实上，那几年的钢铁市场一直处于低迷的状态中，鞍钢股份之所以能扭亏为盈，不是它在业务上有大幅改变，而是因为折旧政策变更发挥了巨大作用。鞍钢股份 2012 年关于调整部分固定资产折旧年限的公告显示，鞍钢股份把房屋、建筑物的折旧年限从 30 年延长到 40 年，机械设备、传导设备的折旧年限从 15 年延长到 19 年。调整折旧期限后，鞍钢股份 2013 年的净利润比 2012 年增加了 9 亿元，达到 7.7 亿元。

曾经靠改变折旧年限来调节利润的，还有三钢闽光、山东钢铁、富春环保、方大特钢、河北钢铁、一汽轿车等企业。这些企业有一个共同特点，都是重资产企业，也就是固定资产特别多。所以，它们通过改变资产折旧政策来调节利润的效果最明显。

为何允许公司变更会计政策

既然明知道企业可能会利用会计政策的变更来操纵利润，为

① 霍华德・施利特，杰里米・佩勒，尤尼・恩格尔哈特．财务诡计 [M]. 续芹、陈柄翰、石美华、王兆蕊，译．第 4 版．北京：机械工业出版社，2019.

什么会计准则还要给企业钻空子的机会呢？只允许企业使用一种会计政策不是更好吗？

这就得回到会计政策制定者的初心了。起初允许企业选择和改变会计政策的目的，不是给企业提供财务造假的机会，而是让财务报表能够抵抗企业经营过程中遭遇的外界环境变化，最大化地反映企业努力的真实结果。

会计学中有一个非常著名的例子。美国早期的会计准则只允许企业在记录存货成本时使用“后进先出法”。

什么是后进先出法？假设你代销某个品牌的女装，上个月卖出了1 000件衣服。为了计算利润，你需要知道这些衣服对应的成本是多少。假设上个月你进了三批货，每批货的进货时间、数量和价格如表1-10所示。这三批货的东西是完全一样的，但是上个月通货膨胀非常厉害，进货价格一个月内涨了几次。卖出去的1 000件衣服的成本该怎么计算呢？

表1-10 进货日期、数量和价格

日期	购入数量（件）	价格（元）
1日	1,000	20
15日	400	30
28日	1,000	40

后进先出法顾名思义，就是把最后进的货最先拿出来算

成本，也就是用28日进的那批货计算成本：1 000件 ×40元/件 =40 000元。

你可能觉得这种算法不公平，因为通胀使上个月的原材料价格严重虚高，如果用虚高的成本来计算利润，利润就会很低。

其实，这个例子背后折射的是1974年在美国发生的真实情况。1973年，美国第一次石油危机爆发，加之1971年美国政府放松了工资和价格管制，导致1974年出现了严重的通货膨胀。当时美国很多大企业，比如太阳石油公司、德士古公司、柯达公司等都纷纷要求改变记录存货的会计政策，使用“先进先出法”，这样财务数据才能抵抗通货膨胀的影响。会计准则考虑到这个诉求是合理的，就做出修订，自此允许企业根据环境变化来选择存货政策。

那么，如果使用先进先出法，会对企业有什么影响呢？

先进先出，顾名思义，就像超市排队结账一样，先排队的人最先结账，先买入的货最先被拿出来算存货成本。那么，1 000件衣服对应的成本就是月初进的那批货：1 000件 ×20元/件 =20 000元。

原材料成本持续上涨的时候，后进先出法会比先进先出法的成本高2万元，相应地，企业的利润就要少2万元。

会计政策变更带来的业绩变化对投资人的影响显然很大，投资人会站在哪一边呢？

芝加哥大学的希亚姆·桑德教授曾经研究了后进先出法和股价变动之间的关系。在题目为《存货估值的会计变化对股价和风险的影响》的论文里，桑德教授发现，准备改用后进先出法的企业，股票的超额回报率会显著上升。[1] 这说明市场站在企业这一边，并不认为在通胀时期，企业改变存货成本的会计政策是利润操纵行为，而是认为后进先出法更好地反映了企业的真实经营业绩。

如何判定会计政策变更是否合理

由此可见，投资者和监管部门最初之所以没有特别在意企业更改会计政策，是因为其认为企业这样做的出发点是好的，是为了更准确地反映经营情况。但是，无论什么政策，在执行过程中都可能出现动作变形的问题。

在这个新的会计政策出台后没多久，美国的汽车巨头克莱斯勒公司就因为管理不善，出现了非常严重的财务危机。克莱斯勒公司为了避免被逼破产，就改变了会计政策，把原材料成本从后进先出法改为先进先出法。根据公司 1970 年年报披露的数据估算，这个会计政策的改变，使它当年少亏损了 2 000 万美元。其他企业自此开始效仿这种做法。

为了防止企业利用会计政策变更来调整业绩，我国现行会计准则规定，一般情况下，企业采用的会计政策，在每一会计期间和前后各期应该保持一致，不得随意变更。但是，在下述两种情形下，企业可以变更会计政策。

---

① Sunder S. Stock Price and Risk Related to Accounting Changes in Inventory Valuation[J]. The Accounting Review, 1975,50(2): 305–315.

第一，法律、行政法规或者国家统一的会计制度等要求变更。比如，财政部出台了新的会计准则，要求企业统一执行新准则。

第二，看宏观环境是否有大的变化。如前文所述，如果宏观环境变化较大——比如通胀严重——那么，变更会计政策更可能是真实反映经营情况的需要。

如果是因为会计准则或者宏观环境发生变化，那么受影响的应该是一批企业，而不是某一家企业。因此，如果某一家企业的会计政策和同行业其他企业差异非常大，或者会计政策频繁变化，就要特别警惕，并进一步了解其原因。

划重点

如何看待报表附注？

- 在阅读财务报表之前，需要关注财务报表的附注，包括重要的会计政策。
- 企业的管理层对本企业的会计政策有一定的选择权。国家赋予其选择权的初心是希望企业更真实地反映其经营业绩。然而，一些企业会通过会计政策来调节利润，这是操纵业绩的一种方式。
- 会计政策的关注重点是哪些政策发生了变更，以及与同行业其他企业的政策差异。

思考

文中提到，企业的财务报告不仅包含了财务报表，还包含了其他有价值的财务和非财务信息。除了报表附注，财务报告还包含了哪些重要信息呢?

答案

以年报为例。根据我国《公开发行证券的公司信息披露内容与格式准则第2号——年度报告的内容与格式》要求,企业一般需要在年报中披露以下内容:重要提示、目录和释义;公司简介和主要财务指标;公司业务概要;经营情况讨论与分析;重要事项;股份变动及股东情况;优先股相关情况;董事、监事、高级管理人员和员工情况;公司治理;公司债券相关情况;财务报告;备查文件目录。

第二章

找钱
融资与管理

11 融资关系
债权人和股东的制衡之道

理解了财务报表及其背后反映的企业经营情况后，这一章我们来讨论融资和管理的问题。

为什么把融资和管理这两个看似不同的话题放在一起讨论呢？因为这两件事本质上都和“找钱”有关。只不过，融资是企业从外部找钱，管理是企业通过降本增效，从内部找钱。

企业从外部找钱主要有两种方式：一种是债务融资，比如向银行贷款，银行就成了企业的债权人；另一种是股权融资，就是找外部投资人，投资人就成了企业的股东。在财务报表中，这两类资金分别体现在资产负债表中的“负债”和“所有者权益”部分。债务资本与股权资本之间的构成及其比例关系，被称为“资本结构”。

前文中提过，2018 年我国 A 股上市公司（剔除金融类企业）的平均资产负债率是约为 61%，也就是说，大部分企业的资本结构中既有债权也有股权。因此，作为出资方的股东和债权人，以及管理这些资金的管理层，构成了一家企业的三类核心利益相关者。

学术界关于公司治理方面的研究，大多关注的是股东和管理层之间的关系。虽然管理层受股东委托，理应经营好企业，为股东创造价值，但管理层也可能会利用自己对企业的掌控力和信息优势做出损害股东利益的决定，比如，用企业的钱购买私人飞机，投资低收益项目等。为了防范这样的“委托代理”问题，企业会通过各种治理方式，比如设立董事会或引入机构投资者，来监督和制约管理层的行为。

然而，类似的冲突不仅存在于股东和管理层之间，财务高手还会看到另外两个层面的治理问题：股东和债权人之间的利益冲突，以及大股东和中小股东之间的利益冲突。这一节，我们先来讨论股东和债权人之间的关系，大小股东之间的关系将在后文中讨论。

债权人和股东之间的利益冲突

作为企业资金的提供者，债权人和股东的利益关系大体上具有一致性——都希望企业赚更多的钱，创造更多的价值。这样，债权人才可能收回贷款，股东才能享受更高的投资收益。但是在一些情况下，股东和债权人之间会存在利益冲突。

尤金·法玛和默顿·米勒两位金融学教授在 1972 年出版的《金融理论》一书中，首次讨论了股东侵害债权人利益的问题。他们认为：股东才是企业的所有权人，享有资产收益、重大决策等权利，而债权人是请求权人，只拥有按合同收取利息的权利。相比之下，债权人处在弱势地位，因此他们会担心股东在做投资决策时只考虑把自己的利益最大化，而不考虑如何把包括债权人在内的企业整体利益最大化。

伍利娜和陆正飞两位会计学教授曾经针对这个问题做过一项非常有意思的实验。①实验的参与者是185位北大EMBA（高级工商管理硕士）和MBA（工商管理硕士）项目的学员，他们本身就是企业高管或者有过管理经验，受过比较充分的财务训练，也有丰富的投资实战经验。两位会计学教授请每位学员扮演一家企业股东的角色，在假设企业盈利状况良好和亏损这两种情况下，对以下两个投资项目做出决策。

第一个投资项目是：投资20亿元，如果成功，2年后可收回190亿元；如果失败，没有任何回报，并损失初始投资的20亿元，投资成功率为10%。

第二个投资项目是：投资20亿元，如果成功，2年后可收回24亿元；如果失败，没有任何回报，并损失初始投资的20亿元，投资成功率为90%。

第一个投资项目显然是一个高风险项目，有10%的概率收回190亿，减去初始的20万投资额，可以净赚170亿元——但是，有90%的概率会亏20亿元。综合两种可能性，可计算出投资第一个项目的预期收益是-1亿元，即10%×170亿元+90%×（-20）亿元=-1亿元。

第二个项目是一个低风险项目，有90%的概率收回24亿元，

① 伍利娜，陆正飞．企业投资行为与融资结构的关系——基于一项实验研究的发现[J]. 管理世界，2005(4): 99–105.

也就是赚 4 亿元，有 10% 的概率亏 20 亿元。综合两种可能性，可计算出投资第二个项目的预期收益是 1.6 亿元，即 90%×4 亿元 +10%×（–20）亿元 =1.6 亿元。

如果股东是基于企业价值最大化的目标进行决策的话，显然应该选择第二个投资项目，放弃第一个，也就是说，参加实验的 185 名学员都应该选择第二个投资项目。

但实验结果是这样的：在假设资产负债率高（即债权人出资比例较高），同时企业盈利状况良好的情况下，有 59 个人，也就是 32% 的实验参与者选择第一个项目；而在假设企业亏损的情况下，竟然多达 96 个人，即 52% 的实验参与者选择第一个项目。

从这个实验中，我们可以得出下面两个结论。

第一，不是每个股东在做投资决策时，都是基于企业整体利益最大化的立场考虑问题的。

第二，当企业面临财务困境时，股东的投资决策会更加激进，反而更愿意投资高风险、高收益的项目。这是因为企业面临困境时，债权人比股东有优先清算权。股东本来就预期什么都拿不到，如果项目投资失败，情况对股东来说也不会变得更糟糕；相反，如果投资成功，股东反而能分到一些钱，所以他们愿意放手一搏。

可债权人并不愿意投资第一个项目，因为它的失败概率太高了，只会进一步减少自己能收回的钱。

这个实验结果印证了法玛和米勒两位教授的观点。

但是，债权人的意愿对投资决策有影响吗？他们能强制股东不投资第一个项目吗？很难。企业的投资决策一般是由高管和董事会做出的，债权人并不直接参与。

事实上，当借款合同生效，资金进入企业之后，债权人就失去了对资金的直接控制权。债权人处于信息劣势，很难知道企业是如何使用这些钱的。这时候，股东就可能利用债权人的信息劣势，做出损害债权人利益的行为。比如，股东可能不经过债权人的同意，擅自投资那些比债权人预期风险更高的新项目。再比如，股东为了提高企业的利润，可能会在没有征得债权人同意的情况下，指使企业发行新债券，致使旧债券的价值下降，令旧债权人蒙受损失。

罗纳德·安德森等学者研究发现，在一种情况下，这个问题不会那么严重，那就是家族企业。由于家族股东相对其他股东更关注企业的长期生存能力和声誉，他们更愿意追求企业价值最大化，而不是自身价值最大化。①

如何平衡债权人和股东的关系

那么，有什么方法能保护好债权人的利益呢？

一种方法是在借款合同中加强对债权人的保护。比如，加入一些限制性条款，规定贷款的用途，使股东不能随意把钱投给其他项目，做到专款专用。

另一种方法是使用近几年比较流行的、创新的金融工具——可转换公司债券，简称“可转债”。可转债，顾名思义，就是允

① Anderson R, Mansi S, Reeb D. Founding Family Ownership and the Agency Cost of Debt[J]. Journal of Financial Economics, 2003,68(2): 263–285.

许债权人按一定比例将债券转换为公司普通股。这样一来，在企业经营良好、股价稳定上升时，债权人就可以变为股东，享受企业业绩收益。

我根据万得数据库提供的数据，计算出2018年我国可转债的发行总额是790亿元。众信旅游、宁波银行、民生银行等多家企业都有可转债。可转债这种可转换的灵活性，能够在一定程度上缓解股东与债权人之间的利益冲突，让二者的目标更加一致。

划重点

如何看待企业债务融资和股权融资之间的关系？

- 除了考虑资金成本之外，还需要考虑债权人和股东之间潜在的利益冲突。
- 债权人更关注企业业绩的下限，而股东更关注企业业绩的上限。
- 企业可以在借款合同中加强对债权人的保护，也可以发行可转债来缓解债权人与股东之间的利益冲突。

思考

有人说，企业使用债务资金，能够提高股东的每股收益，你同意这个观点吗？

答案

当企业的投资收益率大于贷款利率时，增加负债就可以提升股东的收益。这就是“财务杠杆效应”。

12 融资原则
期限和风险的双重配比

企业融资的一个主要目的是投资新项目。假设迪士尼要在北京新建一个主题游乐园，需要 300 亿元。这么大的资金体量，企业自有资金是无法满足的，需要依靠外部融资。那么，迪士尼的这个项目应该使用债务融资还是股权融资呢？如果选择债务融资，比如银行贷款，那么企业还会面临一个选择，就是应该使用短期贷款还是长期贷款。

有些人可能觉得这两个问题很容易回答：哪种资金便宜就用哪种。这个想法没错，尽量用“便宜的钱”是融资决策的一个重要原则。用财务的话说，就是尽量降低资金成本，这样才能提升项目的投资收益。

但是，在财务高手看来，用“便宜的钱”并不是融资决策最重要的原则。

融资决策的第一原则是，融资方式和投资项目之间必须配比。这里的“配比”包含两个维度：一个是期限上的配比，另一个是风险上的配比。

融资方式和投资项目的期限配比

融资方式和投资项目配比的第一个维度，是期限上的配比。

以债务融资为例。从时间的角度看，一般来说，短期贷款由于时间短，银行要承担的风险比较小，也便于监管，利率会比长期贷款低。换句话说，短期贷款比长期贷款便宜。如果单纯考虑资金成本，所有企业都应该使用短期贷款。

但实际情况是这样吗？我根据万得数据库的数据统计出，在2018年中国A股上市公司中，超过50%的企业都有长期贷款。

明知道短期贷款便宜，为什么大部分企业还是会选择长期贷款呢？原因就在于，短期贷款和长期项目之间的期限不配比，会大大提升企业的财务风险。

长期项目的现金流有一个特点：前几年属于投资期，现金流通常是负的；到了后期，项目正常运转了，才会开始产生比较多的正现金流。比如，根据上海迪士尼游乐园这个长期项目的经验，从修建、开业到收回成本大约需要10年左右。假如迪士尼为了节省一点儿利息费用，使用一两年的短期贷款，它就必须在一两年内把债务还清。而迪士尼的现金流在两年内可能还是负的，或者正现金流很少，仅靠游乐园这个项目本身，根本支撑不了贷款的利息和本金。

期限配比理论，最早由金融学教授詹姆斯·莫里斯在1976年提出。[①] 这个理论的核心观点是：企业债务的期限要与资产的期限配比，即长期债务融资用于长期资产的投资，短期债务融资

① Morris J. On Corporate Debt Maturity Strategies[J], Journal of Finance, 1976,31(1): 29–37.

用于短期资产的投资。比如，零售企业通常会为年底的促销活动额外备货，进货需要的资金就该用短期债务满足。相反，企业投资长期项目的资金，就应该使用长期债务。

短贷长投的风险

但在实际操作中，由于短期贷款便宜、好借，有很多企业把它用于长期项目，然后用“借新还旧”的方式周转资金。

这就好比一个人月初在某互联网平台上借了 5 000 元，买了一部新手机。这笔贷款要求月中还清，但是他月底才发工资。临近月中时，这个人就得想办法再借一笔钱，用新借的钱把月初借的 5 000 元旧债还清，等月底发了工资再还新的贷款，这就是“借新还旧”。

这种把短期贷款用于长期项目投资的做法，在财务中被称为“短贷长投”。

有学者研究了 2004—2014 年的 A 股上市公司，发现约 25% 的企业存在较为严重的短贷长投行为。[①]

然而，短贷长投是一种非常危险的财务运作方式。有学者研究了短贷长投的经济后果，发现这种做法会对企业的业绩产生显著的负面效应。[②] 更为严重的是，当债务期限大幅短于投资期限时，投资的到期偿债压力会被放大，引发流动性危机。

---

① 钟凯，程小可，张伟华．货币政策适度水平与企业“短贷长投”之谜 [J]. 管理世界，2016(3): 87–98.

② 马红，侯贵生，王元月．产融结合与我国企业投融资期限错配——基于上市公司经验数据的实证研究 [J]. 南开管理评论，2018(3): 46–53.

有一个典型的案例是三胞集团。这是一家从南京起家的零售龙头企业。为了谋求更大的发展，该企业于2016年开始加速各个产业的资本运作，通过投资和并购活动进军地产、金融、大健康等产业。然而，这些投资中的大部分资金都源于贷款，而且都是一年期的短期贷款。但是三胞集团投资的那些产业，比如地产、大健康等，都是需要长期经营才能回本的，这就造成了短贷长投的现象。

在宏观经济好的时候，“借新还旧”相对容易，短贷长投的风险就容易被掩盖。但是到了经济不景气、金融市场上资金供给减少的时候，风险和隐患就会暴露。2018年，在去杠杆作用之下，贷款缩紧而还款加速，三胞集团一下子陷入资金困境和流动性危机中。信用评级机构（中诚信证券评估有限公司）将三胞集团主体信用等级进行下调，以提示企业的风险大幅增加。

所以，在财务高手眼中，融资决策的首要关注点不是资金是否便宜，而是资金和项目在期限上是否配比。短贷长投带来的财务风险，要远远大于使用短期贷款，节省利息费用带来的那点儿收益。

融资方式和投资项目的风险配比

融资方式和投资项目配比的第二个维度，是风险上的配比，也就是说，不同风险等级的项目，需要配比不同类型的资金。

一般来说，风险低、盈利有保障的项目可以更多地考虑债务融资，而没有盈利保障、风险高的项目通常要靠股权融资。因为债权人在意的是项目收益的下限，也就是项目能不能还清本金和利息。还清之后，项目赚再多的钱，都和债权人没关系了。而投资人更在意未来收益的上限，也就是最多能赚多少钱，因此，他们对风险的容忍程度比债权人高。

创业企业就是典型的例子。创业圈流行这样一句话：99% 的创业项目会失败。银行肯定不愿意给这样的项目贷款，绝大部分创业企业就只能依靠股权融资来发展。一群专门给创业企业投资的机构——“私募股权投资机构”“风险投资机构”（以下简称“风投机构”）——应运而生。国内一线的风投机构包括红杉资本、高瓴资本、IDG 资本、经纬中国、深圳市创新投资集团等。这些机构专门寻找未来发展潜力巨大的创业企业，给它们投资，并换取企业的部分股份。

这些机构为什么被称为“风投机构”呢？因为它们进行的投资活动背后的风险极高。如果创业企业失败，一般来说，它是不需要把钱还给风投机构的，损失由风投机构自己承担。当然，如果创业企业成为“独角兽”，成功上市，风投机构也会享受到巨大的收益，而且，成功项目的收益往往会超过其他失败项目的损失总和。所以，风投机构的投资逻辑是：广泛撒网，重点培养。它们不需要被投资的每一家创业企业都成为下一个“谷歌”，只要其中几家能够成功就够了。

风投机构和创业企业的期限配比问题

虽然风投机构的存在极大地缓解了创业企业融资难的问题，

但是风投机构和被投资企业之间也存在期限配比的问题。这是因为风投机构的兴趣不在于长期拥有并经营创业企业，而是在投资后的一段时期内（通常是企业上市后两年内）卖出手里持有的企业股份，实现退出。换句话说，风投机构并不是创业企业的长期股东。

风投机构的这种做法和其经营模式有关。风投机构本质上是一个融资平台，它们以基金的形式去募集资金（出资者被称为“有限合伙人”），等资金到位之后，再用这些钱去投资创业企业。风投机构管理的这些基金并不是永续存在的。清科私募通的统计数据显示，美国风投基金的存续期通常是 10~12 年，而中国基金的存续期通常只有 5~7 年，也就是说，有限合伙人会要求风投机构在 5~7 年内完成投资和项目退出，分配投资收益。

为什么中国的风投机构没有像美国那样，设置更长的基金存续期呢？

有一个主要的原因是，给基金出钱的有限合伙人不愿意。美国风投基金的出资人大多是机构投资者，比如养老保险、大学捐赠基金等，而中国风投基金的出资人大部分是个体投资者，特别是在我国风投行业发展早期。个体投资者和机构投资者在投资行为上是非常不同的，就像炒股票一样，个体投资者往往更加缺乏耐心，不愿意接受太长的投资周期，对流动性要求更高，希望钱快进快出。所以当基金的出资人大多是个体投资者的时候，就无法设置太长的基金存续期。

基金存续期的长短会带来什么实质的影响呢？

存续期越短，作为基金管理人的风投机构的短期业绩压力就越大，这就会导致风投机构无法和创业企业进行长期的利益绑定。

更糟糕的是，一些风投机构会把短期业绩压力转嫁给被投资企业，要求它们提高短期业绩，甚至逼迫它们做出损伤企业长期利益的决策。这就是美国著名风险投资专家保罗·冈珀斯教授提出的风险投资“逐名动机”理论，即风投机构出于自身业绩压力，会对其投资企业“拔苗助长”，从而损害企业的长期利益。

我和我的合作者李丹教授对这个问题进行过研究。① 我们选取了2004—2008年在深圳中小板② 上市的企业作为研究样本，将这些企业分为两类：上市前有风投机构参与的企业，以及上市前没有风投机构参与的企业。通过图2-1，我们可以看到两类企业上市之后股价表现的对比结果。

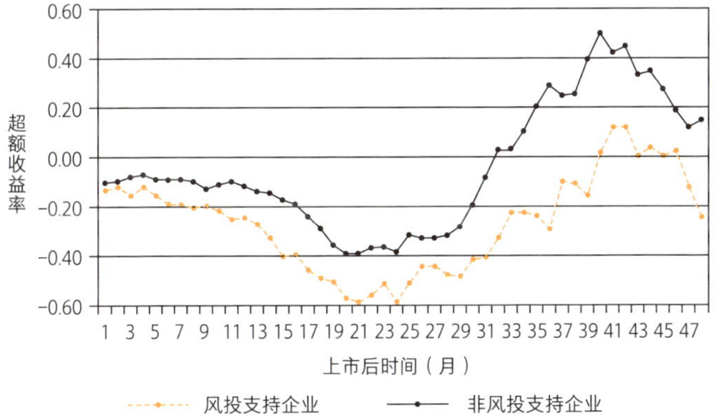

图2-1　风投支持企业和非风投支持企业上市后的股票收益率比较

① 贾宁，李丹．创业投资管理对企业绩效表现的影响[J]. 南开管理评论，2011(1): 96-106.

② 中小板块即中小企业板，2004年经国务院批准设立，与主板和创业板一起，构成深圳证券交易所的三个核心交易板块。

图 2-1 中，横坐标是企业上市后的时间。由于每家企业具体上市时间不同，我们把企业上市当月作为第 0 月，追踪其之后 48 个月的股价表现。这张图的纵坐标是超额收益率，也就是股票的回报率比大盘高多少。超额收益率如果大于 0，就意味着企业股票跑赢了大盘。

我们通过图 2-1 可以发现，风投机构支持的企业在上市后 48 个月的股价表现始终低于没有风投机构支持的企业。

如果说股价可能受市场中投资者情绪等企业不可控因素影响的话，我们再来看看会计业绩的对比结果。我们比较了两类企业上市前后 3 年资产收益率的变化程度（图 2-2）。资产收益率是分析公司盈利能力时非常有用的一项指标，其计算公式为：

资产收益率 = 净利润 / 平均资产总额

其中，平均资产总额是年初资产总额和年末资产总额的平均值。

我们从图 2-2 中可以看到，两类企业在上市前 3 年的盈利情况均为良好，资产收益率平均维持在 10% 以上，且上市前一年略高。然而，风投机构支持的企业在上市后几年中，业绩“变脸”的幅度显著大于没有风投机构支持的企业。我们通过进一步研究发现，风投机构的从业时间越短，其被投资企业的业绩“变脸”幅度越大，这说明年轻的风投机构急功近利的心态更加明显。

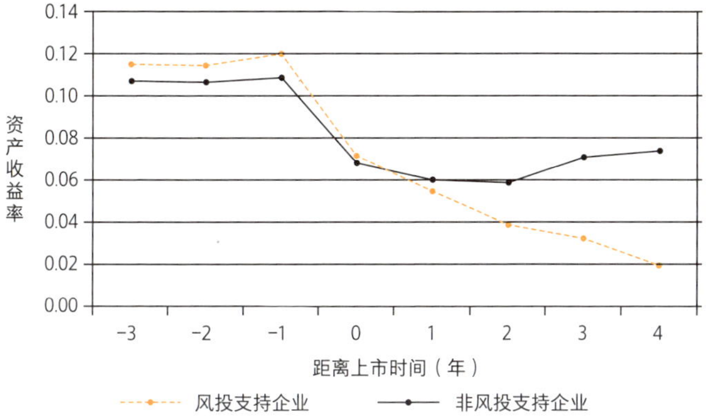

图 2-2　风投支持企业和非风投支持企业上市前后的资产收益率比较

所以，创业企业在决定进行外部融资的时候，要警惕投资方和企业之间期限错配可能带来的负面影响。

不过最近几年，随着私募股权投资行业的整体成熟以及2018年《关于规范金融机构资产管理业务的指导意见》(以下简称“资管新规”) 的出台，风投机构的短视倾向得到了一定的抑制。比如，“资管新规”中规定，个体作为有限合伙人的准入门槛为家庭金融资产不低于500万元，这一点比之前提高了200万元，并明确要求具有2年以上投资经验。更高的行业准入壁垒有助于筛选出一批高质量、理性的投资人，从而缓解基金追逐短期业绩的压力，让基金能够和创业企业的长期利益更好地绑定，真正扶持创业企业成长。

划重点

融资决策的原则是什么？

- 融资方式和投资项目之间必须配比。“配比”包含两个维度：一个是期限上的配比，另一个是风险上的配比。
- “短贷长投”策略虽然能够节约财务费用，但却会大大提高企业风险。
- 风险低、盈利能力有保障的项目可以更多地考虑债务融资；风险高、没有盈利保障的项目应该更多地考虑股权融资。

思考

文中讲道，创业公司的创始人和投资者之间会存在期限错配的问题。其实，上市公司也存在这样的困扰。资本市场对上市公司的短期业绩压力，往往会抑制公司的长期投资（比如研发投入）。对此，有什么解决方法呢？

答案

一种方法是引入愿意与企业长期绑定的投资者。比如，有研究发现，民营企业中的机构投资者持股能有效促进企业的创新活动。另外一种方式是选择退市。比如，在2018年，特斯拉就萌生过退市的念头。在给员工的邮件中，特斯拉的创始人和CEO埃隆·马斯克提到，退市是为了避免资本市场给公司决策带来“短视思维”，并对公司的长期发展造成干扰。

13 股权结构
AB 股的力量

一般观点认为，创业企业能拿到投资人的钱，说明投资者看好企业未来的发展。企业拿到钱以后，会因为资本的助力迈上新的台阶。企业的创始人一定会很高兴。

但是，我要告诉你，真实的情况并不完全是这样的。创始人拿到这笔钱的时候，除了高兴，其实也会纠结。为什么呢？

股权稀释会削弱控制权

因为每次进行外部融资，创始人持有企业股份的比例就会减少。这个现象，叫“股权稀释”。

假设你是一家创业企业唯一的创始人，拥有100%的股权。某天，一家风投机构给你的企业注资1 000万元，换取企业10%的股份。这轮融资完成之后，你手上就只有90%的股份了，被稀释的就是投资人拿走的那部分股权。

随着企业一轮轮地融资，创始人手上的股份比例会越来越低。一般来说，到上市的时候，创始人手上的股份只剩下10%~15%了。

股权比例的大幅度降低意味着什么呢？股份代表现金收益权。股权被稀释，就等于把企业未来的一部分增值收益让给了外部投资人。

不过对创始人来说，最后获得的财富多一点儿或少一点儿，并不是他们最关心的。他们更在意的是股权稀释对企业控制权的影响，因为每一股都代表在企业的一份话语权。创始人股份减少，意味着其投票权和决策权减少，最后甚至有可能丧失对企业的控制权，被逐出自己一手创立的企业。

最著名的例子恐怕就是史蒂夫·乔布斯了。1976年，苹果公司诞生。这家公司最初的三个创始人进行了股权分配：乔布斯占45%，另外两个合伙人斯蒂夫·沃兹尼亚克和罗·韦恩分别占45%和10%。苹果公司创立初期缺少资金，无法继续研发产品，乔布斯就开始四处寻找投资者。苹果公司招股说明书显示，经过几次融资和股权稀释，到1980年12月苹果公司上市的时候，乔布斯只剩下15%的股份了。

1981年，苹果公司资金周转困难，乔布斯接任董事长一职。当时，IBM推出了个人电脑，抢占了一部分市场份额，令苹果公司的日子很不好过。而乔布斯的理念和当时股东的理念相悖，这导致管理层将苹果公司业绩低迷的结果都怪罪到乔布斯身上。1985年，苹果公司董事会免除了乔布斯的董事长职务，要求他不能对公司具体部门和重要事务进行任何直接管理。最终，乔布斯离开了苹果公司。

虽然乔布斯离开苹果公司的原因很复杂，但可以肯定的是，他持股的比例太低是原因之一，这导致他在公司内部没有足够的话语权。

后来乔布斯反思："我看过太多糟糕的事情发生在许多原本运作良好的企业身上。这些企业就像赌徒手中的纸牌，被不断转售，有时是因为风险资本家们的决定，有时是因为其他人的决定。我只是想要确实掌握足够的资金及股份，以便确保公司在遭遇困难时，能够安渡难关。"

创始人因为股权被稀释而失去对企业的控制，甚至被逐出局的例子，在中国也有不少。"一号店"网上超市的创始人于刚、UT 斯达康的创始人吴鹰、汽车网站"汽车之家"的创始人李想、俏江南集团的创始人张兰等，都经历过类似的波折。所以说，每次融资，创始人心里都是既欣慰，又有些担心的。

AB 股制度可以保证控制权

那么，有没有方法能让创始人既获得投资，又能保护好自己对企业的控制权呢？

有一种解决方法，就是**在设计股权结构时，使用双层股权架构，也叫 AB 股制度。**AB 股制度是美国资本市场上一种常见的股权机制，它不同于传统公司法坚持的"一股一权"原则，双层股权架构下的企业可以同时发行AB两类普通股。这两类股票都可以享受现金收益，但是它们的投票权完全不同。A类股票，每股有1票投票权；而B类股票，每股有多票投票权。A类股票通常由外部投资人持有，B类股票则由创业团队持有。

AB股制度本质上是将企业的现金流权和控制权进行分离，这样就可以让创始人在持有少量股权的情况下，仍然能够依靠极高的投票权牢牢掌控自己的企业。

京东、小米、百度、脸书（Facebook）、谷歌等企业都使用了双层股权架构。京东的招股说明书显示，刘强东持有的B类股票，每股拥有20票投票权；其他投资人持A类股票，每股拥有1票投票权。虽然京东经历了多轮融资，2014年上市时，刘强东手里的股份只有16.3%，但他拥有京东超过80%的投票表决权，能牢牢掌握京东的控制权。

百度也使用了双层股权架构。其上市招股说明书显示，百度外部投资人持A类股票，每股拥有1票投票权；李彦宏持有的B类股票，每股则拥有10票投票权。李彦宏虽然只拥有百度15.9%的股权，却拥有53.5%的投票权。

经济学家张维迎说过，要让最有企业家精神的人去掌控公司。由于期限配比问题，创始人控制企业，更可能做出有利于企业长期发展的决策。有研究发现，AB股这种“同股不同权”的制度有助于提升企业的研发投入及专利的产出。①

---

① Baran L, Forst A, Via T. Dual Class Share Structure and Innovation [DB]. 2018.

AB 股制度的潜在风险

不过，AB 股制度也存在一定的风险。

控制权集中在少数人手中，在企业决策正确、发展良好的前提下，大家相安无事。但是，如果创始人和团队决策失误，其他股东就相当于成了决策失误的“陪葬品”。一个典型的例子是当年频频引得媒体关注的聚美优品。其招股说明书显示，创始人陈欧持有聚美优品 34% 的 B 类股票，掌握 75% 的投票权。后来陈欧擅自尝试低价私有化聚美优品，引起股价剧烈下跌，中小股东损失惨重。尽管投资人对这种做法非常不满，但由于陈欧掌握着公司 75% 的投票权，投资人也无可奈何。

两位会计学学者李婷（音译）和娜塔莉娅·扎伊茨研究了 19 个国家的企业股权结构，发现使用 AB 股结构的企业的财务信息更加不透明，而且其存在更多盈余造假的现象。[①] 所以，从公司治理的角度来看，AB 股制度是把双刃剑，需要谨慎使用。用好了，可以提升企业业绩，所有人皆大欢喜；用不好，就会损伤小股东利益。

考虑到这些风险，AB 股制度一直没有得到 A 股市场和港股市场的认可。这也是国内众多科技型企业在早年选择去美国上市的一个原因。

不过，2018 年 4 月，香港联合交易所发布了《主板上市规则》第 119 次修订（即《新主板上市规则》），增加了 AB 股制度，小

① Li T, Zaiats N. Information Environment and Earnings Management of Dual Class Firms Around the World[J], Journal of Banking & Finance, 2017,74: 1–23.

米成了第一家享受到这个政策红利的科技型企业。

2019 年开闸的科创板也开始试水 AB 股制度，优刻得科技股份有限公司成为首家“同股不同权”的企业。不过与不采用 AB 股制度的企业相比，采用 AB 股制度的企业的上市门槛更高。对于前者，预计市值要求从 10 亿元到 40 亿元不等；对于后者，要求预计市值不低于 100 亿元，或者预计市值不低于 50 亿元，且近一年的营收不得低于 5 亿元。还有其他一些规则，本书就不具体展开了。

划重点

如何看待股权融资？

- 股权融资会导致股权稀释，降低创始人（或大股东）对企业的控制权。
- 解决这个问题的一种常见方法是使用双重股权架构，其本质是现金流权和控制权的分离。
- 双重股权架构是一把双刃剑，需要谨慎使用。

思考

除了使用双重股权结构，创业者还有什么方法可以在融资过程中保护自己的控制权？

答案

如果创始团队的股份比较平均，每个人的持股比例也不高，那么创始团队可以通过“表决权委托”① 和“一致行动人协议”②，使表决权变相地集中到其中一个创始人身上。

①“表决权委托”是指通过协议约定，某些股东将其表决权委托给其他特定的股东行使。——编者注

②“一致行动人协议”是指某些股东就特定事项投票表决采取一致行动。意见不一致时，某些股东跟随一致行动人投票。——编者注

14 一股独大

不容忽视的关联交易

前文提到，公司治理问题不仅存在于股东和管理层之间，财务高手还会看到股东和债权人之间的利益冲突，以及大股东和中小股东之间的利益冲突。这一节，我们就来讨论大小股东之间的关系。

大小股东的矛盾

中国和美国上市公司的股权结构存在显著不同。美国上市公司的股权相对分散，一家公司有多个股东，但每个股东持股比例都不高。既然大家都是小股东，就不存在明显的大小股东之间的矛盾。中国上市公司的股权则相对集中，并且通常存在控制性股东，也就是常说的“一股独大”。我根据万得数据库提供的数据，计算出 2018 年我国 A 股上市公司第一大股东的平均持股比例是 33.4%。

早期的会计研究认为，大股东是造福企业和小股东的。会计学学者埃里克·弗里德曼和他的合作者们首次提出了“支撑”这个概念。[①]他们认为，大股东就像“大家长”一样，会给企业带来资源，并且会在企业陷入困境时挺身而出，帮助企业渡过难关。

但是，大股东们真的如此无私吗？事实上，大量的案例告诉我们，大股东的付出是有其他所图的。

在“一股独大”的股权结构下，大股东无疑对企业有极大的支配权和话语权。相比之下，中小股东处于弱势，通常不参与日常管理，只能通过高管和大股东透露的信息了解企业的运作情况。

因此，财务高手在分析“一股独大”企业的财务情况时，会特别关注大股东的行为，尤其重视大股东是否侵占了小股东的利益。

大股东“支撑”上市公司的目的

我们先来看一个案例。[②]

> 长征机床股份有限公司是一家机床制造厂，它于 1995 年在深圳证券交易所（以下简称“深交所”）上市（上市时股票简称“川长征 A”）。不过，当时机械工业不景气，“川长征 A”上市以后经营业绩每况愈下，1997 年亏损达到 2 010 万元。

① Friedman E, Johnson S, Mitton T. Propping and Tunneling[J]. Journal of Comparative Economics, 2003,31(4): 732–750.

② 张光荣，曾勇．大股东的支撑行为与隧道行为——基于托普软件的案例研究 [J]. 管理世界，2006(8): 126–135.

1998年，“川长征A”收购了四川托普科技发展公司（以下简称“托普发展”）旗下的托普软件。之后，托普发展反过来购买了“川长征A”48.37%的股份，摇身一变成为“川长征A”的第一大股东。完成这一系列重组动作之后，“川长征A”正式更名为“托普软件”。

托普发展作为大股东控制了托普软件的第二年，托普软件就以火箭般的速度扭亏为盈。根据该公司的年报披露，公司于1998年实现净利润2 936万元，1999年的净利润更是达到5 751万元。

我们知道，企业为了提升利润进行的任何业务调整，都需要一段时间才会见效。那么，托普软件是如何实现立竿见影地大幅提升业绩的呢？

这一切都源自背后的推手——大股东托普发展。托普发展为了提升托普软件的业绩，可以说是倾尽全力，通过至少三种方式给托普软件“制造”了大量收入和利润。

第一种方式，把托普发展最赚钱的业务都纳入托普软件的核算范围，快速提升其报表业绩。此外，托普发展还采用股权转让方式，将利润较高的子公司出售给托普软件。1998年，托普发展就把自己旗下一家企业53.85%的股权出售给托普软件了。而这家企业在纳入托普软件的报表之后，在1998—2000年给托普软件贡献了三分之一的利润。

第二种方式，高价卖出托普软件的闲置资产。闲置资产未来不能为企业创造收益，还要每期计提折旧，降低企业利润，因此，托普软件就把它们高价出售给了大股东托普发展控制的企业。这样一来，托普软件不但能通过高价出售资产大赚一笔，以后的利润也不再受资产折旧的影响了。例如，1998 年，托普软件向关联方四川托普集团自贡高新技术有限公司出售了部分闲置设备和空闲厂房，获得了 835 万元的收益。同时，通过处置这部分资产，托普软件每年可减少超过 400 万元的折旧费用。

第三种方式，让托普软件短期投资大股东托普发展控制的企业，以获得高额的投资收益。例如，1998 年 9 月，托普软件投资了关联方四川托普集团自贡高新技术有限公司。双方确定的投资年回报率为 20%，托普软件从这笔投资中获得收益 1 419 万元。[①]

上述这些操作，不仅让托普软件的业绩快速提升，更让它成为在资本市场备受追捧的绩优股。托普发展如此支持托普软件的目的是什么？难道只是单纯想提升投资收益，或者是为了小股东的利益考虑吗？

大股东“掏空”和关联交易

事实刚好相反，托普发展是为了自己的私利而掏空了这家上市公司。我们来看看后来发生了什么。

托普软件趁着业绩提升，于 2000 年在资本市场进行了再次融资，吸引了大量资金和中小股东。可惜好景不长，几年之后，企业的业绩开始下滑。2005 年 12 月 31 日，托普软件股票成为

① 张光荣，曾勇．大股东的支撑行为与隧道行为——基于托普软件的案例研究 [J]. 管理世界，2006(8): 126-135.

沪深A股中唯一一只股价低于1元的股票。

究竟发生了什么？原来，大股东把托普软件从瘦养肥，是为了用它在资本市场圈钱，之后再把这家企业的钱和其他资源转入自己的腰包。这种操作叫大股东“掏空”，也叫“隧道效应”。

大股东是通过什么途径对上市公司进行掏空的呢？会计学学者们对这个问题进行了深入的研究，结论是：关联交易是大股东侵占小股东利益的一条重要途径。[①]

按照我国会计准则的规定：在企业财务和经营决策中，如果一方控制、共同控制另一方或对另一方施加重大影响，以及两方或两方以上同受一方控制、共同控制或重大影响的，它们就构成了关联方。

而企业关联方之间的交易，就是关联交易。比如，甲方被乙方控制，甲、乙双方的交易就是关联交易；甲、乙两方都受丙方控制，那么甲、乙双方的交易也是关联交易。

关联交易本质上是一种高效率、低成本的交易方式。就好像朋友之间的合作，因为相互了解、彼此信任，双方可以节约大量因谈判和尽职调查而产生的时间成本与交易成本。在出现问题的时候，双方也相对容易协调解决。但是，关联交易是一把“双刃剑”，可能会被大股东操纵，成为大股东掏空上市公司的手段。

那么，托普发展是如何通过关联交易侵占托普软件的利益的呢？

第一种方式是通过大量关联交易，将托普软件的资金和利益向大股东的关联方转移。托普软件在2000年完成再融资后，将

① 余明桂，夏新平．控股股东、代理问题与关联交易：对中国上市公司的实证研究[J].南开管理评论，2004(6): 33–38.

募集资金中的5.6亿元投给了关联方，用于委托关联方为其研发软件或直接从关联方购买软件。托普软件为这些交易以及收购的无形资产支付了高额溢价，实际上是变相把资金转给了大股东的关联企业。

第二种方式是大股东占用托普软件的大量资金。

占用资金通常有直接和间接两种方式。控股公司直接从上市公司拿走各种财产物资，就是直接占用。表现在财务报表上，就是上市公司账上会产生大量其他应收款，而欠款方是控股股东或控股股东所控制的企业。截至2004年12月31日，托普软件的控股股东及其他关联方占用托普软件金额为7.5亿元。①

与直接占用稍有区别的是间接占用。比如，让托普软件为大股东的关联企业提供贷款担保。前文讲过，这种担保责任最后往往会变成公司的真实负债。上市公司通常被认为是较为优秀、信用较高的公司群体，因此，托普软件的大股东利用托普软件为其关联方提供担保相对容易取得银行贷款。中国证券监督管理委员会（以下简称“证监会”）于2005年9月23日对托普软件的处罚决定书中载明，截至2004年6月30日，托普软件为17家关联方企业的101笔银行借款提供担保，总金额达21.5亿元。结果，由于关联方企业未按时归还银行借款，法院判决由托普软件承担连带责任14.8亿元。

托普软件大股东的“掏空”行为并不是个案，雷士照明、春兰股份、紫鑫药业等类似的案例，层出不穷。在这些案例中，

① 张光荣，曾勇．大股东的支撑行为与隧道行为——基于托普软件的案例研究[J]．管理世界，2006(8): 126-135.

大股东短期的付出、运用控制权支持和提升上市公司业绩并不是最终目的，其支持这些企业是希望企业继续生存以保留未来自己实施掏空的机会，也就是为了实现自己长期利益的最大化。

如何抑制大股东的“掏空”行为

关联交易下的“隧道挖掘”行为不仅会对企业的正常交易造成负面影响，也会给企业的中小股东带来严重的经济后果。

那企业有没有办法防止被大股东“掏空”呢？会计学学者从公司治理的角度进行了大量研究，结果发现，有两种方法比较有效。

第一种，如果能在股权分配时，保证有两个以上的大股东拥有控制权，令各大股东之间互相牵制、互相监督，使任何一个大股东都无法单独控制企业的决策，那么就能很好地抑制大股东的“掏空”行为。黄渝祥等学者研究发现，在我国存在股权制衡的企业中，控股股东占用上市公司资金或利用关联交易侵害上市公司利益的情况，显著少于不存在股权制衡的企业。① 陈晓和王琨两位会计学教授在考察上市公司关联交易时发现，持股比例超过 10% 的股东数目增加会降低关联交易的发生金额和概率。②

第二种，引入机构投资者。公司股东有两大类——个人和机构。一般来说，机构投资者可以利用自身专业优势，监督上市公

① 黄渝祥，孙艳，邵颖红，王树娟．股权制衡与公司治理研究 [J]. 同济大学学报（自然科学版），2003(9): 1102–1105.

② 陈晓，王琨．关联交易、公司治理与国有股改革——来自我国资本市场的实证证据 [J]. 经济研究，2005(4): 77–86.

司管理层的经营运作，参与公司治理，使上市公司的经营更加规范化、有效化，减少大股东侵犯公司的机会。有研究发现，排在前十的大股东中存在机构投资者的上市公司被关联方占用的资金显著少于其他公司。①

划重点

在分析“一股独大”企业的财务情况时，需要关注什么？

- 重点关注大股东的背景和行为，特别是大股东是否侵占中小股东的利益。
- 关联交易是大股东侵占小股东利益的一条重要途径。
- 一些公司治理手段（比如大股东之间控制权的牵制或引入机构投资者）能够缓解这个问题。

思考

当上市公司大股东需要资金，却又不想卖出手中的股份时，有什么其他方法可以盘活股份，获得资金呢？

答案

上市公司大股东可以利用股权质押进行融资，也就是把全部或部分上市公司股票抵押给银行或者证券公司等金融机构，从而获得一笔贷款。只要在质押期内没有发生违约行为，到期后，股东就可解除质押，收回股权了。股权质押

① 王琨，肖星．机构投资者持股与关联方占用的实证研究 [J]. 南开管理评论，2005(2): 27–33.

本质上是一种债务融资行为，近些年来在我国资本市场上较为普遍。但是，由于被质押的股票价格存在波动情况，抵押的价值也会随之变动，所以，股权质押的风险是很大的。《中华人民共和国担保法》规定，当大股东质押的股票价值下降时，质权方，也就是金融机构，有权利要求质押方追加担保；如果无法追加担保，质权方则有权变卖被质押的股份。

15 融资生态

局部优化 vs 整体优化

企业在经营发展的过程中，或多或少需要外部资金的支持。不过，处在产业链不同位置的企业，其融资难度是不同的。

龙头企业相对容易获得贷款，利率也较低。另外，它们可以凭借自己的规模和强势地位，无偿占用上下游配套企业的资金，即前文讲过的 OPM 模式。

而被龙头企业占用了资金的供应商们，也需要钱买原料、扩大生产线、招聘员工，它们的资金压力也很大。但为了维护和龙头企业的关系，对于被占用的资金，它们只能忍气吞声。那么，它们的资金问题要怎么解决呢？它们也可以像龙头企业一样，从银行获得贷款吗？

答案是，很难。很多供应商是中小企业，其整体实力较弱，也没有足够的抵押和质押物。另外，这些企业中有很多不是上市公司，不需要对外披露财务情况，有些甚至没有正规的财务报表。

财务信息的不透明导致银行无法了解企业的经营情况，很难判断风险，因而银行往往拒绝放贷。即使勉强获得贷款，中小供应商的贷款成本也比龙头企业的高。根据供应链专家的估算，戴尔公司上游的制造商伟创力公司的融资成本要比戴尔高 2.8%，零售业巨头沃尔玛的供应商的融资成本平均要比沃尔玛高 0.64%。[①]

在这种情况下，要想破解供应商的资金困局，其实有一个解决方案，就是这几年非常流行的融资方式——供应链金融。

每个局部的优化不等于整体的优化

银行不愿意给中小供应商贷款，是因为它们的信用水平低，银行怕放贷以后收不回来。所以，关键是要想办法解决中小供应商的信用问题。

虽然中小供应商的信用水平低，但是供应链中的龙头核心企业信用水平高，而这些中小供应商是为核心企业提供服务的。如果核心企业能够将自身的资信力注入这些合作企业中，给它们背书，银行的顾虑就能被打消了。

核心企业之所以愿意给上下游配套企业背书，是因为它们并不愿意看到这些企业面临现金流短缺的困境。我们仔细想想就会明白，核心企业无偿占用供应商的资金，表面上看似乎降低了自身的财务成本，却将资金压力推给了上游的中小供应商。而这些资金需求迫切的中小供应商被认为是高风险的贷款人，它们需要

① Hartley-Urquhart, R. Managing the Financial Supply Chain[J]. Supply Chain Management Review, 2006, 10(6): 18-25.

支付更高的资金成本才能获得贷款，这实际上会造成整条供应链资金成本的上升。如果这些供应商出现资金链断裂的情况，整条供应链就会出现失衡，就没人给这些核心企业服务了。

知名供应链管理专家、斯坦福商学院的李豪教授说过："市场的竞争，不再是单一企业之间的竞争，而是供应链之间的竞争。"核心企业的财务目标并不是局部优化，不管合作伙伴死活，一味追求自己的资金成本最低。这样做其实是把自己和供应商放在利益的对立位置上了。对核心企业来说，正确的思维方式是大局思维，也就是把自己和供应商看作一个利益共同体，通过对供应链上下游不同企业之间的资金筹措和流动统筹安排，合理分散资金成本，从而实现整条供应链财务成本的最小化。这被称为"财务供应链管理"。

财务供应链管理体现了一种重要的思维方式：每个局部的优化不等于整体的优化。

这种思维方式在我们的日常工作和生活中很有帮助。比如在一个团队中，每个人都追求个人业绩最大化，并不代表团队业绩就能够最大化。事实上，有三位学者研究过高管团队成员的晋升竞争和企业整体业绩之间的关系。[①] 他们发现，当每个高管都努力想成为 CEO 的时候，有时反倒会出现负面激励，高管之间不配合，甚至互相挖坑，会导致企业出现更多问题和更高的诉讼风险。相反，当高管之间产生协同效应的时候，企业业绩才是最大化的。

所以，当供应链中的核心企业具有大局思维的时候，它们就会明白自己所管理的资源已经超过自身企业的边界，然后会从只关注自

① Shi W, Connelly B, Sanders G. Buying Bad Behavior: Tournament Incentives and Securities Class Action Lawsuits[J]. Strategic Management Journal, 2016,37(7): 1354–1378.

己的财务情况扩展到关注和统筹整条供应链上其他企业的财务需求，互帮互助。有句广告语不就是这么说的吗——大家好，才是真的好。

供应链金融的运作机制

那么，供应链金融具体怎么操作呢？

我们以宝洁公司的供应链金融计划为例。①

这家成立于1837年的企业，是全球最大的日用消费品生产商之一。2008年全球金融危机后，宝洁公司也一度陷入增长停滞、利润下滑的困境。为了重振业绩，时任CEO鲍勃·麦克唐纳进行了一系列财务改革。

在对公司的营运资金管理进行分析时，财务人员发现，宝洁公司的应付账款周转天数平均是45天，远远低于行业75~100天的平均水平。前文讲过，OPM策略（即加速应收账款回款，减慢应付账款支付）是企业获得现金流的一种方式。为了增加现金流，宝洁公司决定将应付账款周转天数延长至75天。

然而，执行这个新的财务政策并非一件容易的事情，因为宝洁公司在全球范围内有超过75 000家供应商，而且宝洁公司是其中多家供应商的第一大客户，延长付款周期无疑会给这些供应商造成巨大的资金压力。在和供应商进行沟通后，宝洁公司了解到，受到金融危机的影响，一些

① Esty B, Mayfield S, Lane D. Supply Chain Finance at Procter & Gamble[M]. Boston: Harvard Business School Press, 2017.

供应商甚至希望宝洁公司将付款周期压缩至15天。

宝洁公司希望将付款周期延长至75天，而供应商却希望15天内就能收到宝洁公司的货款，那该怎么办呢?

为了满足双方的需求，宝洁公司在2013年4月推出了一项供应链金融计划。

宝洁公司凭借自己在行业的龙头地位和较高的信用评级，找到了几家愿意参与该计划的银行。供应链金融计划主要由三份合同构成:(1) 宝洁公司和供应商签订商业合同，约定交易的商品、价格和交付日期等条款。(2) 供应商与参与供应链金融计划的银行签订融资合同，约定供应商可以将与宝洁公司交易形成的应收账款转让给银行。如果供应商要求提前回笼资金，银行就会在扣除一定的贴现率后向供应商提前支付款项。贴现率的高低，主要取决于宝洁公司的信用评级。举例来说，假设供应商A为宝洁公司提供商品并形成1 000元的应收账款，该供应商则可以在交易15日之后取得银行支付的货款，假设贴现率为0.22%，则供应商实际可获得997.8元。(3) 宝洁公司和参与供应链金融计划的银行签订服务合同，约定宝洁公司在合同约定日期将应收账款全额支付给银行，也就是说，宝洁公司会在和供应商A完成交易后75天时向银行支付1 000元。

这项供应链金融计划的本质是：供应商A提前将应收账款以一个折扣价转让给银行，货款到期日，宝洁公司再根据供应链金融合约中的支付条款向银行偿还全部应付账款。

宝洁公司基于表2-1，向供应商解释了这项供应链金融计划的优势。

表 2-1 宝洁公司供应链金融计划（例子）

项目	代码	供应商不参与供应链金融计划	供应商参与供应链金融计划
供应商与宝洁交易形成的应收账款（美元）		1,000	1,000
供应商期望的回款周期（天）	[A]	15	15
宝洁公司期望的付款周期（天）	[B]	75	75
供应商实际的回款周期（天）	[C]	75	15
供应商需要额外融资的天数（天）	[D]=[C]-[A]	60	0
供应商需要额外融资的成本（美元）	[E]	5.8	0
银行贴现率（%）	[F]	—	0.22
供应商实际获得的金额（美元）	[G]	994.2	997.8

注：[E] 假设 3.5% 的贷款利率。融资成本计算为 1000 × 3.5% × [D]/360；[G] 不参与供应链金融计划，供应商实际获得金额计算为 1000-[E]；参与供应链金融计划，供应商实际获得金额计算为 1000*（1-F）。

我们从表 2-1 中可以看到，如果不参与供应链金融计划，供应商就需要为 60 天的付款周期差异额外支付 5.8 美元的融资成本来维持经营（例如向其他银行贷款），扣除这笔支出，1 000 美元的应收账款实际价值 994.2 美元。如果加入供应链金融计划，扣除 0.22% 贴现率后，供应商能够获得 997.8 美元。

通过这个供应链金融计划，供应商能够快速收回应收账款，减少现金流压力，同时降低外部贷款需求，节省了财务费用。此外，宝洁公司还帮助供应商建立了与参与供应链金融计划的这些银行的联系，为它们拓宽了未来的贷款渠道。

除了应收账款，还有一种常见的供应链金融模式是融通仓融资。“融”指金融，“通”指物资的流通，“仓”指物流的仓储，简单地说就是存货融资。医疗器械企业经常使用这种方式融资。医疗器械是一类损耗大、使用周期短的特殊产品，为了时刻供应市场需求，企业往往会储存大量的货物以备不时之需。假设一家企业除了货物，没有核心企业可以给它做信用担保，银行就可以通过控制货物，也就是将货物作为质押的方式，对企业进行授信。

融通仓融资通常会涉及第三方物流企业的参与，为质押物提供融通仓，同时对抵押货物进行验收、价值评估及监管。之后，银行就可以根据贷款申请和评估报告酌情给企业发放贷款了。

根据中商产业研究院的统计，从 2017 年开始，我国供应链市场规模的增速维持在 5% 左右，预计 2020 年我国的供应链市场规模将达到 14.95 万亿元。

背书是一种重要的财务思维

解决供应链中小企业融资问题的核心思路，是利用信用高的客户或者合作伙伴的背书，降低信息不对称的问题。

背书是一种重要的财务思维，它在企业的各种活动中发挥着重要作用。比如，To B 模式[1]的创业企业要想做大，就一定要有“灯塔型客户”，即知名度高的客户。这些客户的价值不仅是给创业企业带来收入，更重要的是，创业企业可以通过这些客户进行口碑宣传，让其给自己背书，后面的销售困境自然能迎刃而解。

① To B 模式，即以公司为客户的经营模式。——编者注

再比如，企业上市的时候都会尽量选择一家知名度高的券商进行承销，它的背书作用能帮助企业降低融资成本。在美国上市的中国企业，其融资成本往往要高于当地企业。这是因为地域、经济、语言和文化的差异会导致当地投资人不了解中国企业，中国企业出售给美国投资人股票的时候，就需要提供更高的风险溢价。同时，上市的各种费用（比如承销费、审计费、注册费、律师费等）也会更高。

那么，赴美上市的中国企业如何才能有效缓解，甚至消除“距离”造成的信息不对称问题，以降低海外融资成本呢？我做过相关研究，发现这类企业如果在上市前能吸引来自美国当地的投资人，比如美国的私募股权投资机构，就可以让这些机构提供有效背书。由此节省的直接上市成本，平均是 71 万美元。[①]

划重点

如何看待企业的融资生态？

- 在供应链或类似的商业生态中，整体优化比局部优化更有价值。
- 价值链中的核心企业需要有大局思维，管理的资源应超过企业的边界。
- 寻求背书是中小企业获得资源的一种重要方式。

① Jia N. Diversification of Pre-IPO Ownership and Foreign IPO Performance[J]. Review of Quantitative Finance and Accounting, 2017,48(4): 1031-1061.

思考

在你的工作或者生活当中，有没有什么情况是整体优化比局部优化更重要的？

答案

伪装

维护亲密关系就是一个需要局部配合整体的过程。如果亲密关系中的两个人都把自己或者对方看得高于这段亲密关系，得到的结果必然是不好的。

过河小马

从单赢到双赢，再到整个供应链多赢，个人、企业都是被嵌入一个更大系统中的模块，局部优化不如整体优化，局部之和小于整体之和。这需要整体中的核心及每个局部达成共识，否则局部还是会为自身利益各自为战。

比如，单位要求征订一批学习资料，这批资料由 1 个供应商提供，共有 9 个部门需要征订。

这个事情大体上有两种方法解决：

（1）由每个部门单独找供应商确定征订数量，征订并最终结账；每个需求部门与供应商谈 10 分钟，内部部门共用 9× 10=90 分钟，供应商一样要用 90 分钟，双方共需 180 分钟。

（2）找一个牵头部门，汇总数量，再找供应商征订并结账；这个牵头部门，汇总其他 8 个部门的数据用时 20 分钟，报给供应商数据、商谈 10 分钟，内部共用30分钟，供应商用10分钟，双方共用40分钟。

从内部来看，方法二内部节省了60分钟，同时还为供应商节省了80分钟；一份工作整体节省了140分钟，这还是出于简化，没有计算供应商开发票结账的时间，若一起考虑，那么两种方式相差的时间会更多。

每个人都能看出，方法二优于方法一。

但是，如果让你做这个牵头部门的牵头人，你愿意多花20分钟（自己找供应商谈，就只需用10分钟）来做这件事吗？

一旦问题落在自己头上，这个“愿意”就不容易说出口了。我碰到的情况就是，没有人愿意做这个牵头部门和牵头人。

个体理性往往会导致集体非理性，同样，个体追求利益最大化往往会导致集体利益、内外部整体利益受损。

16 效率管理
提升净资产收益率的法宝

企业获取利益主要有两种方式。第一种是提升销售额，从外部市场赚钱。但是随着市场环境越来越复杂，这条路也越来越难走。于是，很多企业开始采用第二种方法——降低成本，从内部找钱。

某房地产商推出过一种“345”模式，即买地 3 个月后就能开盘销售，4 个月实现现金回笼，5 个月实现资金再利用。这家房地产商还配了一套严苛的奖惩制度：如果开盘工期小于 3 个月，就奖励项目总监 20 万元；如果工期大于 7 个月，项目总监就要被撤职。

事实上，这不是个案，大量房地产企业都加入了高周转的大军。消费者买期房，得等好几年才能拿到钥匙的现象不存在了。近几年，房地产生意越来越像快消行业。这是为什么呢？

净资产收益率的重要性

归根结底，房地产企业转变商业模式是为了多赚钱，提升业绩。

会计上，我们使用“净资产收益率”来衡量企业的盈利能力：

净资产收益率 = 税后利润 / 所有者权益

这项指标越高，说明投资带来的收益越高。

巴菲特说过，如果只能选择一项指标来衡量企业经营业绩的话，那就选净资产收益率。这是他决定买哪只股票最重要的指标。

> 巴菲特在 1988 年花了 13 亿美元购买可口可乐公司的股票。他分析了可口可乐公司前 10 年的净资产收益率和变化趋势，发现 1978—1982 年可口可乐公司的净资产收益率保持在 20% 左右，这是他进行这次巨额投资的重要原因。净资产收益率不低于 20%，而且能稳定增长的企业才能进入巴菲特的投资范畴。巴菲特在 1989—1998 年这 10 年间，凭借可口可乐公司的股票赚了 120 亿美元。

净资产收益率对上市公司的融资活动也有直接影响。证监会曾经对申请配股的 A 股上市公司（即在资本市场再次融资的企业）有着明确的净资产收益率要求。1994 年 9 月 28 日，证监会发布《关于执行〈公司法〉规范上市公司配股的通知》，要求申请配股的公司净资产税后利润率三年平均在 10% 以上。[1] 1996 年，

① 净资产税后利润率即净资产收益率。

证监会修改了对净资产收益率的要求，改为：公司在最近三年内净资产税后利润率每年都在 10% 以上。[①]

修改的重点就是两个字，从净资产收益率三年“平均”在 10% 以上，改成了“每年”在 10% 以上。简单来说，如果一家企业过去三年的净资产收益率分别是 0%、20%、20%，那么，在 1996 年之前，它是符合配股条件的，因为其过去三年净资产收益率的平均值超过了 10%。但是在 1996 年之后，该企业就不符合条件了，因为其第一年的净资产收益率没有达到 10%。

别看只是两个字的改动，它对上市公司的影响可是非常大的。那么，上市公司是怎么应对这个政策变化的呢？

我和我的博士生做过一个相关统计。我们分别统计了新政出台前后一年（即 1995 年和 1997 年）A 股市场所有上市公司的净资产收益率分布。图 2-3 是 1995 年的统计结果。图中的横坐标是不同的净资产收益率区间，落在最左边的企业是 1995 年“巨亏”的一批企业，落在最右边的企业是 1995 年净资产收益率最高的一批企业。纵坐标表示数据分布的情况，每条柱状条纹的高度代表落在某个净资产收益率区间的企业比例有多少。

我们发现，在新政出台之前的 1995 年，A 股企业的净资产收益率分布状况基本正常，统计学上符合正态分布。也就是当年少数企业的收益率极高，少数企业处于“巨亏”状态，大部分企业都集中在“微利”或者“微亏”的中间地段。就像考试一样，少数学生的分数特别高，少数学生不及格，大部分学生的分数都

① 属于能源、原材料、基础设施类的公司可以略低，但不低于 9%。

集中在 60~90 分。

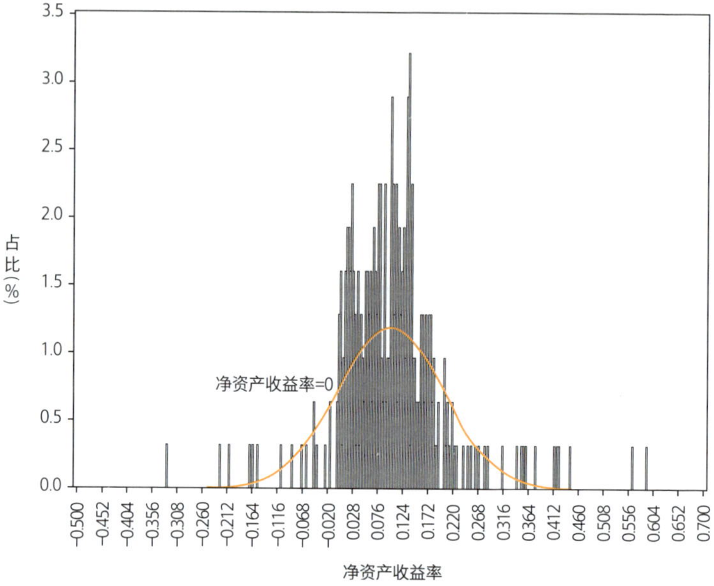

图 2-3　中国 A 股市场 1995 年净资产收益率分布

作为对比，我们又统计了这些企业在 1997 年的净资产收益率分布。从图 2-4 可以看到，分布出现了一个明显的异象——有一条柱状条纹特别突出，也就是说，1997 年，有一大批企业不约而同地报告了完全一样的净资产收益率。

这个净资产收益率是多少呢？不多不少，刚好 10%，也就是证监会要求的配股最低标准。显然，这不是所有企业经营的自然结果。

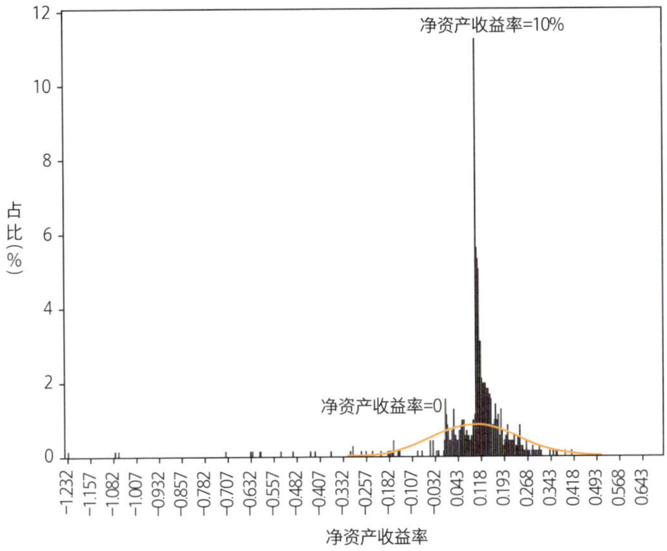

图 2-4　中国 A 股市场 1997 年净资产收益率分布

不配股的上市企业，也很关心净资产收益率。这是因为，净资产收益率决定了企业自我可持续增长的能力。

所谓“自我可持续增长率”，是指企业在不发行新股，不改变经营政策的情况下，可能实现的最大增长率，它的计算方式如下：

自我可持续增长率 = 净资产收益率 × 留存收益率 /（1- 净资产收益率 × 留存收益率）

留存收益率代表的是有多少利润留在企业内部用于再发展，而不是以分红的形式还给股东。假设一家企业的净资产收益率为 20%，留存收益率为 75%，那么其自我可持续增长率为：

$20\% \times 75\%/(1-20\% \times 75\%) \approx 17.65\%$。

企业的净资产收益率越高，就越能自给自足，越能不依赖外部资金而维持自我增长，人们对这家企业未来的发展也就越有信心。所以，企业十分重视“净资产收益率”这项指标。

高周转模式能提升净资产收益率

那么，企业怎么做才能提升净资产收益率呢？

净资产收益率可以被拆解成如下三个部分：

$$\text{净资产收益率} = \frac{\text{税后利润}}{\text{权益总额}}$$

$$= \frac{\text{税后利润}}{\text{销售收入}} \times \frac{\text{销售收入}}{\text{资产总额}} \times \frac{\text{资产总额}}{\text{权益总额}}$$

$$= \text{销售利润率} \times \text{资产周转率} \times \text{权益乘数}$$

净资产收益率被拆分成这三个部分：销售利润率、资产周转率和权益乘数（即 [1/(1- 资产负债率)]）。这三个部分是相乘的关系，也就是说，其中任何一部分有所提升，都能带动净资产收益率的整体提升。

销售利润率代表的是企业卖的产品是否赚钱，利润高不高。企业可以通过提高售价提升销售利润率。但这个方法对房地产企业来说并不可行，因为现在房价已经很高了，售价再提高，能买得起房子的人就更少了，对销售额肯定有负面影响。再加上房地产行业受到调控，行业平均利润率的总体下滑趋势非常明显。

那权益乘数可以提升吗？从对“权益乘数”的括注内容中可

以看到，权益乘数和负债率有关。资产负债率越高，权益乘数越大，净资产收益率就越高。前文讲过，房地产企业的资产负债率已经比其他行业高了，继续提升负债率的空间有限。另外，在“去杠杆”的政策①导向下，提升权益乘数的路径似乎也不可行。

销售利润率、权益乘数在短期内都无法增加，提升净资产收益率就只能靠提升资产周转率了。

“周转率”这个概念，起源于西方的游商。他们将马车装满货物之后，走街串巷进行贩卖，直到货物卖完才会回去，重新装货之后再次出发。他们在一个月内出去的次数越多，“周转率”就越高，赚的钱也就越多。

所以，提升资产周转率的核心是一个字——快。周转率越高，就说明企业资产运用效率越高，资产投入能带来的收入就越多。当外部销售额不能增加时，提升周转速度是从内部提升收益，在企业内部找钱的一种重要方法。这就是房地产企业近几年突然转型，开始推行高周转模式背后的财务逻辑。

其实，高周转模式对我们而言并不陌生，其他行业中也有很多企业在用这种方式提升收益率。比如家乐福超市，它卖的是日用百货和粮油米面，单件商品的销售利润率显然不高。这些企业主要就是靠薄利多销，通过提高商品的周转率来提升收益率的。浙江义乌小商品市场的商家，采用的主要也是这种模式。

不过，采用高周转模式应该有一个限度，周转速度过快，会带来一些风险和弊端。比如，一些房地产企业在采用高周转策略之后，房子的质量显著下降，或是频频出现建筑事故。这样的房

①“杠杆”指代负债率，“去杠杆”是指降低企业负债率。

子，谁还敢买呢？

我写过一批医院管理案例，为此，我需要提前对大量医院进行采访，收集素材。在访谈中，我了解到，很多医院院长最看重的绩效指标之一就是病床周转率。因为医院的病床数量是固定的，只有提高周转率才能收纳更多的病人，财务绩效才能更好。但是，医院如果一味追求周转率，要求病人手术后立刻出院，这样的医院，谁还敢去呢？

净资产收益率背后的分治策略

前文介绍的分解净资产收益率的方法，其实是财务管理中一个很重要的分析框架，叫“杜邦分析法”。它是由杜邦公司一名年轻的销售人员法兰克·布朗在 1912 年提出的。

当时，现代会计学才刚刚起步。虽然管理层意识到净资产收益率的重要性，但是不知道应该怎么提高它，面对单一的数字无从下手。

杜邦分析法的贡献，在于它提出了一种重要的财务思维——“分治策略”。它把一个复杂的、令人不知道怎么解决的大问题拆分成若干个小问题，管理层从而可以判断出企业在哪个方面能够获得提升。

这就好像你给自己定了个小目标——托福考试成绩要提高 30 分。但是紧盯着这个数字是没有意义的，因为它无法落地。懂得使用分治策略的财务高手，会将一张托福试卷分成阅读、听力、口语和写作四部分，看看哪部分最有提升的可能，那么这部分就是你接下来努力的重点。

分治策略的应用非常广。比如，在计算机科学中，分治策略就是一种很重要的算法。分治法的求解过程一般有这样三步。（1）分解：把原问题分解成子问题。（2）求解：递归地求解各子问题。（3）合并：将各子问题的结果合并成原问题的解。

分治策略在政治学中也经常被应用。比如美国总统竞选，候选人为了获得全国性的胜利，会把竞选计划分解到每个州，然后将重点放在几个决定大选结果的“关键摇摆州”，也就是那些竞选双方势均力敌，都无明显优势的州上。

布朗也因为这个分析方法平步青云，成为CEO，迎娶“白富美”，变成杜邦家族的女婿，走上了人生巅峰。

划重点

如何看待净资产收益率？

- 净资产收益率是衡量企业经营业绩的核心指标。
- 提升净资产收益率有三个方法：提高利润率，增加财务杠杆，提高周转率。
- 杜邦分析法体现了“分治策略”这个财务思维方式。把不知道怎么解决的大问题，拆分成了若干个小问题。任何一方面问题的解决，都能够带动整体的提升。

思考

现在有三家公司，分别是Merk制药、沃尔玛和福特汽车。下面是使用杜邦分析法对这三家企业进行业绩分析的结果。请你判断一下，这三家公司是如何提升整体业绩的。

公司	销售利润率	资产周转率	权益乘数	净资产收益率
Merk 制药	30.0%	0.9	1.26	34%
沃尔玛	5.6%	3.24	1.67	30%
福特汽车	12.0%	0.65	3.08	24%

答案

提高销售利润率（Merk 制药）：制药企业主要依靠差异化竞争策略来提高整体业绩。药品利润率高，但研发投入多、研发周期长，导致资产周转率低。

提高资产周转率（沃尔玛）：连锁零售企业销售利润率通常较低，企业的成败主要取决于其资产周转率。

提高财务杠杆（福特汽车）：汽车制造企业属于资本密集型行业，所以其资产周转率很低。由于需要将大量资本投入这个并非朝阳的产业，福特汽车不得不使用激进的财务杠杆，通过提高负债比例来提高其净资产收益率。

17 经营决策
如何筛选有效财务信息

在工作和生活中，我们每天会面临很多选择。有时候，可以参考的信息越多，我们越不知道应该怎么选择。

企业的 CEO 也是如此，他们每天需要做出很多经营决策。比如，是否应该上线一个新项目？新产品的零件应该自己生产还是外包？下属可能已经对这些项目和产品做过大量调查，并将获得的信息以厚厚的调研报告的形式提交给了 CEO，但是，面对这么多信息，CEO 应该怎么做决定呢？

我们不妨看看财务高手在经营决策中，是如何挑选和使用财务信息的。

决策相关信息和决策不相关信息

资本主义的萌芽最早出现在 14 世纪的意大利。当时的意大利出现了一批新型手工工场，主要集中在纺织、采矿、冶金、造船这几个行业。其中最大的纺织业主是美第奇家族。

一开始，美第奇家族的所有产品都由自己生产。但是随着生意越做越大，家族的手工工场人力有限，他们就开始思考是否可以将一些生产环节外包。

事实上，自制还是外包是每家企业都要进行的选择。比如，SpaceX（美国太空探索技术公司）应该自制还是外购用于制造火箭的各种零件？小米应该自制还是外购小米音响的硬件？

外包决策不仅适用于产品的生产，人力资源、财务和IT这些支持性业务也可以被外包。

从财务角度看，决定自制还是外包的核心因素是成本，也就是说，如果外包比自制便宜，就应该选择外包。

回到美第奇家族的故事上来。面对人力有限的问题，假设当时刚好有一家专门做纽扣的作坊，愿意帮美第奇家族生产毛衣和毛毯上面的纽扣。美第奇家族估算了一下，自制100万颗纽扣的总成本是20万元。① 其中，材料费和人工费共17万元，还有3万元的设备费用等，平摊到每颗纽扣上的成本是0.2元。而那家专门做纽扣的作坊，愿意以0.18元的价格为美第奇家族制作一样的纽扣。

外包价格为0.18元，自制成本为0.2元，如此看来，美第奇家族似乎应该选择外包。

① 为了方便读者理解而撰写的一则例子，不强调货币单位。

但真的是这样吗？我们看一下财务高手在做这个决策时会参考哪些信息。

财务高手会先把信息分为两类：一类是决策相关信息——会随着不同的方案而发生变化的信息；另一类是决策不相关信息——无论在哪个方案里都不会变的信息。

将信息进行区分的最大价值是，它能告诉决策者在众多信息当中，哪些需要考虑，哪些不需要考虑，这样就可以大大缩小需要考虑的信息范围了。

根据这个信息分类标准，我们可以知道，在纽扣应该自制还是外包的决策中，决策相关信息指的是那些通过外包节省的成本，也就是外包之后，每生产 100 万颗纽扣，可以节省的 17 万元的材料和人工成本；决策不相关信息，指的是无论外包与否，仍然会产生的成本，也就是美第奇家族已经购买了的制造纽扣的设备会继续产生的折旧等成本。

如果我们只考虑决策相关信息，就可以发现，外包 100 万颗纽扣实际能给美第奇家族节省 17 万元，也就是每颗纽扣 0.17 元，而不是之前以为的 0.2 元。那 0.03 元的差额就是外包也不能节省的成本。

当那家专门做纽扣的作坊的报价在每颗纽扣 0.18 元的时候，这个价格高于外包实际能给美第奇家族节省的费用（即每颗 0.17 元），因此美第奇家族的正确决策应该是自制纽扣。只有当外包商愿意把价格降到 0.17 元以下的时候，外包才是划算的。

从财务角度看，做出自制还是外包决策的关键，是准确辨别出通过外包可以避免的成本。但是，这就是最终决策吗？还没完。

如果放到现在看，美第奇家族还需要考虑另外一个维度。

> 我和彼得·蒂尔讨论过这个问题，他用 SpaceX 举了个例子。假设 SpaceX 制造火箭需要 4 万个零部件，这些零部件不可能都是 SpaceX 自己生产的。在外包和自制的决策中，SpaceX 会首先考虑这个零件是否只有一家供货商可以做。如果是，它一定会选择自制，因为如果在这种情况下选择外包的话，被供货商牵着鼻子走的风险太大了。只有当这个零件有多家高质量的供货商可以做时，SpaceX 才会从成本角度选择最优方案。
>
> 实际上，任何商业决策都是非常复杂的，财务只是其中的一个决策维度。财务高手不仅要会算财务账，而且要能结合战略视角进行综合考虑。

判断信息是否影响决策的标准

判断信息在决策中是否相关，有两个标准。一个是上文提到的，这则信息必须会随所选方案变化。另一个是，这则信息必须是对未来的预测，而不是历史数据。

这并不是说历史数据没有用，它们与决策之间存在间接联系，有助于预测未来，但是历史数据对未来决策是不起直接作用的。因为当前的决策影响的是未来，而不是过去。

比如，你今天要不要给车加油，这个决策应该基于对明天油价是涨还是跌的判断，跟昨天的油价没有直接关系，但是昨天的油价可以帮助你预测明天的油价。

再比如，你今天要不要买一只股票，这个决策应该基于对这家企业未来经营业绩的预测，跟该企业之前的业绩没有直接关系，但是其之前的业绩可以帮助你预测其未来的业绩。

这就是做投资决定时，不能只分析财务报表的原因。财务报表中的数据是基于历史的，是滞后的，而股价反映的是投资人对企业未来经营绩效和增长的预期。

企业估值中有一项常用的指标——市盈率（P/E ratio），也就是"每股价格"除以"每股利润"。市盈率越高，就代表投资人愿意为企业每股利润支付更高的价格。

这项指标中的分子——股价，反映的是投资人对企业未来价值的预判。2005 年 11 月，耐克公司时任 CEO 威廉·佩雷斯乘坐私人飞机前往国外参加一场活动，飞机在飞行过程中出现了机械故障。当时媒体对这个事件进行了实时追踪报道。当飞机仍然在空中，佩雷斯的命运生死未卜时，耐克的股价瞬间下跌了 1.4%。当飞机最终安全落地时，耐克的股价又瞬间反弹。这个案例说明，股价反映的是投资人对企业未来的预测，包含的是前瞻性的信息。

那么，作为分母的每股利润应该使用什么时间点的利润呢？

财务高手用的不是企业已经实现的利润，而是企业未来 12 个月的预期利润。选择预期利润而非历史利润是因为，价格是向未来看的，与之配比的利润也应该用未来预期来衡量，也就是说，未来利润才是与投资决策最相关的信息。预期利润的数据通常可以从证券分析师的报告中获得，比如，万得和国泰安的数据库中就有分析师预测利润的数据。

划重点

如何利用信息做决策?

- 把信息分成两类,“相关信息”和“不相关信息”。
- 相关信息需要满足两个条件:(1)会随所选方案的不同而变化。(2)是对未来的预测。
- 决策只聚焦相关信息,忽略不相关信息。

思考

你能拿现在工作当中遇到的一个决策难题,用我们这节讨论的思路,来拆分一下,看看哪些是决策相关信息,哪些是决策不相关信息吗?

答案

佛祖门徒

最近公司在讨论关于对一个项目的投入问题,大家的讨论集中在人力、资金、周期和部门间协调等问题上,我认为这些都属于决策不相关信息,因为无论是否做这个项目,这些成本都会存在。于是,我提出了一个问题:“这个项目对公司意味着什么?”我认为,只有搞清楚这个问题,才能确定项目的具体实施方案,因为这是决策相关信息,它直接决定了这个项目是否值得做。在我看来,所谓利润、业绩都在其次,这个项目的意义在于可以整体提升团队的实力、检验公司的跨部门协调机制是否存在问题,为公司在一个新的领域积累经验和案例,最终不仅能打造一套新的服务模式，还可能为进入一个全新的业务领域形成一套较为完整的运营模式。所以，我建议投入较大规模的人力、物力成本来做这个项目，并将其作为公司近期的战略重点。

谭栋文

我在工作中遇到的决策难题就是，在一年半后合同到期时该不该辞职。

决策相关信息：最先遇到的肯定就是辞职后所面临的一段时期的不稳定的状况，还有目前3个月大的女儿的教育问题等。

决策不相关信息：无论做出哪种选择，我都会尽力给女儿营造最好的生活条件和家庭环境，而我目前的工作，总会有人去做的。

目前，我的心里已经偏向于辞职，让自己放弃一部分安全感，去更大的城市，从而获得更丰富、更优质的物质、教育、医疗、学习条件。

18 成本识别
经营决策的决胜因素

假设你是一家汽车企业的财务总监，你的企业生产、销售两种车型。一种是互联网定制汽车，消费者可以在手机上定制自己想要的汽车样式，如表盘的样式、车身颜色、座椅布局、轮壳样式等，有多种配置组合可供选择；另一种是非定制普通车。

企业前一年的业绩不太理想，CEO希望通过调整生产策略提高利润，你会建议他今年主推定制车还是普通车呢？

这个决策非常重要，如果选错车型，业绩就会进一步下滑。历史上，因为战略错误而破产的企业比比皆是，比如，美国的通用汽车公司、克莱斯勒汽车公司都是因为经营上的选择错误，最后破产了。

直接成本和制造费用

你可能认为，只要算算两款车各自的利润，主推利润高的那款车型就好了。

这个思路很对。通过表2-2，我们可以看到两款车型前一年各自的销售额和直接成本。

表 2-2　普通车和定制车的毛利率

	普通车	定制车
销售收入（万元）	3,600	800
直接成本（原材料和人工）（万元）	1,980	220
毛利（万元）	1,620	580
毛利率（%）	45.0	72.5

从销售收入看，普通车一共卖了 3 600 万元，而定制车因为目标客户比较小众，只卖了 800 万元。

我们再来看一下成本。制造一辆车的直接成本包括原材料和人工成本。原材料包括铁板、塑料板、螺丝钉等，人工成本主要是生产线上工人的工资。如果只考虑这些成本，普通车的成本是 1 980 万元，定制车的成本是 220 万元。这样算下来，普通车的毛利率是 45%，定制车的毛利率是 72.5%。

看到这儿，你可能认为今年应该主推定制车。① 但真的是这样吗？

这个计算其实存在一个问题，就是没有考虑制造费用。制造费用是企业为了生产而发生的费用，因此，它也是产品成本的一部分。我们假设生产汽车涉及的制造费用包括：（1）车间和设备费用（比如，车间设备的折旧、设备使用时消耗的电等）。

① 为了聚焦成本分配的核心内容，暂时不考虑期间费用（比如管理费用等）对结论的影响。

（2）工程师和设计费用（比如，组件调试和设计相关工作等）。

当企业只有一款产品的时候，制造费用很好计算，因为费用只和这一款产品有关，直接算到它头上就好了。但是当企业不断扩张，开始生产多种产品的时候，制造费用就不那么好计算了。这笔支出应该怎么分到各款产品上才是公平的呢？

准确计算成本是管理会计的一个核心目标，也是最大的难题。

当产品品种越多、制造费用越高的时候，就越需要考虑制造费用的分配问题。如果分配得不精准，就会导致产品的成本和利润计算错误。而错误的财务分析，会直接导致错误的经营决策。

传统成本算法和作业成本法

假设该企业总共产生了 2 500 万元的制造费用，我们需要将这笔制造费用在这两款车型中进行分配，具体应该怎么做呢？

最简单的方法是两种车型各承担一半。但实际上，两种车型消耗的制造费用不见得是一样的，这样分配显然不符合管理会计的目标。

在传统成本核算系统下，制造费用的分配取决于制造该车型所需的直接人工（或机器）工时数占总人工（或机器）工时数的比例。假设制造普通车和定制车所使用的直接人工工时数的比例是 9 : 1，那么间接成本中的 90% 就应该分配给普通车，剩下的 10% 分配给定制车。

通过表 2–3，我们可以看到加入制造费用之后，两款车型的总生产成本和毛利率：普通车的毛利率是 –17.5%，定制车的毛利率是 41.2%。

表 2-3　普通车和定制车的毛利率（包括制造费用）

	普通车	定制车
销售收入（万元）	3,600	800
直接成本（原材料和人工）（万元）	1,980	220
制造费用（万元）	2,250	250
毛利（万元）	-630	330
毛利率（%）	-17.5	41.2

这样看来，就算加上制造费用，也没有改变之前的结论，你似乎可以告诉 CEO 今年主推定制车了。

但是，这个决策可能还是错的。企业虽然利用其直接人工工时的 90% 大规模地生产了普通车，但是普通车的设计和调试相对简单，并不需要太多的设计工作和工程师的支持。相比之下，虽然定制车仅涉及 10% 的直接人工工时，但购买定制车的顾客往往有特别的要求，这就造成对产品设计和调试工作的大量需求。假设在 2 500 万元的制造费用中，车间和设备费用占 1 000 万，工程师和设计费用占 1 500 万元，那么我们显然应该把工程师和设计费用更多地分配给定制车。表 2-3 中的结果明显与我们的理解相悖。

那么，应该怎么做呢？

哈佛大学的罗宾·库珀和罗伯特·卡普兰教授，给如何准确分配成本贡献了一种创新思维。他们在 1988 年发表了《计算成本的正确性：制定正确的决策》一文，开始推广一种叫"作业成本法"的分配方法。[1]

① Cooper R, Kaplan R. Measure Costs Right: Make the Right Decisions [J]. Harvard Business Review, 1988, 66(5): 96–103.

他们认为，驱动成本的根本原因是其背后发生了某项活动。所以，成本分配的基础是“作业”。“作业”对应的英文为activity，该词直译为“活动”，就是为了突出成本是由活动驱动的。

比如，银行的信用卡部门有两种产品——普通卡和白金卡，但这个部门的成本不应该按发卡的数量来分配。这是因为，普通卡虽然数量大，但客户维护成本较低；而白金卡虽然数量少，但是需要信用卡部门人员一对一为客户服务，客户维护成本更高。因此，在作业成本法下，信用卡部门分配成本的基础，即“作业”，应该是服务时间。

回到汽车生产的例子。在 2 500 万元的制造费用中，车间和设备的成本动因是直接人工工时数。而调查后发现，工程师和设计成本主要和每台车的定制组件数有关。组件数越多，设计和调试就越费劲，也就是说，设计和工程活动的成本动因为“组件数”。

定制车是非标产品[①]，组件数占 90%；普通车因为是标准产品，组件数只占 10%。按这个逻辑，工程和设计产生的制造费用部分，定制车应该承担 90%，普通车承担剩下的 10%。

总结来说，制造费用中的 1 000 万元车间和设备费用，应该按直接人工工时数进行分配，即普通车分配 90%，定制车分配 10%；而工程和设计产生的 1 500 万元制造费用，应该按组件数进行分配，即普通车分配 10%，定制车分配 90%。

从表 2-4 中，我们就可以看到通过作业成本法进行分配的结

① 非标产品指不是按照国家颁布的统一的行业标准和规格制造的产品或设备，而是根据自己的用途需要，自行设计制造的产品或设备，且外观或性能不在国家设备产品目录内。——编者注

果：普通车的毛利率竟然从亏损变成了15.8%，而定制车的毛利率，从41.2%降到–108.8%。

表2-4　普通车和定制车的毛利率（作业成本法）

（万元）	普通车	定制车
销售收入（万元）	3,600	800
直接成本（原材料和人工）（万元）	1,980	220
间接成本（车间和设备）（万元）	900	100
间接成本（工程师和设计）（万元）	150	1,350
毛利（万元）	570	-870
毛利率（%）	15.8	-108.8

结论完全反转了！普通车才是毛利率更高的那款产品，而定制车业务实际上在让企业亏钱。所以，你应该马上向CEO建议，立即停产定制车，或者给定制车设定更高的价格以弥补定制化产生的高额成本。

过度控制成本的弊端

作业成本法的本质是为了更加精准地识别成本，以便企业进行成本控制。严格的成本控制虽然是企业获取高利润的重要途径之一，但是成本管理需要把握好尺度，过度控制可能会给企业造成不可估量的损失。

以诺基亚为例，这家成立于1865年，有着悠久历史的企业，曾经是功能机时代全球手机的领导者。然而，自从2007年iPhone（苹果手机）出现之后，诺基亚在智能手机市场的销量远远落后于苹果公司和三星集团。最后，诺基亚于2012年从法兰克福证券交易所退市。

诺基亚衰落的原因虽然非常复杂，但有一个不得不提的原因是创新滞后。苹果公司CEO蒂姆·库克在评价诺基亚时曾经说："不创新必然带来消亡。"

不过，诺基亚缺乏创新并不是因为其缺少研发能力。事实上，早在1996年，诺基亚就推出过智能手机的概念机，比iPhone早了10年以上。但诺基亚没有大力发展智能手机和触控技术，这是因为诺基亚认为，智能手机当时的市场需求较小，而这些技术的研发要花费很多钱，这不符合诺基亚成本控制的思路。

诺基亚是一家把成本控制思维发挥到极致的企业。它在称霸全球手机市场时，一款机型可以迅速卖出几百万台。通过大量采购原材料，企业就可以大幅度降低成本。它还建设了大量的制造工厂，控制运作成本，有着别家企业无法企及的利润空间。然而，高效率运作的文化和极致的成本控制会变为创新的绊脚石。考虑到新技术的研发势必需要投入大量资金，而且失败率高，投入成本相对不可控，诺基亚对新技术的投入就被成本风险束缚了，最终造成无法挽回的后果。

事实上，不仅过度控制成本会扼杀创新，对人的过度控制也会抑制创新。奥卢布米·福莱雅等几位教授研究发现，当董事会对企业管理层过度监管和控制时，会显著抑制企业的创新活动和产出。①

划重点

如何看待成本？

- 精准地识别和计算成本，是成本管理的先决条件。
- 精准的成本计算，需要精准的"成本动因"，也就是和某项活动最相配的计量维度。
- 成本控制是一把"双刃剑"，过度控制成本也会对企业造成负面影响。

思考

文中讲了公司是如何精细计算和控制成本的，但在现实生活中，有时公司在做一个决策的时候，首要考虑的并不是成本，甚至是可以不计成本的。你能结合自己的工作或者生活，举一个例子吗？

答案

姜广宇 Eason

互联网公司往往会更多地做出不计成本的决策，多是为

① Faleyea O, Hoitashb R, Hoitasha U. The Costs of Intense Board Monitoring[J]. Journal of Financial Economics, 2011,101(1): 160-181.

抢占市场份额。比如“红包津贴大战”“千团大战”等。但是，不计成本有时候可能也需要设定一条红线，盲目地不计成本可能会最终导致企业走向衰亡，还是应当进行理性决策。

19 资源管理
警惕反噬效应

假设你是一家高科技企业的财务总监，你的企业为了研发新产品，投入了大量的研发资金。转眼到了年末，要编制财务报表了。这些研发支出中的多少应该被认定为资产，多少应该被认定为费用呢？

如何处理研发支出，是对科技型企业的利润影响最大的财务决策。前文讲过，早期的研究投入未来能否给企业创造收益具有高度不确定性，所以现行会计政策要求企业把这一部分支出当成费用处理。到了后期开发阶段，产品已经非常接近商业化，预计很快能为企业带来收益，会计政策就允许把这部分支出资本化，也就是将其认定为企业的无形资产。

虽然会计政策规定得很清晰，但是在实际操作中，资本化和费用化的界限到底在哪里其实很难判断。因此，企业有很大的主观判断空间。

如果研发支出全部做费用化处理，有一个直接后果，就是降低当期利润。费用化的金额越高，当期利润就越低。看到这里，你可能会说，那就全部做资本化处理，这样可以让利润看起来比较漂亮。

但是财务高手会说，你只考虑了当下，未来几年怎么办？

财务决策的反噬效应

当下的资本化处理对企业未来业绩的反噬效应是很多人没有考虑到的一个决策后果。

这个效应是怎么发生的呢？

前文讲过，铁路、设备等固定资产未来每年都需要折旧，以体现出资产在使用过程中的损耗，而折旧费用会直接降低当期利润。同样地，研发投入这样的无形资产，未来每年也需要折旧——会计上把无形资产的折旧称作“摊销”。摊销费用也会直接降低利润。所以，现在研发投入的资本化比例越高，也就是被认定成无形资产的金额越高，未来每年需要摊销的金额就越大，对未来利润的负面影响也就越大。这就是研发投入资本化的反噬效应。

借用《无间道》里的一句台词：“出来混，迟早是要还的。”

科大讯飞股份有限公司（以下简称“科大讯飞”）是一家智能语音和人工智能企业。作为一家高科技企业，研发投入自然是它的一项主要支出。其 2018 年年报显示，公司当年的研发投入约为 17.73 亿元，占营业收入的 22.39%，而且比前一年增加了 54.78%。

表 2-5　科大讯飞 2018 年有关研发投入的数据

	2018 年	2017 年	变动比例
研发人员数量（人）	6,902	5,739	21.33%
研发人员数量占比	62.92%	66.28%	-3.33%
研发投入金额（元）	1,772,739,448.27	1,145,328,994.08	54.78%
研发投入占营业收入比例	22.39%	21.04%	1.35%
研发投入资本化的金额（元）	833,515,226.98	549,300,540.48	51.74%
资本化研发投入占研发投入的比例	47.02%	47.96%	-0.94%

资料来源：科大讯飞 2018 年年度财务报告。

面对这么高额的研发投入，不同的会计处理方式对该公司利润的影响显然是巨大的。

科大讯飞选择了多高的资本化比例呢？我们从年报中可以看出，科大讯飞在 2018 年的研发投入资本化比例是 47.02%。用 17.73 亿元研发支出乘以 47.02%，可以计算出，约有 8.34 亿元的研发投入被认定为无形资产。根据公司年报披露，科大讯飞 2018 年的无形资产也因此膨胀到约 16.25 亿元。

这个资本化比例合理吗？有两个方法可以帮助我们做出判断，分别是“横着比”和“竖着比”。

“横着比”是指和同行业其他企业比较。我根据万得数据库提供的数据统计出，其同行的研发投入资本化比例大约在14%，科大讯飞的研发投入资本化比例显然更高。[①]

资本化比例比同行高，一定不合理吗？不一定。有一种可能的解释是，科大讯飞的技术确实比同行更加成熟和领先，离商业化阶段更近。如果这种解释是对的，那么作为一家定位技术领先、走差异化路线的企业，马上推向市场的这些高科技新产品应该能创造较高的利润空间。但是如表2-5所示，科大讯飞2013—2018年的主营业务利润率基本徘徊在50%。另外，这些年随着研发投入资本化比例的提高，利润率不但没有上升，反而有所下降。所以，科大讯飞研发投入资本化的比例是否合理，还值得商榷。

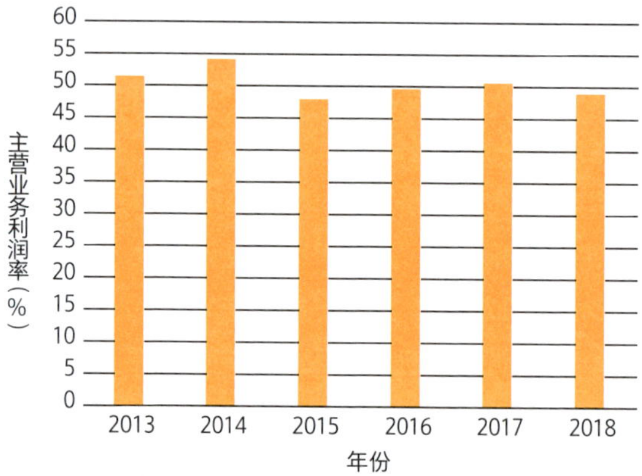

图2-5 科大讯飞2013—2018年主营业务利润率

资料来源：根据科大讯飞2013—2018年年度财务报告披露的数据计算得出。

① 根据2012年证监会行业分类，科大讯飞所处细分行业是软件和信息技术服务业（行业编码为I65）。

除了和同行“横着比”，企业还可以和自己的历史数据“竖着比”。2014 年科大讯飞研发投入资本化比例只有 39.16%，到了 2018 年提高到 47.02%，资本化比例在逐年上升。

科大讯飞过去这些年不断提升的资本化比例，对其业绩的反噬效应已经开始显现了。我们可以在科大讯飞年报中发现一个叫“无形资产摊销”的会计科目。这个科目体现的就是早年研发费用资本化之后，后续年份的摊销金额，也就是反噬效应。如图 2-6 所示，2012—2018 年，摊销费增长很快。其年报显示，2012 年，科大讯飞无形资产的摊销只有 3 547 万元，而 2018 年已经增加到 3.69 亿元，约占管理费用的 39%。而摊销金额越大，当期利润就越低。

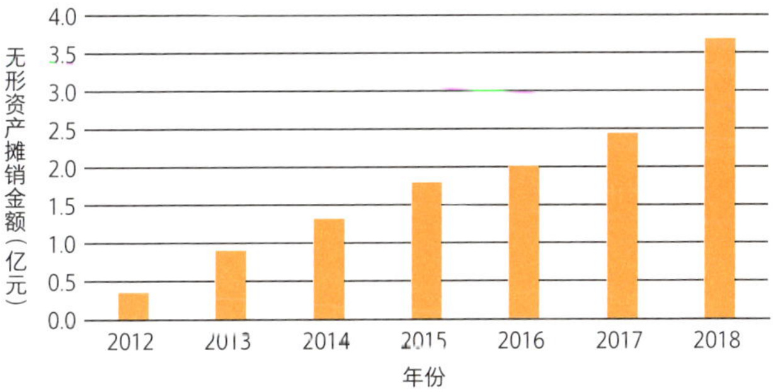

图 2-6　科大讯飞 2012—2018 年无形资产摊销金额

资料来源：科大讯飞 2012—2018 年年度财务报告。

所以，研发投入资本化虽然提高了当期利润，实际上却留下了一系列“后遗症”。财务高手在评估一家高科技企业的时候，会特别关注研发投入的会计处理，并且会警惕高资本化比例对未来业绩的反噬效应。

其实，研发投入资本化的反噬效应并不是个例，其他财务决策也会产生类似效应。

比如，有的企业为了提升当期的销售收入，会寅吃卯粮，把未来的收入提前确认到今年。这是怎么操作的呢？一种常见做法是填塞分销渠道。这可以算是一种恶性促销手段，卖方通过向经销商提供优厚的商业条件，诱使它们提前购货，从而让自己在短期内实现销售收入的大幅增长。但是这种做法没有考虑对未来几年收入的反噬效应。如果今年经销商已经“吃饱了”，商品短期内无法消化，那它们在之后几年的采购量自然就会下降，企业未来收入就会相应减少。这就是填塞分销渠道的反噬效应。

再比如，前文提过，拥有大量固定资产的企业，为了降低每年固定资产的折旧费用，提高当期利润，可能会刻意拉长折旧年限，放慢折旧速度。假设一台 3 000 元的电脑，原本预计使用寿命是 3 年，每年的折旧费用就是 1 000 元。如果把折旧年限拉长到 10 年，每年的折旧费用就只有 300 元。但是折旧年限被拉长意味着未来有更多年的利润会受到影响。这就是改变折旧政策的反噬效应。

人力资源的反噬效应

不仅财务决策会产生反噬效应，人力资源管理同样会产生反噬效应。

科技型企业为研发活动投入的不仅是资金，还有大量技术人员。企业创新需要人才，所以技术员工的比例对于企业创新有着重要影响。表 2–5 显示，科大讯飞 2018 年的技术人员数量高达 6 902 人，占公司员工总数量的 62.92%。

一般我们会认为，技术员工多多益善，其比例越高，企业创新产出和业绩就越高。事实真的是这样吗？

有研究发现，技术员工比例和企业表现之间的关系是倒“U”形的[①]，也就是说，技术人员刚开始增加时，对企业确实是有益处的。但是当比例过高以后，就会开始对企业的创新产出和整体业绩产生反噬效应。

这是为什么呢？一方面，有研究表明，随着技术员工比例的提高，其在企业内部的重要性和话语权就会增加，相应的谈判能力就会增强。这些员工谈判时往往会要求更高的薪酬，这会导致企业承担过多的成本。另一方面，技术员工的囤积很容易产生“搭便车”现象，这也会对企业绩效带来负面影响。

董事会规模和企业绩效之间也存在倒“U”形关系。有研究发现，一开始董事会规模的扩大有利于提高治理效率，然而当董事会人数过多后，董事会的运转和决策效率就会下降，且更容易被 CEO 控制。[②]

① 林晚发，刘苏琳．技术员工高比例的反噬效应：来自债券市场的证据 [J]. 珞珈管理评论，2018(1): 151–169.

② 于东智，池国华．董事会规模、稳定性与公司绩效：理论与经验分析 [J]. 经济研究，2004(4): 70–79.

企业估值的反噬效应

不仅财务和人力资源管理要警惕反噬效应，这两年企业估值也常出现反噬效应。

创业企业在上市前会经历多轮融资，一般来说，每一轮的估值都会提高。估值不断提高本身是好事，但如果估值是被人为推高的，超过企业价值本身，那它就会导致这些企业上市时出现股价“破发”现象，也就是上市后的股价低于上市前的价格。近两年的明星 IPO 企业，如小米、平安好医生、汇付天下、猎聘、中国铁塔等，都曾遭遇“破发”。

这种现象被称为“一、二级市场[①]估值倒挂”，也就是企业估值的反噬效应。

为什么一级市场估值会超过二级市场呢？这背后的一个原因是，创业企业上市前的融资链条越来越长，以前到 D 轮就上市，现在到 G 轮还没有上市。这就导致早期投资人没有耐心等到上市再退出，而是希望找到“接盘侠”，让下一轮投资人高位接盘，这样一来，每轮融资估值就会被拉高。另外，早年很多私募股权投资机构痴迷于 Pre-IPO 模式，也就是在企业上市前高价突击入股。只要二级市场估值足够高，就有套利的机会。高价突击入股也会推高创业企业上市前的估值。当这个估值超过二级市场投资人的心理预期时，他们不愿意为这个虚高的价格买单，就会出现“破发”现象。

① 一级市场，也称发行市场或初级市场，是指资本需求者将证券首次出售给公众时形成的市场。二级市场，又称流通市场或次级市场，是指在证券发行后各种证券在不同的投资者之间买卖流通所形成的市场。——编者注

其实，反噬效应在我们的日常生活中也随处可见。比如，我在写这本书的时候，北京正在经历 40 年来最炎热的一个夏天，气温连续多天在 35 摄氏度以上。这就是人类早年为了工业发展，焚烧石油、煤炭，对环境过度开发的反噬效应。

所以，我们在做任何决策的时候，都需要有长远的眼光，警惕未来的反噬效应。

划重点

如何看待资源管理？

- 资源的投入以及相关财务处理，需要考虑对未来的反噬效应。
- “研发投入过度资本化”“填塞分销渠道”“拉长固定资产折旧年限”这三个财务决策，都会对企业的未来利润带来负面影响。
- 人力资源管理和市值管理，也需要警惕反噬效应。

思考

你的周围有哪些“反噬效应”的例子呢？

答案

过河小马

因“三聚氰胺事件”而声名狼藉的奶粉企业，就是被反噬效应吞噬的。企业售出了不合格或有害的商品，当期利润是好看了，但当其所售商品的危害性大到一定程度时，轻则会反噬企业后期利润（需要保修、补偿、赔偿、诉讼等），重则可能成为企业不能承受之重。

生活中常见的反噬，就是药物的副作用。吃某类药可以治某种病，但它或许有副作用，会给身体带来其他危害。

20 管理变革
人人都是一张利润表

1984 年，35 岁的张瑞敏接手海尔集团（以下简称“海尔”）。那时候的海尔是一家濒临倒闭的街道小工厂，张瑞敏靠四处借钱给员工发工资。

2009 年，海尔超越了世界家电巨头惠而浦和 LG。

2016 年，海尔的年报显示，公司的销售额达到 1 000 多亿元。

海尔是怎么实现逆袭的呢？用张瑞敏的话说，这个秘诀就是，让每个人都成为自己的 CEO，也就是说，企业里的每个员工都应该像 CEO 那样思考、做决策。用财务的话来解释，就是“让人人都成为一张利润表”。这是什么意思呢？

如果企业作为整体是一张大的利润表，每个员工就是其中一张小的利润表。如果每个人给企业贡献了最大的利润，企业当然就能给股东贡献最大的利润。

把所有成本中心变成利润中心

这个逻辑看起来很简单，背后却意味着很大的思维转变。

我们都知道，有收入才有利润。但企业里不是每个部门都要面对市场，产生收入的。传统的管理会计会根据一个部门是否产生收入这个标准，划分出“利润中心”和“成本中心”这两大类。①

利润中心直接面对市场，能通过对外销售获得收入，最典型的就是销售部门。

成本中心不直接面对市场，不产生收入，比如生产部门、财务部门、行政后勤等企业的中、后台部门。

由于部门的性质不同，考核标准也不一样。利润中心的部门考核利润，成本中心的部门考核成本。但是这样做，会出现两个主要问题。

第一，部门之间的目标不一致。

假设销售部接到一笔大额订单，客户要求一周内必须拿到产品。销售部经理火急火燎地跑去找生产部经理，请他们加班加点地把这批货生产出来。结果，生产部经理说：“不好意思，我的订单已经排满了。”

生产部经理为什么不愿意接呢？因为生产部门是成本中心，只考虑如何按时完成生产，降低成本。额外订单会给销售部门和企业增加多少收入和生产部门没有直接关系。但是为了完成这些

① 除此之外，还有一类“投资中心”，是指某些分散经营的单位或部门，其负责人不仅有经营决定权，还有投资决策权。对于投资中心，不仅要衡量其利润，而且要衡量其资产的投资回报率。本节聚焦对成本中心和利润中心的讨论，不对投资中心进行展开讨论。

订单，生产部门的员工就要加班加点地工作，这样一来反而会增加生产部门的负担和成本。

因此，从生产部的立场来说，不接这笔订单是对于自己来说最有利的决定。但是对于企业来说，不接这笔订单就变成了损失。

第二，企业对市场变化的灵敏度会降低。

互联网时代，企业最大的变化就是从“产品导向”转向“用户导向”。以前用户没有太多选择，企业生产什么，用户就买什么。企业不需要让每个部门都面向市场，实时感受市场的变化。但现在的市场环境是供给过剩，竞争激烈。企业要想在这种环境下生存，就需要所有部门直接倾听用户和市场的声音。然而，传统的企业中、后台部门是没有机会直接面对市场的，各部门之间的独立运作和考核使它们没有机会联动和协作。

怎样才能让企业中、后台的部门也能实时感受到市场变化呢？

引用禅宗里的一句话，“凡墙都是门”。那我们不如把每一道墙都变成一道门。只要门一打开，市场这个“无形的力量”就可以像穿堂风一样，到达企业的每一个角落了。

如何制定内部“转移定价”

具体怎么做呢？这就必须提到财务思维对管理变革的贡献了。

市场的变化是直接反映在收入里的，如果能想办法让企业每个部门都和市场收入直接挂钩，就等于打开了门，做到“人人都是利润表”了。

这就是张瑞敏这样的财务高手使用的方法——把所有成本中

心都变成利润中心。

事实上，两位资深学者迈克尔·詹森和威廉·梅克林早在1976年就提出了这个思路。他们认为，企业内部部门之间，甚至人和人之间，都存在一种契约关系。沿着这个思路，企业就可以建立一种内部市场交易机制，实现部门之间的产品和服务“买卖”市场化，从而让各部门都产生收益。

比如，生产部是给销售部门提供产品的，行政部是给其他部门提供劳务的，那么这些产品和劳务就可以有相应的定价，让其他部门购买，这就是生产部和行政部的收入来源。这样一来，销售部接到市场上的订单后，就得从生产部购买产品，然后销售到市场上，如此一来，销售部和生产部就都能获得收益了。

为了实现部门之间的交易，就需要制定一个内部交易价格。这个价格，在财务中叫“转移定价”。这个价格是怎么定的呢？

我考察过一家叫“新兴铸管”的央企，它位于邯郸，专门生产排水排污管道。这家企业有近一半的产品会被销售到全球98个国家或地区。①

在2008年之前，和大多数制造业企业一样，新兴铸管采用的是传统管理方法。把中、后台部门认定为成本中心，只考核成本，这导致其中、后台部门对外部市场的变化反应很迟钝。

2008年金融危机爆发。钢铁行业由于和宏观经济走向

① 刘明忠，张同波，贾宁．一种以市场为导向的管控方法——新兴铸管的“两制”管控体系[J]. 清华管理评论，2012(1): 80-86.

密切相关，钢铁产品的价格因而大幅下降，新兴铸管也受到了影响。

为了应对危机，新兴铸管的总经理张同波借鉴了“人人都是CEO”这种新的管理思维方式。我采访他的时候，他有一段话令我印象深刻。他说：“这次变革主要围绕两个核心思路。第一，紧盯市场，增加各部门之间的沟通，对外部市场变化做出快速反应。第二，各事业部从成本中心转化为利润中心。”

那么，新兴铸管具体是怎么做的呢？

举例来说。生产铸管得先经过一道熔炼工序，然后完成离心浇注工序，之后才能成型。这两道工序由两个部门负责，我分别将它们简称为A部门和B部门。A部门把铁管转移给B部门时，产生的转移价格既是A部门的收入，也是B部门的成本。

转移价格的制定需要考虑两方面成本，一方面是A部门实际的生产成本——假设是60元一根；另一方面是外部市场价格，也就是A部门直接把铁管卖给其他企业，能卖多少钱——假设是100元一根。外部市场价格很重要，因为对A部门来说，这就是卖给B部门的机会成本。前文讲过，决策时需要考虑机会成本。如果你是A部门的负责人，那你肯定更愿意将100元作为转移定价，这就是转移价格的下限。

那转移价格的上限应该如何确定呢？这就需要考虑B部门的情况了。

假设B部门将铁管转移给C部门的价格是250元一根，减去120元的其他成本，B部门支付给A部门的价格必须小于130元，才能保证自己有利润。

那么如果A部门报价120元，B部门会接受吗？别忘了，B部门也有选择权。如果外部供货商的价格是110元，那么B部门肯定不会从A部门购买铁管。

所以，从企业的立场来看，如果内部转移价格高于A部门能接受的最低转移价格，同时低于B部门的成本价格和外部市场价格，即价格在100~110元时，内部交易就能实现。

将外部市场价格作为对标，对制定内部转移价格很有帮助，但不是每款产品或者每种服务都有外部市场价格的。遇到这种情况，应该怎样定价呢？

有一种应对这种情况的定价方法，叫成本加价法，就是在生产成本上加一点儿利润，再转移给其他部门。具体加多少，就看两个部门的议价能力了。

转移定价这种财务创新思维可以让每个部门，甚至每个人都变成利润中心。

当每个部门、每个人都成为一张利润表的时候，企业整体的利润就是最大的。

划重点

如何实现企业利益的最大化？

- 让各个部门的目标和企业目标保持一致。
- 可以通过财务机制（例如基于转移定价建立企业内部交易市场），实现各个部门之间的联动。

思考

请你从财务角度想一想，如果每个人都变成利润中心，那么，“去中心化”这种管理方式会面临什么样的问题和挑战呢？

答案

七色黑白

“去中心化”最大的弊端就是无法实现高效，当每个部门都想达到利润最大化的时候，它们就会看淡长期目标，而更关注短期目标，这样发展下去，企业就不能有效跨越产品的非连续性了。除非有很多的替补梯队，像生物进化一样，不能适应的就会被淘汰。

赤墨

无论是海尔的“小微模式”，还是稻盛和夫的“阿米巴经营模式”，本质上都是要解决人的问题，激发人的斗志，充分发挥、调动人的主动性，让每个员工都能与企业“利益攸关”。

不过，这种“去中心化”的管理模式并不是每家企业都能做到的，也要看企业的“基因”和行业特点。面临的一些问题或挑战：

首先，要有一个“精神根基”，需要贯彻公司的整体目标和方针，全员要形成统一的价值观。

其次，要“内外兼修”，内部统一标准，灵活合理地划分“小微组合”和业务；外部实行市场化机制，优胜劣汰，将最好的资源用在最有潜力的业务上，实现效益的最大化。

最后，管理模式也需要不断地迭代和演化，在演化中探寻更优的解决方案。

当个人目标与企业目标冲突时，高层管理者应该做好评估和协调工作，保证个人目标服务于企业目标的实现。“君子爱财，取之有道”，这个“道”便是企业的“精神根基”，人人坚守，便能长久。

第三章

花钱投资与分配

21 固定资产

应该买、租，还是借

前一章讨论了企业是如何找钱的，这一章我们来看看企业是怎么花钱的。

企业最重要，往往也是最大的一笔开销是固定资产投资。

固定资产指的是企业的“大件”资产，比如厂房、生产设备。固定资产不仅花费大，而且企业准备长期持有这些资产。

与固定资产相对的是库存、短期投资等流动资产。流动资产是企业准备短期持有的，持有时间通常不超过一年。

对企业来说，固定资产投资可不是一件能简单做决策的事情，因为这么大笔开支会直接影响企业的现金流。企业如果没有现金，就会面临破产风险，这一点前文介绍过。所以，企业要想获得固定资产，采用什么样的策略才是最优的呢？获得这些固定资产以后，还有没有可能将其盘活呢？这些问题对企业来说都非常重要。

如何比较买、租、借

由于航空公司通常拥有很多固定资产，我就以它为例进行分析。

对航空公司来说，最重要的固定资产就是飞机。假设你是中国东方航空公司（以下简称“东航”）的财务总监，CEO 说现在急需 5 架新飞机，那么你准备买还是租呢？

租用固定资产，在财务中叫“租赁”。租赁是近几年非常流行的一种金融工具，特别受重资产企业欢迎。东航 2018 年年报显示，截至 2018 年年底，公司共运营 692 架飞机，其中 450 架（65%）飞机是通过租赁的方式获得的。[①]《2019 年融资租赁业发展情况报告》显示，2019 年世界租赁业务总量约为 41 600 亿美元。[②]

假设你用租赁的方式，每年付给租赁公司 700 万元租金，10 年后这架飞机就可以归你的公司所有；而买这架飞机，要一次性花 5 000 万元。你会选择买还是租？

不管结论如何，当你开始这样进行比较时，你的决策思路就已经错了。为什么？

在回答这个问题之前，我们先看看租赁的本质是什么。

“租飞机”实际上是一种借贷行为，不过不是向银行借，而是向融资租赁公司借。只是航空公司拿到的不是现金，而

---

① 这一数据包括融资租赁和经营租赁两种租赁模式。关于两种租赁模式的差异，后文会详细说明。

② 租赁联合研发中心．2019 年融资租赁业发展情况报告 [J]. 华北金融，2020(03): 26–34.

是价值 5 000 万元一架的飞机——你不用拿着从银行借来的钱再去买飞机，租赁公司直接买好了给你。租赁协议一旦签订，就不能轻易终止，而且航空公司要保证未来 10 年每年付给租赁公司 700 万元。所以，租赁本质上是一种债务融资。

采用这种方式的好处是，航空公司不用一下子投入大量资金，而是可以分 10 年支付，现金流压力较小。但是，这比直接买飞机多了两种风险：第一，要是某一年航空公司没钱付租金，租赁公司随时可以把飞机收回；第二，会计学认为，融资租赁的本质是分期付款购买资产，所以每年支付的租金，本质上是在分期还债。

因此，租赁和自行购买的风险等级是不一样的。财务决策中，在“同风险等级”的投资决策之间进行比较是一个非常重要的原则。比如，前文讲过，投资的机会成本是为了一个项目所放弃的其他项目的收益，这里的其他项目必须和投资项目的风险等级相同。假设投资麦当劳，比较的其他项目就得是同风险等级的肯德基，而不是银行的定期存款，这样的比较才是公平的。

所以，考虑“买还是租”这个思路本身就错了，因为它忽略了两个选择背后的财务风险等级是不同的。把这两个选项进行比较，是不公平的。

思考这个问题的正确方式，应该是考虑“租还是借”，也就是说，把租赁这种债务融资方式和其他债务融资方式进行比较。比如，比较向银行贷款 5 000 万元现金购买飞机和向租赁公司租一架飞机，哪种方式更划算。

价值 5 000 万元的飞机，未来 10 年每年还 700 万元，租赁公司要求的利率大约是 7%。暂不考虑折旧和税务的影响，如果航空公司能从银行获得利率低于 7% 的贷款，那么向银行贷款买飞机就是更好的选择。

如何降低“租赁”对负债率的影响

假设你最终选择了租赁飞机，这时航空公司财务报表上的负债就会相应提高。负债率一提高，投资人就会紧张。有没有方法能不影响报表上的负债率呢？

在 2019 年以前，有些企业会采取一种方法，把与租赁相关的债务隐藏在财务报表外——把租赁的性质从租飞机这种“融资租赁”，想办法变成另外一种“经营租赁”。

什么是经营租赁？假如航空公司组织集体团建，租用了两天大客车，这种租赁就属于经营租赁。

租用大客车（即经营租赁）和租飞机（即融资租赁）主要有以下几点不同。

第一，租期不同。客车只需要租两天，而飞机的租期显然更长，占飞机使用寿命的绝大部分。

第二，租金和资产的比值不同。大客车的租金只有几千元，但是一架飞机的总租金会很接近飞机的价值。

第三，所有权不同。租大客车，只有两天的使用权，两天后车不归航空公司，但是租一架飞机，航空公司最终可以获得飞机的所有权。

一般来说，融资租赁指租期长、租金占比高或者最终拥有所有权的租赁活动，也就是说，承租企业享受了租赁资产带来的绝大部分利益，同时承担其主要的使用费用和风险，就被认为是融资租赁，反之，就被认为是经营租赁。[①]

融资租赁和经营租赁对财务报表的影响是不同的。经营租赁不涉及资产的所有权，也不会给企业带来未来收益，所以这部分租金就可以被当作费用处理。而只要费用不出现在资产负债表上，就不会增加企业的负债率。

要如何把这 5 架飞机的租赁合同，从融资租赁改成经营租赁呢？假设一架飞机租期超过 15 年，就会被认定为融资租赁，这时，企业只要把一份长租合同改成几份短租合同——比如先签一份 13 年的租赁合同——就可以改变租赁的性质了。等租赁期满之后，企业再续租，或者租别的飞机。

租赁债务虽然表面上被隐藏了，但本质上还存在，企业还是需要定期还钱的，也就是说，这个债务虽然被企业刻意挪出了财务报表，实际上还是提高了企业的真实风险。

为了减少企业这种“钻空子”的行为，提升财务报表的透明度和可参考性，也为了保持我国的企业会计准则与国际财务报告准则持续全面趋同，2018 年，财政部对《企业会计准则第 21 号——租赁》进行了修订。新租赁准则不再将租赁区分为经营租

① 会计准则规定，一项租赁存在下列一种或多种情形的，通常被归类为融资租赁:（1）在租赁期届满时，租赁资产的所有权转移给承租人。（2）承租人有购买租赁资产的选择权，所订立的购买价款与预计行使选择权时租赁资产的公允价值相比足够低，因而在租赁开始日就可以合理确定承租人将行使该选择权。（3）资产的所有权虽然不转移，但租赁期占租赁资产使用寿命的大部分。（4）在租赁开始日，租赁收款额的现值几乎相当于租赁资产的公允价值。（5）租赁资产性质特殊，如果不作较大改造，只有承租人才能使用。

赁和融资租赁，而是采用统一的会计处理模式，对短期租赁（指自租赁期开始日起，租赁期不超过12个月的租赁）和低价值资产租赁（指单项租赁资产为全新资产时价值较低的租赁）以外的其他所有租赁均应被确认为使用权资产和租赁负债，也就是说，都体现在资产负债表中。①

如何盘活租来的固定资产

假设你用贷款购买的方式搞定了这5架飞机。CEO突然又找到你，说公司现在急需一大笔钱，让你想想办法。可是飞机已经被运到公司了，退款已经不可能了，那该怎么办呢？

这时可以采用一种叫“融资性售后回租”的方法——把这5架飞机卖给一家融资租赁公司，再和这家公司签一份租赁合同，把飞机租回来。这份合同的租赁期满后，你就可以根据合同约定再拿回飞机的所有权了。这纯粹是一种财务操作，租赁公司不会真的先把飞机拖走再运回。

这个方法一度非常流行，因为当企业急需用钱的时候，这个方法能帮助企业盘活固定资产，从固定资产中找出营运资金。很多企业都用过这个方法。比如，中地乳业集团有限公司2018年发布的公告披露，公司将把7 125头奶牛以2.25亿元的价格卖给北银金融租赁有限公司，之后再租回来。类似的例子还有北控清

① 新租赁准则的执行时间根据企业性质不同而有所差别。在境内外同时上市的企业，以及在境外上市并采用国际财务报告准则或企业会计准则编制财务报表的企业，要求自2019年1月1日起实施。其他执行企业会计准则的企业（包括A股上市公司）自2021年1月1日起实施。

洁能源集团有限公司、和美医疗控股有限公司等。

划重点

如何看待固定资产投资?

- 投资决策必须在同风险等级的项目中进行评估和选择。
- 固定资产除了购买之外，还可以考虑使用租赁的方式获得。租赁能够减少企业的短期现金流压力。
- 融资性售后回租等方法，可以盘活固定资产。

思考

前文讲过，固定资产涉及折旧问题。在旧经济时代，计提折旧主要是为了体现固定资产的价值损耗。在新经济时代，这样的会计处理可能面临什么问题呢?

答案

在新经济时代，一些企业资产非但不会由于使用而产生价值损耗，其价值反而会上升。例如淘宝、脸书等这些具有“网络效应”的平台资产的价值，就会随着用户人数和使用频次的增加而不断增值。是否应当确认企业资产因网络效应带来的增值，是当下会计界探讨的一个重要问题。

22 价值投资
用别人的错误赚钱

企业除了可以投资固定资产，还可以投资其他企业的股票。前文讨论过的两面针就投资了中信证券的大量股票。那么，怎样才能选对股票呢？

从“发现企业价值”到“发现别人的定价错误”

关于股票投资，有一个著名的理论叫“价值投资”，就是先通过分析一家企业的财务报告和基本面[①]，评估这家企业的真实价值，然后和市场上的价格进行比较。如果其真实价值高于市场价格，那么这家企业就值得投资。

① 基本面是指对宏观经济、行业和公司基本情况的分析，包括公司经营理念、策略，公司报表等的分析。——编者注

这个思路虽然看起来很靠谱，实际却很难执行，因为没人能够准确计算出一家企业的真实价值是多少。

小米准备上市的时候，投资银行（以下简称“投行”）最初估值 1 000 亿美元，发行前下调到 500 亿美元。这两个数值都是基于专业的财务模型估计出来的，但哪个才是小米的真实价值呢？在经营没有发生任何重大变化的情况下，小米的真实价值会在短短几周之内突然减少 500 亿美元吗？

在财务高手看来，无论多专业的财务报表分析和财务模型，都无法准确算出一家企业的真实价值。因为前文讲过，财务报表中所有数据反映的都是企业的历史业绩，而估值体现的是对企业未来业绩的预期。若用历史数据预测未来，时间上的错配就一定会产生错误。

此外，在实际操作中，企业估值很容易被人为干扰。比如，投行往往会为了争取一个 IPO 项目，迎合企业对估值的期望值。如果小米想要 1 000 亿美元的估值，投行可以把未来预期增长率调高；如果小米觉得 500 亿美元更合适，投行也可以想办法把增长率下调。

本杰明・格雷厄姆在《聪明的投资者》这本书里提到：将精确的数学公式与高度不确定的估值假设结合在一起，很容易就会变成一种操纵工具，用来生成任何人想要得到的任何水平的估值。①

格雷厄姆是巴菲特的老师，也是价值投资理论的奠基人。他在投资界的地位，相当于物理学界的爱因斯坦、生物学界的

---

① 本杰明・格雷厄姆．聪明的投资者：第 4 版 [M]. 贾森・兹威格，沃伦・巴菲特，注疏．王中华，黄一义，译．刘建位，审校．北京：人民邮电出版社，2016.

达尔文。虽然他创造了价值投资，但是在他眼中，“发现真正的内在价值”这个说法是个伪命题，因为真实的价值永远是未知的。

那么，在不知道企业真实价值的情况下，投资者怎么进行价值投资呢？

格雷厄姆认为，投资者根本不需要知道企业的真实价值，只要发现别人的定价错误，就可以赚钱。这就好比你和另一个人在大海里游泳，突然身后出现一条鲨鱼。要想活命，你并不需要知道鲨鱼实际行进的速度，只需要确保自己比另一个人游得快就行了。

美国橡树资本管理有限公司董事长霍华德·马克斯就说过：“投资就是发现市场的错误。”虽然价值投资是建立在对财务信息和非财务信息的分析研究上的，但是从操作层面看，分析这些信息的目的不是发现企业的真实价值，而是发现别人的定价错误。

这个思路之所以比计算企业真实价值的思路有更强的可操作性，是因为判断一个数值是过高还是过低，要比准确预测一个数值容易多了。

所以，投资并不是我们与自然之间的游戏，而是我们与市场中其他投资人之间的博弈，我们只要赢了别人就行。

用反向推导发现定价错误

那么，怎么才能发现别人的定价错误呢？这背后的操作思路叫“反向推导”。

对比图 3-1 和图 3-2，我们可以看出正向推导和反向推导在逻辑上的差别。

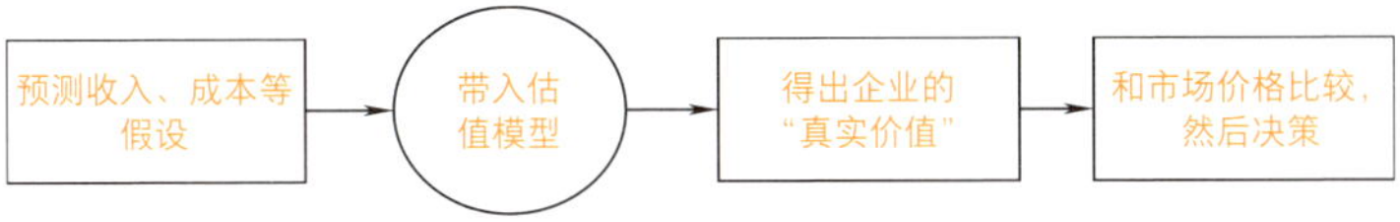

图 3-1 正向推导逻辑

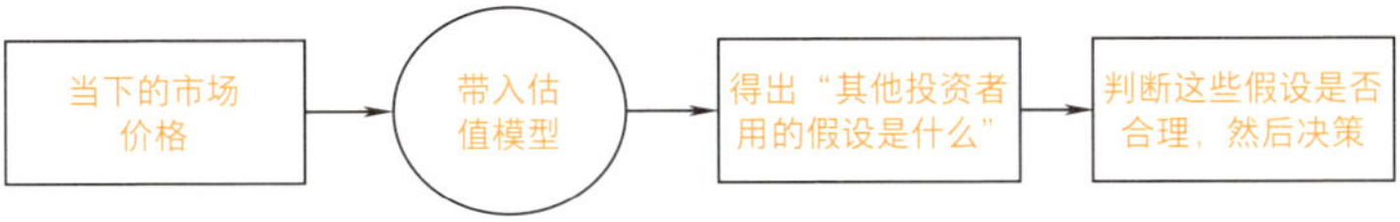

图 3-2 反向推导逻辑

正向推导是先对企业未来收益、成本等做出预测，然后把这些数值带入估值模型，得到一个估值，再和市场价格进行比较。而反向推导则是把当下的市场价格当成估值放入模型中，然后反推出市场得到这个估值背后的假设是什么。比如，市场给一家企业的估值是 10 亿元，将这个数值带入模型，可以反推出这个估值背后隐含的假设是预期增长率达到 10%。之后需要做的，就是判断企业未来的增长率能否达到 10%。

如果你觉得这家企业未来达不到这个增长率，那就说明市场现在给的价格过高了，你就不应该买这家企业的股票；如果你觉得这家企业未来增长率会比 10% 高，那就说明市场给的价格低了，你就应该买入。

在财务管理中，反向推导这种逆向思维方式可以发挥很大的作用。分析财务报表，就是透过财务信息反向推导出企业背后的经营战略和情况。比如，对比星巴克和沃尔玛 2018 年的财务报告，可以得出星巴克的毛利率是 58.8%，而沃尔玛的毛利率只有 25.1%，由此可以大致推断出这两家企业的竞争战略。一般来说，企业有两种竞争战略可以选择——差异化战略和成本领先战略。差异化战略是企业通过向顾客提供独特的产品和服务，获得额外的溢价——这样的企业毛利率通常比较高。成本领先战略是企业通过加强成本控制，在研发、生产、销售、服务等环节把成本降到最低限度，成为产业中的成本领先者——这样的企业毛利率通常比较低。显然，星巴克走的是差异化战略，沃尔玛走的是成本领先战略。

逆向思维也对企业经营有很大作用。蒙牛集团在2000年的销售收入只有不到3亿元，但是在2001年制订未来“五年计划”时，蒙牛集团创始人牛根生竟然将2006年的销售目标定为100亿元。很多人认为这个目标定得太不切实际了，结果，100亿元的销售目标在2005年就提前实现了。蒙牛集团之所以能提前完成这个目标，就是因为使用了逆向思维。一般企业都是根据市场、产能这些因素来定业绩目标的，而牛根生正好相反，他先定目标，再反向推导，根据目标需要去配置资源、调整战术。

事实上，牛根生的逆向思维不仅体现在财务目标的制定上，连他当年创立蒙牛集团的整个过程，都是一次非常精彩的逆向思维的应用。

创办企业的一般思路是，先建厂房、引进设备、生产产品，然后打广告、做促销。但牛根生提出了“先建市场，再建工厂”的思路，把有限的资金集中用于市场营销推广。产品有了知名度，才能有市场；有了市场，再把全国的工厂变成自己的加工车间。

于是，在没有一头奶牛的情况下，牛根生用 1/3 的启动资金在呼和浩特进行铺天盖地的广告宣传，获得了很好的广告效应。几乎在一夜之间，人们都知道了“蒙牛”这个品牌。接着，牛根生与中国营养学会联合研发了新的产品，然后与国内多家乳品厂合作，“借鸡下蛋”生产蒙牛的产品。

蒙牛集团把这种“两头在内，中间在外”——研发与销售在内，生产加工在外——的企业组织形式，称作“杠铃型”。通过这种逆向运作，在短短两三个月内，牛根生盘活了近 8 亿元的企业外部资产，完成了一般企业要花几年时间才能完成的扩张。

检验某只股票定价的合理性

通过反向推导寻找别人的定价错误虽然很好，但是估值需要进行许多预测和假设，比如，未来收入、成本、增长率、折现率等。要考虑的维度这么多，我们怎么知道别人在哪儿犯了错呢？

会计学研究企业估值的专家斯蒂芬·佩因曼教授为我们提供了一种可操作的分析思路。①

先基于分治策略把企业估值拆分成三个部分：

企业估值 = 投入的本金 + 短期价值创造 + 长期价值创造

① 斯蒂芬·H. 佩因曼. 财务报表分析与证券估值：第 5 版 [M]. 朱丹，屈腾龙，译. 北京：机械工业出版社，2016.

然后，排除决策不相关性信息，也就是将这三个部分中，投资人犯错可能性最小的部分排除，留下投资人最可能犯错的部分。

这三个部分的确定性是依次下降的。投入的本金就是企业的账面价值，在财务报表中可以直接看到它。短期价值创造指的是企业未来一两年的价值，可以根据近期的会计信息预测。前两部分的准确性较高，其他投资者不容易在这里犯错，因此它们是决策不相关信息。

其他人最容易犯错的地方，也就是你最有机会赚钱的部分，是对未来长期增长部分的判断。那么，我们怎么结合企业当下的股价和财务报表信息，推算出市场对其未来长期增长率的预期呢？

我以谷歌为例，具体展示这个公式是如何应用的。

2011 年 5 月，谷歌的股价是每股 535 美元，每股的公司账面价值是 143.92 美元。分析师预测，谷歌未来 1 年的价值创造是每股 17.77 美元（即短期价值创造）。

表 3-1　谷歌 2010—2012 年的相关财务信息　　单位：美元

	2010 年实际	2011 年预测	2012 年预测
每股收益 *		33.94	39.55
每股账面价值 **	143.92	177.86	217.41
资本成本	10%	10%	10%

资料来源：参见斯蒂芬 · H. 佩因曼 . 财务报表分析与证券估值：第 5 版 [M]. 朱丹，屈腾龙，译 . 北京：机械工业出版社，2016：216-217.

注：* 每股收益即“每股盈利”，又称“每股税后利润”“每股盈余”，指税后利润与股本总数的比率。

** 每股账面价值也叫“每股净资产额”，是股东权益总额与发行股票的总股数的比率。

用 535 美元减去 143.92 美元账面价值和 17.77 美元的短期价值，等于 373.31 美元的长期价值。接下来，我们用佩因曼教授给的分析思路，尝试计算出这背后隐含的市场对谷歌未来增长率的预期：

企业估值（每股股价）= 投入的本金（每股账面价值）+ 短期价值创造 + 长期价值创造

2011 年估值 = 2011 年投入的本金（即 2010 年年末每股账面价值）+2011 年价值创造 + 长期价值增长

其中，2010 年年末账面价值 =143.92 美元 / 每股

短期价值创造（即 2011 年价值创造）= 当年每股收益 –［资本成本 × 投入的本金（即上一年年末每股账面价值）］/（1+ 资本成本）

=（33.94–0.1×143.92）/1.1 ≈ 17.77 美元 / 每股

长期价值创造 = 当年每股收益 –［资本成本 × 投入的本金（即上一年年末每股账面价值）］/［（1+ 资本成本）×（资本成本 – 增长率）］

=(39.55–0.1×177.86)/[1.1×(0.1– 增长率)] ≈ 21.76/[1.1×(0.1– 增长率)]

假设市场价格是每股 535 美元，带入估值：

535=143.92+17.77+21.76/[1.1×(0.1– 增长率)]

增长率 ≈ 4.7%

得到这个数字之后，你需要判断的就是谷歌的长期增长率能否达到 4.7%。如果你觉得达不到，那么市场的估值就高了；如果你觉得会高于 4.7%，那就说明谷歌的价值被

低估了，这时你就可以买进谷歌的股票。

如何判断长期增长率呢？有几个维度可以帮你判断。首先，你可以看谷歌过去的增长率是多少，其历史增长率是否达到过4.7%？根据企业生命周期理论，随着企业进入成熟期和衰退期，增长率会逐渐放缓。其次，可以和行业中其他企业的增长率进行比较。最后，长期增长率一般不会超过国家GDP（国内生产总值）的增长率，这一点也可以作为你的判断依据。

划重点

如何看待价值投资？

- 价值投资是建立在对企业财务信息和非财务信息的分析和研究上的。
- 从操作层面来说，研究企业价值投资的目的不是为了发现企业的真实价值，而是为了发现别人的定价错误。
- 逆向思维是解决问题，发现创新解决方案的一种有效方法。

思考

文中讲道，作为投资者，我们应该寻找长期价值创造能力强的公司。什么样的公司短期价值大，但是长期价值小？什么样的公司短期价值小，但是长期价值大？

答案

鸿涛

企业处于巅峰期、衰退期，或变卖高价资产时，其短期价值创造大、长期价值创造小。

企业处于成长期，或进行研发、转型时，其短期价值创造小、长期价值创造大。

邵云峰

短期价值大，长期价值小的公司如下：

（1）只注重营业收入，不注重科技研发投入的后劲不足的公司。

（2）行业由成熟期走向衰退期的企业。

（3）虽然有不错的商业模式，却没有形成“护城河”的企业。

23 资本预算
项目之间是如何 PK 的

固定资产投资和价值投资往往被用于单一项目或者单一股票的投资决策中。除此之外，企业很多时候还需要在多个项目或者方案中进行比较和选择。比如，以连锁模式运营的企业，由于单店营收能力有限，需要不断复制扩张，就会经常面临在哪里开新店的决策。

投资收益比较

泰康拜博医疗集团有限公司（以下简称“拜博口腔”）在 2015—2016 年，就采用快速复制的策略，新开了近 100 家连锁诊所。假设拜博口腔现在要再开一家新诊所，且有两种备选方案。[①]

① 案例中的相关财务数据是经过处理的，并不代表拜博口腔的实际情况。

一个方案是将新诊所开在北京。北京人口密集，预计新诊所每年获得的收益（自由现金流）可以达到100万元。但是，在北京开诊所的成本很高，要投资800万元，预计能运营30年。

另一个方案是将新诊所开在天津。天津诊所每年收益预计只有50万元，但是开诊所的成本低，只要投资300万元，预计能运营20年。

你会选择哪个方案呢？

通常的决策方法是，分别计算两个项目的收益，然后选择收益更高的那个。

假设北京项目的资金成本是10%，也就是说，资金提供者要求10%的回报率，而天津项目只要8%的资金成本。根据：

净现值①=投资所产生的未来现金流的折现值－项目投资成本

我们可以分别计算两个项目的收益：

$$北京项目收益的净现值=\frac{100万}{(1+10\%)}+\frac{100万}{(1+10\%)^2}+$$

① 净现值是一项投资所产生的未来现金流的折现值与项目投资成本之间的差值。——编者注

$$\frac{100\text{万}}{(1+10\%)^3}+\cdots+\frac{100\text{万}}{(1+10\%)^{30}}-800\text{万}=142.69\text{万（元）}$$

$$\text{天津项目收益的净现值}=\frac{50\text{万}}{(1+8\%)}+\frac{50\text{万}}{(1+8\%)^2}+\frac{50\text{万}}{(1+8\%)^3}$$

$$+\cdots+\frac{50\text{万}}{(1+8\%)^{20}}-300\text{万}=190.91\text{万（元）}$$

北京项目收益的净现值是142.69万元，天津项目收益的净现值是190.91万元。这样看来，拜博口腔应该选择在天津开新的诊所。

但是，这是普通财务人员做决策的方式，**财务高手至少会多考虑两个维度：溢出效应和长短期项目之间的平衡。**

投资的溢出效应

投资中的溢出效应，指的是新项目对企业其他现有项目或外部事物产生的影响。它对投资决策的影响非常重大。

当年的“蓝巨人”IBM错失个人电脑这个超级市场，被苹果公司抢了先手，就是因为IBM在考虑个人电脑项目的投资时发现，一旦推出个人电脑，势必会影响大型计算机的销量。而那时IBM靠着卖大型计算机，每年的进账可以达到72亿美元。因此，个人电脑项目就一度被搁置了。

还有2011年轰动一时的大连PX项目。PX是一种化工原料，被用来生产塑料、薄膜，若PX被暴露在空气里或者遇水，就会造成严重污染。因此，这类项目需要建在距离城市100千米以外的地方，但PX项目建在了距离大连市仅21千米的地方。最后，这个项目被勒令搬迁，企业为此额外支出了一大笔钱。这笔支出降低了项目整体的收益。这部分影响，就叫“溢出效应”。

溢出效应有两种，一种是负向的，比如IBM、PX项目；另一种是正向的，也就是项目之间的“协同效应”。

比如，上海世界博览会不仅对上海有益，还可以带动周边城市的经济效益，这就是世博会的协同效应。再比如，迪士尼公司投资拍摄《星球大战》这部电影，不仅能获得票房收益，还会吸引更多人去迪士尼主题乐园游玩，与《星球大战》相关的产品销量也会增加。这就是这部电影的协同效应。

还有一种属于竞争对手之间的协同效应——麦当劳总和肯德基相对而开，小龙虾餐饮一条街，鲜花市场等。竞争对手在空间上聚集，能引来更多的客流量，让所有商家都能赚到更多的钱。

所以，在做投资决策时，需要计算的不是新项目未来的绝对收益和成本，而是考虑溢出效应之后的增量收益和增量成本。

基于这个思路，我们再来看看拜博口腔这两个备选方案的收益。

假设天津新诊所的一些治疗项目会采用新技术，选择了新技术的患者就不会去老诊所了，这会让老诊所每年减少 20 万元的收益。所以，在天津开新诊所的实际收益是 30 万元。

而北京新诊所采用的新口腔技术可以同时提供给老诊所，让老诊所每年额外增加 20 万元收益。那么，新诊所的实际收益就从 100 万元变成 120 万元了。

现在我们再次计算一下两个项目的收益：

$$北京项目收益净现值=\frac{120万}{(1+10\%)}+\frac{120万}{(1+10\%)^2}+\frac{120万}{(1+10\%)^3}+\cdots+\frac{120万}{(1+10\%)^{30}}-800万=331.23万（元）$$

$$天津项目收益净现值=\frac{30万}{(1+8\%)}+\frac{30万}{(1+8\%)^2}+\frac{30万}{(1+8\%)^3}+\cdots+\frac{30万}{(1+8\%)^{20}}-300万=-5.46万（元）$$

北京新诊所的净现值是 331.23 万元，天津诊所的净现值是 -5.46 万元——北京诊所的收益显然高于天津。考虑溢出效应之后，决策反转了——应该选择在北京再开一家新诊所。

投资回收期平衡

现在拜博口腔可以决定投入 800 万元在北京开新诊所了吗？还得等一等。800 万元不是个小数目，我们还要思考另外一个重要维度：多长时间能把这笔钱收回来？

对企业来说，保持资金流动性很重要。项目回收期越长，资金流动性风险就越高。

我们先算算这两个方案的投资回收期，也就是资金回笼的速度。为了简化计算，暂时不考虑折现率。

北京诊所投资 800 万元，每年收益 100 万元，需要 8 年才能回本。

天津诊所投资 300 万元，每年收益 50 万元，只要 6 年就能回本。

如果只考虑投资回收期，那么拜博口腔应该选择在天津开新诊所。

比较投资回收期其实是一种保本分析，更多考虑的是项目风险和收益的下限。

真实世界一定比这个虚拟的例子更加复杂。有些项目，企业明知道回收期长，但是基于战略考虑，还是会投。如果不投资的话，就等于把未来拱手相让。

在这种情况下，企业如何确保财务的健康呢？

有一种解决方法是用短期项目的收益来补贴长期项目的投入，也就是说，财务高手会通盘考虑不同周期项目之间的平衡，即“项目组合管理”问题。

比如，万达集团虽然以开发商业地产著称，但商业地产投资金额大、周期长、回报低，万达集团需要通过开发住宅地产，对冲商业地产这种长周期项目的风险，同时让资金“滚动”起来。

因此，从财务角度看，能赚快钱的项目未必是首选。企业是可以选择周期长、风险大的投资项目的，但前提是有足够多的短期项目，能对冲这些长期项目的风险。

影响投资决策的非财务因素

财务思维的基础是会计和量化，但上层是战略视野。

真实世界里的投资决策并不都服务于财务目标，很多时候是服务于企业战略需要的。

以 eBay（易贝）这家企业为例，用户在 eBay 上买东西，都会用类似支付宝的 PayPal（贝宝）来支付，而 PayPal 是 eBay 在 2002 年花了 15 亿美元买来的。在此之前，eBay 其实有自己的支付系统，并且投入了巨资进行培育，企图和 PayPal 竞争。那么，为什么 eBay 最终放弃了自己的支付系统，反而高价并购了竞争对手 PayPal 呢？

因为 eBay 发现当时有 70% 的交易都是用户通过 PayPal 来付款的。支付系统对 eBay 这样一家互联网电商平台的重要性是不言而喻的，如果 PayPal 被竞争对手买去了，后果将不堪设想。所以，代价再大，战略上也必须这么做。

在这方面，我还有一段亲身经历。我曾在一家在美国上市的中国公司担任独立董事。这家公司当时正在考虑进行私有化，也就是通过回购公司的所有股票从资本市场上退市。单纯从财务角度看，回购的成本越低越好，也就是应该尽量压低回购的价格。当时公司为了私有化引入的基金，希望以大约 5 美元每股的价格回购股份。然而，这样做有一个很大的问题：在公司最困难的时候，一些高管和老员工曾经自掏腰包在每股股价 8 美元时增持了公司股票，如果以5美元每股的价格回购，就会让很多员工亏钱。这些员工都是从公司成立时就和公司并肩作战的老员工，这样做，伤的不仅是他们的钱包，更是他们的心。

公司最后决定，以一个中间价格进行私有化，并对一些老员工进行额外的补偿。这个结局，虽然从财务角度看并不是一个最优的决策，却使公司挽回了员工的心。

划重点

在投资项目之间做选择时，需要考虑什么？

- 需要考虑项目的溢出效应以及长短期项目之间的平衡。
- 投资决策的基础是财务决策，但也需要考虑企业的战略需要。

思考

文中讲道，投资决策需要考虑溢出效应和长短期之间的平衡。此外，假设你在进行项目投资之前已经投入了1万元进行可行性调研，这笔支出是否会影响这个项目的投资决定？

答案

投入的1万元前期调研费用属于“沉没成本”，也就是以往发生的，但与当前决策无关的费用。在进行投资决策以及计算项目的净收益时，通常不考虑沉没成本。

24 风险量化

如何在投资时做到心中有数

谈到投资，就不可避免地要提到风险。很多人认为，搞财务的人都很保守，害怕风险。事实上，财务怕的不是风险本身，而是风险上的盲目。

有一个小故事，说的是一间屋子里有金子，还有一颗定时炸弹。财务新手觉得，如果运气好，自己就能在爆炸前把金子取出来；如果运气不好，自己就完了！而财务高手会认为，虽然不知道炸弹什么时候爆炸，但经过分析可以确定，3 分钟之内一定不会炸，只要在这之前取出金子就好了。

由此可见，财务高手在做投资决策之前，重要的步骤之一就是预测和量化风险，尽可能做到心里有数。他们通常会从“点、线、面”三个维度来分析风险。

点分析

“点分析”也叫“保本分析”，就是分析项目的保本点是多少。

保本分析经常被用来进行销量评估。比如，企业准备投资 100 万元生产太阳眼镜，每副眼镜售价 100 元。企业就需要评估，卖多少副眼镜才能达到盈亏平衡。

为什么财务会最先关注保本点呢？

心理学家丹尼尔・卡尼曼发现，人们对损失和获得的敏感程度是不同的，损失的痛苦要远远大于获得的快乐。而敏感度最高的点，就是从亏损到收益的转折点，也就是保本点。卡尼曼的这个发现叫作"前景理论"，他因此获得了 2002 年的诺贝尔经济学奖。

这个理论在财务中也得到了印证。1968 年，雷・鲍尔和菲利普・布朗两位教授对美国上市公司的盈余公告进行了研究。① 他们把企业分成亏损和盈利两组，发现每一美元亏损造成股价下跌的程度，几乎是每一美元盈利带来的股价上涨幅度的两倍。因此，企业特别在意避免亏损。

一些研究发现，企业每年的盈利目标有三个层次。第一个层次是保证不亏损，第二个层次是超过前一年同期的盈利水平，第三个层次是超过证券分析师的预期。保证不亏损，是企业最基础的目标。

你可能认为，每家企业在投资前一定会做保本分析这个基础分析。实际上，很多处在快速扩张阶段的企业常常会忽略这一点。我在 2010 年夏季达沃斯论坛上访问过无锡尚德太阳能电力有限公司（以下简称"无锡尚德"）的创始

① Ball R, Brown P. An Empirical Evaluation of Accounting Income Numbers[J]. Journal of Accounting Research, 1968,6(2): 159–178.

人施正荣。当时，这家企业头顶“中国最大光伏企业”的光环，业务发展得非常好，正在急速扩张产能。我问过施正荣，扩张产能背后的风险有多大，他是否计算过要消化这些产能需要多大的市场规模和销售额支撑，又是否看好市场的未来前景。那时候的施正荣对无锡尚德的前景非常乐观，认为企业处在扩张期，最重要的就是多投入。

但太阳能不是一类可以自我维持的产业，所谓的热销是建立在政府巨额补贴这个前提下的，一旦政府补贴下降，市场自然就不行了。结果，2008 年全球遭遇金融危机，政府减少了对太阳能产业的补贴，无锡尚德的销售量大幅下跌，积压了大量的原材料和产成品，最终以破产重组告终。

线分析

对于很多投资项目来说，仅考虑保本点是不够的，因为点分析有两个问题无法解决。

第一，有的项目明知道财务上是亏的，但是出于战略需要必须投资。比如前几年互联网上出现的“千团大战”，各个团购网站为了在竞争中胜出，都对用户进行了大量的补贴。这些企业显然对“烧钱”产生的亏损是有预期的，这时候做保本分析就没有意义。企业需要量化和评估的风险是最多可能亏多少。

第二，在财务高手眼中，投资风险指的不仅是损失的可能性，更是结果的“波动性”。

美国学者小亚瑟·威廉姆斯和理查德·M. 汉斯在《风险管理与保险》这本书里，把风险定义为“在给定的情况下和特定的时间内，那些可能发生的结果间的差异”。①

也就是说，只要实际结果和预期结果出现偏离，无论是正向偏离（比预期做得好）还是负向偏离（比预期做得差），都是风险，都需要管理。

大多数人只会对负向偏离感到紧张，但是财务高手会意识到，正向偏离也是一种风险，同样需要量化和管理。这是为什么呢？

假设企业今年的盈利目标是 2 000 万元，实际盈利 4 000 万元。大家都会欢欣鼓舞，但财务主管可能会眉头紧锁，因为分析师和投资者都是基于企业今年实际达到的业绩，来设定明年的业绩预期的。今年冲得太猛，就会大幅提升投资者对未来业绩的预期，明年只能比今年赚得更多。这样下去，业绩目标就会越来越难达到，企业在保证“利润可持续性”方面就会遭受巨大的挑战。

我们在工作中也会遇到类似的情况。比如你是一名销售人员，今年你的业绩特别出色，超额完成了任务。虽然你得到了更多的年终奖，但公司可能会把你明年的销售任务相应上调，让你明年的工作压力大幅增加。

如果不想背负越来越大的压力，该怎么办呢？有一个办法是进行“预期管理”，即刻意压低今年的销售额，降低明年的期望值。

---

① 小阿瑟·威廉姆斯，理查德·M. 汉斯. 风险管理与保险 [M]. 陈伟，张清寿，王铁，唐石泉，邓宏，译. 北京：中国商业出版社，1990.

事实上，企业也会进行类似的业绩预期管理。卡里·比窦曼教授研究发现，企业在业绩超常发挥的年份，会刻意压低报表上的利润，把它转移到亏损年份，使财务报表尽可能反映出持续稳定的盈利趋势。[①] 约翰·格雷厄姆等人在 2005 年调查了 401 名财务主管，其中 96.6% 的人表示，他们更偏好平滑的利润增长。[②] 因为平滑的收益会向投资人和合作伙伴释放一个信号：这是一家业绩稳定的企业。这有助于企业获得更高的资本市场估值和更低的债务融资成本。

所以，企业不仅应该关注利润的可持续性，还应该关注利润的稳定性。要尽可能让利润平滑增长，而不是像心电图那样，一会儿出现一个波峰，一会儿又出现一个波谷。利润的平滑增长对企业而言非常重要。

正向偏离需要管理的另一个原因是，企业的经营活动通常不是一个部门能独立完成的，而是需要部门之间的联动。某个部门的超常发挥，可能导致联动的部门跟不上。从企业整体角度出发，这样的结果不见得是最好的。

聚美优品就发生过这个问题。2013 年，聚美优品在三周年年庆期间举办了大型促销活动。由于活动前低估了销售量，技术部门没有做好相应准备，导致促销活动刚开始

① Beidleman C. Income Smoothing: The Role of Management [J]. The Accounting Review, 1993, 48(4): 653–667.

② Graham J, Harvey C, Rajgopal S. The Economic Implications of Corporate Financial Reporting[J]. Journal of Accounting and Economics, 2005, 40(1–3): 3–73.

6分钟，官网就崩溃了，用户压根进不去。聚美优品最后只能把原本只计划举办1天的促销活动延长为3天。多让利给消费者的这两天，显然会给聚美优品造成经济上的损失。

而像天猫“双十一”购物节这样大规模的促销活动，事前进行风险量化和压力测试就更加重要了。阿里巴巴的运营部门需要预测的不仅是保本的交易量，更重要的是交易量的上限。预测最高交易量不仅能帮助其他部门，比如技术、运维、物流、售后等做好协同配合，提前做好准备，还能安排充足（甚至冗余）的资源，避免系统崩溃、客服人力不足等直接影响用户体验的风险发生。

所以，风险量化关注的不是损失，而是和预期偏离的可能性。从财务角度来看，一个项目预期收益的最好情况和最坏情况之间的波动性越小，风险就越低。这种对最好情况和最坏情况区间的预测，就叫“线分析”。

进行线分析，共分为三个步骤。

第一步，找到最影响投资决策的那些核心指标，比如价格、销售量等。

第二步，对每项指标预测三种情况——一般情况、最坏情况和最好情况。其中，最好情况和最坏情况的临界数值，可以为决策者提供可能的风险范围。

第三步，分析在最好情况下和最坏情况下的投资结果差异。如果两种情况的结果比较接近，就说明这个项目收益的波动性小，也就代表这个投资项目的风险小。

假设一副太阳镜在一般情况下卖 100 元，在最坏的情况下打 8 折降价到 80 元，在最好的情况下能卖到 120 元。这就形成了价格最好情况和最坏情况的区间。线分析假设当一个因素（比如价格）改变时，其他影响投资收益的因素（比如销量、成本）是恒定不变的。我们从表 3–2 中可以看到，最坏情况和最好情况之间的利润相差 40 万元。

表 3–2　太阳镜销售的“线分析”

	一般情况	最坏情况	最好情况
单价（元）	100	80	120
销量（件）	10,000	10,000	10,000
单件成本（元）	60	60	60
利润（万元）	40	20	60

面分析

你可能已经看出来了，线分析有一个很大的问题，就是只考虑单个因素的最好情况和最坏情况，却没有考虑多因素之间的联动关系。经济学原理告诉我们，在完全竞争市场中，价格和销量是成反比的。降价策略一般会带动销售量，而提价策略会对销量造成负面影响。面分析就是在线分析的基础上进行了改进，考虑了多个因素之间的联动问题。

回到上面的例子。假设太阳镜降价到 80 元时，销量预计会上涨到 1.2 万件；提价到 120 元时，销量会下降到 0.8 万件。此外，预期销量的变化可能也会影响产量和单副眼镜的成本（比如，产量少的时候，由于每件产品需要承担更多的固定成本，单件的生产成本会上升）。我们将这三个因素同时放在一起考虑，就可以重新计算出最坏情况和最好情况下的利润了。这时，两者间的差异缩小到 14 万元了。

表 3-3　太阳镜销售的“面分析”

	一般情况	最坏情况	最好情况
单价（元）	100	80	120
销量（件）	10,000	12,000	8,000
单件成本（元）	60	55	65
利润（万元）	40	30	44

“做有意义的冒险”

风险量化对投资决策十分重要，不过，即使在充分识别、量化、评估风险之后，有着不同风险偏好的决策者往往也会做出不同的选择。比如，“千团大战”的时候，拉手网曾经最为激进，大肆烧钱铺广告，甚至一夜之间同时上线 100 个城市站，让业内同行吃了一惊。而美团网用的是稳健的扩张方式，非常讲求投入产出比，尽可能利用免费方式进行推广。美团网创始人王兴说过：“对于大趋势的判断并不难，重点是判断后能不能守得住底线。”

无论业务决策偏激进还是偏保守，财务方面的决策要始终保持理性。美国有一句著名的企业家宣言，叫“进行有意义的冒险”。企业家关注冒险，而财务需要做的是量化这个“意义”的尺度，从而给企业家或其他决策者提供最合理的建议。

划重点

如何量化投资的风险？

- 投资前需要进行风险评估。风险量化有“点、线、面”三种方法。
- 风险量化关注的不仅是负面风险（即负向偏离），正面风险（即正向偏离）也同样需要量化和管理。
- 投资决策跟决策者自身的风险偏好有关。

思考

文中讲道，正向风险（也就是实际表现超出预期）也需要管理。你在工作或生活中有什么正向风险需要管理吗？

答案

一瓢饮

我所在的行业是保险行业，公司经营管理的就是风险。在自然灾害较少的年份，公司经营业绩就会稍好些，这时就需要进行正向风险管理，避免在大灾大难的年头，业绩波动较大。

对于个人来说，需要进行正向风险管理的时候是在自己走运的时候不骄傲、不自大，保持一种谦卑之心。所谓乐极生悲就是没有做好正向风险管理的结果。

Jylunlun

正向风险可能会带来可持续性问题，导致心理落差，就像学习和运动不能在开始时用力过猛，导致没有耐力，还会影响情绪；在工作中也是一样，要的是小步迭代，而不是一阵儿很拼命、一阵儿很颓废。

25 实物期权

应对投资的不确定性

近些年，越来越多的企业会在上市之后，通过并购行业内其他企业的方式进行外延式扩张。比如，眼科连锁企业爱尔眼科医院集团股份有限公司（以下简称“爱尔眼科”）在 2009 年上市之后，就希望通过并购一些有潜力的小诊所，谋求更大的规模和发展。

传统的并购方式一般由企业作为主体，直接买下这些诊所。但是这样做，会计处理上通常就会要求合并报表，也就是说，这些诊所未来的收入和损失都会算在并购方的财务报表里。而小诊所成立的时间往往不长，未来能否带来收益，有着非常高的不确定性。如果现在就冒险买下这些诊所，未来这些诊所出现亏损时，并购方企业就会跟着遭殃。

失败的并购案例比比皆是。比如，2016 年，宜通世纪科技股份有限公司（以下简称“宜通世纪”）以 10 亿元并购了一家叫倍泰健康的企业。[①] 结果，2017 年，倍泰健康的业绩开始变脸。宜通世纪的财务报告披露，到 2018 年上半年，倍泰健康已给宜通世纪造成了近 5 亿元的损失。为了防止亏损进一步扩大，2019 年年底，宜通世纪宣布拟以 1.7 亿元的低价将倍泰健康出售给珠海横琴玄元八号股权投资合伙企业。[②]

不并购，企业就会错过扩张机会，并购又会面临很大风险。那么，企业能用点、线、面分析法量化这类并购的风险吗？很难，因为这类并购标的（比如创立不久的小诊所）的不确定性往往非常大，投资前很难判断出风险到底有多高。那类似爱尔眼科的企业要怎样做才能降低并购的不确定性呢？

实物期权创造投资柔性

有一种解决方法，就是在设计投资方案的时候，想办法创造“实物期权”。

“实物期权”这个理念非常重要，它代表投资领域中的一次思维革命。

1998 年，蒂莫西·鲁曼教授先后发表了两篇关于实物期权的文章。[③] 他认为，传统投资决策思维最大的缺陷是从静止的

① 详情参见宜通世纪 2016 年 10 月披露的《广东宜通世纪科技股份有限公司发行股份及支付现金购买资产并募集配套资金报告书》。

② 详情参见宜通世纪 2019 年 12 月披露的《关于出售全资子公司 100% 股权暨关联交易的公告》。

③ Luehrman T. Investment Opportunities as Real Options: Getting Started on the Numbers[J]. Harvard Business Review, 1998, 76(4): 51–67. Luehrman T. Strategy as a Portfolio of Real Options [J]. Harvard Business Review, 1998, 76(5): 87–99.

角度看问题。一个项目，要么现在就投，要么永远不投。

但是，当投资标的不确定性很高的时候，正确的方式应该是从动态的角度进行分析决策，增加投资的灵活性和柔性，想办法加入中途调整的权利。这种权利，就是实物期权。

换句话说，传统的投资理论认为，项目投资就像赌场里的一场“轮盘赌”。一旦轮盘开始旋转，玩家就无法进行干预和改变结果，输赢全靠运气。而实物期权理论认为，项目投资更像是一场扑克游戏。运气虽然起一定作用，但是玩家在游戏过程中会不断获得新的扑克牌，还可以根据对手出的牌来实时调整自己的策略。

投资项目中途调整的方式很多，常见的包括推迟投资、追加投资、放弃投资等。它们在实物期权中对应的就是——延迟期权、扩张期权和放弃期权。

爱尔眼科就采用“延迟期权”策略有效地延迟了并购的决策时间，尽可能消除并购前的风险。它具体是怎么做的呢？

爱尔眼科找了一些 PE 机构，联手成立了多家并购基金，专门针对未来有可能被爱尔眼科并购的眼科诊所进行投资。和 PE 机构合作的好处有很多：一方面，爱尔眼科能够充分利用这些专业投资机构在标的搜索、培育和管理方面的资源，快速捕捉高质量的投资标的；另一方面，PE 机构的精心筛选和培育有助于改善并购标的的运营管理，降低爱尔眼科未来并购失败的风险。爱尔眼科通过基金投资，用少量资金提前锁定了未来想要并购的诊所，同时在孵化期对这些诊所进行观望，有效地延迟了并购的决策时间。等诊所发展前景较为确定，开始稳定盈利的时候，再进行并购，将其纳入上市公司体系内。那些没有熬过培育期的诊所，就在体系外自生自灭了。

从财务视角看，这种“上市公司+PE”的投资模式不仅能降低并购风险，还有两个额外的好处。

首先，并购基金是爱尔眼科和其他投资人共同设立的，所以爱尔眼科只需要出一部分钱，就能撬动更多的资金，投资更多的诊所。这种投资策略十分常见。比如“政府引导基金”，又称“创业引导基金”，就是由政府部门牵头并提供部分资金，同时依靠吸引金融、投资机构和社会资本共同成立的基金。这样做能够有效扩大资金体量，扶持更多的创业企业。

其次，这个方法对提高爱尔眼科的市值很有帮助。爱尔眼科只会选择那些培育成功的诊所进行并购，将其纳入财务报表，所以，爱尔眼科的财务报表只会越来越好看。另外，并购这些优质的诊所不仅可以提升爱尔眼科的利润，还能增加资本市场对爱尔眼科未来业绩增长的预期。资本市场是有放大作用的，企业每增加1元的利润，在资本市场上乘以市盈率，市值就放大了几十倍。因此，纳入爱尔眼科财务报表的每一元利润，其实值几十元。

这种操作本质上是一种很聪明的市值管理方法。只要爱尔眼科投资的所有诊所中，成功和失败的比率不太失衡，那些成功项目经过资本市场放大后带来的收益，就足以填补亏损项目带来的损失了。

爱尔眼科的年报显示，通过这种方式，到2018年年底，爱尔眼科在国内投资了300多家医院和门诊部，纳入合并财务报表范围的子公司共计143家。

延迟期权策略增加了高风险项目的投资柔性，这几年很受上市公司欢迎。2014年新修订的《上市公司收购管理办法》也鼓励企业设立并购基金。据统计，2011年我国仅有两家并购基金成立，而到了2016年年底，我国并购基金数量达到了759家。[①]塔里克·瑞奇和大卫·本内特这两位学者通过调研发现：实物期权的决策方式对提升企业绩效水平有长效作用。[②]

延迟策略也被应用在人力资源投资方面，比如足球俱乐部对球员的投资。培养年轻球员储备力量是足球俱乐部（比如曼联）很重要的一项投资，但每个年轻球员都能成为梅西吗？显然不是，而且这在事前很难判断。曼联作为一家上市公司，不会直接和某个年轻球员签约，而是会先把他放到曼联青年队里进行训练和评估，等他达标了才会把他纳入正式队伍。

除了延期期权，扩张期权和放弃期权也是打造投资柔性的常见策略。

石油勘探是大型且复杂的系统工程，通常具有投入多、风险

① 庞家任，周桦，王玮．上市公司成立并购基金的影响因素及财富效应研究[J]. 金融研究，2018(2): 153–171.

② Driouchi T, Bennett D. Real Options in Multinational Decision-making: Managerial Awareness and Risk Implications[J]. Journal of World Business, 2011,46(2): 205–219.

大、回报高的特点。因此，石油勘探项目的投入通常会分阶段进行。石油企业获得阶段性的数据和信息（比如油田的规模、成功概率等）后，才能评估预期的风险与回报。如果上一阶段的勘探结果可观，产油区具有经济性，石油企业就会扩大投资，对其进行开发，这就是扩张期权。如果预期回报不乐观，石油企业就会放弃这个项目，这就是放弃期权。

企业为了增加中途调整投资的灵活性，通常会在项目启动的时候就做好相应准备。比如，宝马曾经在美国南卡罗来纳州建造工厂，用于生产运动型跑车。然而，当时宝马有前瞻性地预见到，日后消费者对车型的偏好可能会发生变化，这间工厂可能会被用来生产其他的车型。如果建造工厂的时候没有考虑到中途调整的可能，那么后续切换产品会非常困难。因此，宝马决定花更多的资金来构建更灵活的、可以用于生产不同类型车辆的工厂。后来，市场情况确实发生了变化，对运动型跑车的需求有所下降，对越野车的需求却大幅增加。好在宝马提前做了布局和安排，这间工厂迅速切换到越野车的生产模式，为宝马创造了高额收益。而这份收益，正是由宝马在建立工厂时的灵活设计带来的。

实物期权降低试错成本

从财务角度看，实物期权思维的价值不仅是规避风险，还从本质上降低了企业的试错成本，让企业敢放开手脚，不断开拓和尝试新的领域。

> 最典型的就是高科技公司思科。作为全球领先的网络硬件企业，思科最担心的从来不是和朗讯、贝尔（加拿大最大的电信公司）等大企业的正面竞争，而是颠覆性技术的出现。颠覆性的新技术通常会出现在创业企业中。思科要想保持龙头地位，就必须地毯式扫描和并购新技术企业，但又担心它们会影响自己的财务报表和在资本市场的表现。
>
> 思科是怎么做的呢？它去找了世界顶级的风险投资公司红杉资本。思科利用自己的技术眼光和资源网络，发现值得培育的新技术企业，然后通过和红杉资本共同成立的基金对项目进行投资。如果孵化成功，思科就买入这些企业；如果孵化失败，就把那份投资当作投资的成本。
>
> 所以，思科的成长史就像一部高科技行业的并购史。在过去20多年中，思科就是基于实物期权这种投资策略，没有后顾之忧地捕获新的颠覆性技术，保持自己在市场的领导地位的。

实物期权的局限性

实物期权的投资策略，能够有效帮助企业降低投资风险，但是所有项目都适用这种策略吗？

彼得·蒂尔认为，互联网项目的投资是适合实物期权策略的，因为互联网是数据驱动的，而好的互联网企业的数据都是呈曲线增长的。投资人根据数据的阶段性变化，很容易判断出项目是不是达到了阶段性目标。

比如腾讯投资滴滴打车，用的就是实物期权策略。通过清科私募通数据查询可知，腾讯在 2013 年 4 月先给滴滴打车投了一笔钱；2014 年 1 月，随着滴滴打车用户量的增加，腾讯追加了一笔投资；2014 年 12 月，腾讯又追加了一笔投资。

但是有些行业和企业的发展状态是二元型结构。在达到关键里程碑之前，企业可能一直都没什么价值，而一旦突破关键里程碑之后，企业就会发生质变。

这个关键节点，可能是某个技术突破，比如生物技术类的创业企业在达到技术可行性前后，企业价值差异巨大；可能是行业门槛，比如电动汽车得有 200 亿元的起步投资才有可能进入量产，而进入量产之前，这类企业的价值并不大。

二元型结构的项目由于阶段性成果不明显，一般不适合用实物期权的方法。当然，现在很多投资机构还是会想办法为这类项目人为设立阶段性里程碑，但阶段性成果其实很难量化。此外，如果投资人基于实物期权的思路对这类项目进行投资，中间随时准备撤出，就会让合作双方的承诺度降低，合作信心也会被大大削弱。

划重点

如何应对高风险的投资项目？

- 可以使用实物期权的思维方式，增加投资的灵活性和柔性。
- 基于实物期权的投资方式，可以减少投资的试错成本。
- 基于实物期权的投资方式，更适合那些阶段性里程碑能够清晰定义的项目。

思考

在你的工作和生活当中，有哪些决策适合用实物期权的理念去做？哪些不适合？

答案

萤火 853

是否要与一个人结婚可以用实物期权的理念去决策。男女双方先以彼此有好感开始，随着了解的深入，可以逐步发展为情侣关系，接下来看双方的价值观、生活方式、家庭理念是否配比，如果配比就可以迈入婚姻殿堂，中间任何一个环节不配比，可以随时中断关系，避免更多的资源投入和损失。

陈狄

我觉得实物期权这个思路，源自互联网公司“小步快跑，快速迭代”的思路，或者也可能是后者源自前者，所以在我们的生活或者工作中，这个办法可以适用于非常多的事情，比如找工作，做买卖或者是创业，就是用最小的成本去试错，觉得对就追加成本，发现错了就快速止损。

不适用的场景应该是婚姻吧——无法用最小成本去试错，一开始就是最大的成本，不过这反而促使人们用更多的精力去维护，因为失败的婚姻对人的损耗是巨大的。

26 风险转移

保险和责任共担

前文介绍了量化风险和降低风险的种种做法，但本质上还是企业自己承担这些风险。而财务高手懂得，并不是所有风险都需要企业自己承担，企业可以利用一些策略转移风险。

风险转移是一种重要的财务思维，也是企业风险管理的一个重要部分。

经营风险转移有一些常见方法，包括签订长期合同、利用风险金融工具，以及购买保险。

方法一：签订长期合同

对于生产型企业来说，最大的经营风险是原材料价格的波动。有研究发现，原材料的采购成本平均占生产企业销售额的60%~80%。[①] 还记得前文讲过，投资者期望的企业利润并不是在

① Bender P, Brown R, Isaac M, Shapiro J. Improving Purchasing Productivity at IBM with a Normative Decision Support System[J]. Interfaces, 1985,15(3): 106–115.

某一年特别高，而是稳定的、可持续的吗？原材料成本的波动和提高，会直接影响企业利润的稳定性和可持续性。

也许有人会问，如果预见到原材料的价格要上涨，为什么不干脆多囤一点儿原材料的库存呢？这当然也是企业会用的一种方法，但是囤积原材料存在很多局限性，比如占用大量资金、仓库空间，这些资源的占用都是有机会成本的。此外，有些原材料并不适合大量囤积。比如，生产番茄酱的企业需要的主要原材料是番茄，但番茄显然不能长期囤积。

当企业预见原材料价格未来会大幅上涨时，就可以和供应商签订长期合同，把未来的采购价格锁定在合理的范围内，有效抑制价格波动的风险。

这个方法很容易理解。就好比你要租房，如果你预计未来几年房价会大幅上涨，就可以跟房东商量，以现在的租金签订长期租赁合同。有些房东为了获得稳定的租金收入，避免更换租户的麻烦，是愿意这样做的。

需要注意的是，签订长期合同虽然是一种锁定原材料价格的好方法，但背后隐藏了一个重大风险，就是企业对未来价格走势的判断是否正确。

无锡尚德就曾经因为误判原材料的价格走势，付出了惨痛的代价。2005—2007年，我国光伏行业发展迅猛，美国和欧洲的一些国家对太阳能发电进行了大量补贴，极大地刺激了市场对太阳能的需求。无锡尚德因此进入了快速发展通道。

它开始急速扩张太阳能板的生产，对原材料多晶硅的需求因此大增。同时，市场需求的扩大吸引了众多企业进入光伏领域竞争，导致多晶硅的价格一路暴涨。无锡尚德为了保证原材料供应和控制价格，在 2006 年与全球供应商 MEMC 公司签署了 60 亿美元的多晶硅合同，期限为 10 年。[①] 这样一来，无论之后市场价格如何上涨，无锡尚德都可以用比市场价更低的合同价格购买原材料了。

然而，由于国内多晶硅市场供大于求，再加上全球金融危机，外国政府大量减少对太阳能的补助，多晶硅价格后来暴跌。根据中国产业调查网的研究显示，多晶硅价格由 2008 年年初的约 428 美元 / 千克跌至 2011 年年底的仅 35 美元 / 千克。但无锡尚德仍被这份期限长达 10 年的合同锁定，不得不继续以更高的合同价格购买原材料。没等合同到期，无锡尚德在 2011 年 7 月就宣布因为承受不了额外的成本，单方面终止了合同，并赔付了供应商 2.12 亿美元的违约金。

签订长期合同其实相当于一种押宝行为，这非常考验企业对未来趋势的预测能力。押对了趋势，企业就能赚到钱；押错了，企业就可能会付出巨大的代价。

方法二：利用风险金融工具

那么，有什么更好的方法，能够让企业在拿不准原材料未来

① MEMC 与无锡尚德签署为期 10 年的圆片供应合同 [J]. 电子工业专用设备，2006(8): 63.

的价格涨跌时，提前锁定价格呢？

近几年有一种新的方法，那就是使用商品期权。期权属于金融工具的一种，国际掉期与衍生工具协会（ISDA）调查显示，世界 500 强中有 94% 的企业会使用金融工具来控制和对冲商业及金融风险。

> 2017 年 3 月 31 日，中国首个商品期权品种——豆粕期权诞生了。假设一家企业 3 个月之后需要购买豆粕，又担心这期间豆粕的价格上涨，就可以通过买入豆粕看涨期权的方法来规避价格风险。
>
> 什么是看涨期权？
>
> 简单来说，企业如果现在购买了看涨期权，就有权利在 3 个月之后以现在谈好的价格购买豆粕了。但是注意，我们在这里说的是“权利”，不是“义务”。如果未来几个月豆粕价格低于合同价，那企业就不需要执行这个期权，可以直接从市场购买。如果未来几个月豆粕价格一直在上涨，超过了合同价，企业则仍然能以比市场价格低的合同价买入豆粕。

与签订长期购买合同相比，期权最大的好处在于，它赋予企业以合同价购买的权利，但是企业不需要承担相应的责任。如果价格下降，企业就不需要履行合约，最大损失无非就是购买期权所支付的权利金，而长期合同需要执行的违约成本通常更高。

期权这个金融工具，还可以被用在管控汇率风险方面。国际化程度高的企业，面临最大的风险之一就是汇率风险。比如博彦科技股份有限公司（以下简称“博彦科技”）是一家IT服务企业，其年报显示，公司2017年海外（包括美国、日本等国家）收入占总收入的55.31%。这些营业收入以美元和日元结算，但是财务报表需要以人民币计量。由于人民币汇率走势存在一定的不确定性，博彦科技就存在汇率波动的风险，这会直接造成企业利润的波动。其年报显示，2008年，由于没有对汇率波动风险进行管理，博彦科技当年产生了175万元的损失。之后，博彦科技开始使用外汇期权、远期结售汇等金融工具规避外汇风险。

外汇期权和前文讲的商品期权类似，也就是说，博彦科技在支付了一定的期权费之后，可以在约定的未来某个日期或一定时间内，选择按照合约规定的汇率买进或者卖出一定数量的外汇资产。远期结售汇是另外一种常见的外汇避险金融服务。博彦科技可以与银行签订远期结售汇协议，约定未来结售汇的外汇币种、金额、期限及汇率，到期时按照该协议订明的币种、金额、汇率办理结售汇业务，从而锁定当期结售汇成本。

方法三：购买保险

除了签订长期合同、利用风险金融工具，还有一种风险转移的方式也很常用，那就是购买保险。企业会购买财产险、公众责任险等保险，其逻辑和我们购买汽车保险是一样的——本质上是通过支付一笔固定的费用，把大部分风险转移给保险公司。

但是购买保险，有时候会起反作用。

举个例子，在美国，95% 以上的上市公司都会买一种“董事高管责任保险”，简称“董责险”。[①] 中国也有一些企业购买了这种保险，特别是在美国上市的公司。一旦购买了董责险，被保险董事及高管在履行公司职责的过程中，因被指控工作疏忽或行为不当而被追究赔偿责任时，就会由保险公司代为支付或承担有关法律费用或民事赔偿责任。

这个保险的目的原本是保护董事和高管的决策自由，不让他们过度承担因为不可控因素导致的决策后果，从而激励他们积极、果断地做出决策。但真的能达到这样的效果吗？

我和我的合作者唐雪松教授曾经专门针对这个问题进行了研究。[②] 我们利用中国特有的独立董事参加董事会的记录以及独立意见数据，从个体层面考察了董责险对独立董事的行为影响。基于 2004—2012 年上市公司数据，我们研究发现，企业购买了这个保险之后，董事就好像进了“保险箱”。既然被诉讼时有保险承担，他们的监督积极性反而下降了。他们不仅参加董事会的频率有所下降，在企业重

① Yuan R, Sun J, Cao F. Directors' and Officers' Liability Insurance and Stock Price Crash Risk[J]. Journal of Corporate Finance, 2016, 37: 173-192.

② Jia N, Tang X S. Directors' and Officers' Liability Insurance, Independent Director Behavior, and Governance Effects[J]. Journal of Risk and Insurance, 2018,85(4): 1013-1054.

大问题上更不愿意提出反对意见，还倾向于跑到其他公司担任独立董事。他们对公司监管的削弱导致公司治理水平整体下降。

所以，在企业经营中，风险并不是完全没有益处的，一定的风险共担能够更好地让管理者和企业的利益捆绑在一起。

划重点

如何看待风险转移?

- 风险转移是企业常用的风险管理方式。
- 常见的风险转移方法包括：签订长期合同；利用金融工具；购买保险。
- 在企业经营中，风险并不是完全没有益处的。一定的风险共担能够更好地让管理者和企业利益的捆绑在一起。

思考

文中讲到“风险共担”的必要性。企业的管理层和员工，也需要和企业共同承担部分风险。有哪些常见的“风险共担”方法呢?

答案

风险共担是高管薪酬设计中的一个重要的考量维度。很多公司会在CEO的薪资方案中包括数量可观的公司股权，其价值会随着公司的业绩表现和股价而变化。这种股权激励模式可以让高管的个人利益与公司的业绩表现挂钩。再比如一些私募股权投资机构会要求投资经理个人跟投自己负责的项目，这也是员工与企业风险共担的一种方法。

27 并购策略
以小博大的智慧

诺贝尔经济学奖获得者乔治·斯蒂格勒说过："没有一家美国的大公司不是通过某种程度、某种方式的并购而成长起来的。"

并购能让一家企业在短期内快速发展，甚至实现成倍的规模扩张。前文提过的爱尔眼科，就是通过积极并购大量小诊所，加上输出自己的管理能力和品牌，快速扩张且在资本市场获得高估值的。

不过，在创业起步阶段，我们通常会选择从一家店开始"试水"，但爱尔眼科的创始人陈邦却从一开始就在长沙、武汉和成都同时设立了4家诊所。他是怎么考虑的呢？

并购扩张的商业模式

这个选择和爱尔眼科的商业模式有关。根据中华人民共和国国家卫生健康委员会的统计，眼科、整形外科、口腔是利润最高的三个医疗领域。不过，虽然眼科服务的市场需求很大，但是眼科诊所单店的收入和利润有限，很难做到独立上市。

在单店的收入和利润空间有限或者短期内无法突破的情况下，如果这个生意还想获得高额的投资收益，就要想办法增加店面数量，也就是必须走连锁扩张模式。

我们可以从投资回报率的计算公式中看出这个商业逻辑：

$$投资回报率=\frac{\sum(每家诊所收入-成本)\times 诊所数量}{投资额}$$

投资回报率等于单个诊所的利润乘以诊所数量，即爱尔眼科的总利润，再除以投资额。在单个诊所利润恒定的情况下，诊所越多，爱尔眼科的投资回报率就越高。

增加诊所数量有两种方式，一种是自建，一种是并购，后者的速度显然更快。因此，爱尔眼科自上市后就在全国进行跑马圈地式的并购。不仅爱尔眼科如此，其他民营医疗专科医院，比如拜博口腔、佳美口腔，以及消费类行业中的便利蜂、喜茶等，背后的扩张逻辑都是一样的，这些企业的门店增长速度都非常惊人。

判断一家企业的复制扩张战略是否成功，最直接的两项财务指标就是“收入集中度”和“利润集中度”。如果在规模扩张一段时间之后，企业的收入和利润仍然集中在早期开的那几家店上，那就说明新店贡献的增量收益非常有限，也就意味着扩张没有成功。

爱尔眼科早期以自建为主，购买的小诊所还处在孵化期，因此，它的营收主要来自核心的10家诊所。其财务报告显示，2010年，这10家诊所对爱尔眼科的收入贡献率达到80%；到了2014年，这个比例迅速下降到55%。这意味着，完成孵化的新诊所开始发力，爱尔眼科的营收主体已经由最早的10家诊所转变为集团内大多数诊所共同盈利了。这个转变仅仅用了4年时间。这说明爱尔眼科的孵化模式已经比较成熟，复制扩张战略比较成功。

所以，外部投资人在判断医疗连锁模式企业的投资价值时，十分重视企业的复制扩张能力。

此外，投资人还十分重视企业长期的品牌和人才打造能力。因为医疗服务的短板始终是供给端，也就是高质量医疗人才的稀缺，这是决定一家医疗服务企业能否可持续发展最重要的因素。

过度并购容易“消化不良”

企业在采用并购这种外延式扩张战略时要注意一点：这种方式对企业自身的管理能力要求非常高。买进的企业太多，难免会消化不良，分众传媒信息技术股份有限公司（以下简称“分众传媒”）就是一个典型案例。

分众传媒的成功来自它所开创的全新广告模式，即在写字楼、公寓、卖场中放置液晶显示器进行视频或数字图像广告的循环播放。这种方式能够针对中高端收入及消费人群进行精准营销传播。

2005 年 7 月 13 日，分众传媒作为中国第一只纯广告传媒股成功登陆纳斯达克。上市后两年内，分众传媒连续并购了 60 余家公司，其资产与营收因此持续增长。雅虎财经的数据显示，分众传媒的股价从上市时的 18.75 美元一路攀升，于 2007 年 11 月达到 65 美元的峰值。

然而，成也萧何败也萧何。2008 年，分众传媒开始感到有些“消化不良”。并购活动令分众传媒的躯干快速扩大，从母公司到子公司，再到“孙子”公司，它面临的管理挑战呈指数级增加。

2008 年“3·15”国际消费者权益日曝光的“短信门事件”——分众传媒旗下子公司“分众无线”被央视曝光是垃圾短信制造商和群发源头之一——更是暴露了分众传媒过度并购、管理滞后的问题。同时，大规模并购造成该公司运营成本快速增长，这让分众传媒的业绩在 2008 年陷入低谷。所以说，企业成功在模式，发展却在管理。

2009 年后，分众传媒的创始人江南春开始反思此前的并购策略，分众传媒进入整体业务调整与收缩阶段。

小企业如何并购大企业

无论是爱尔眼科，还是分众传媒，它们并购的对象主要是小诊所、小企业——大企业买小企业是最常见的并购情景。

如果一家小企业看上了一家大企业，有可能并购成功吗?

还真有一种方法可以实现“小鱼吃大鱼”，那就是杠杆收购（leverage buy-out，简称 LBO）。它是一种特殊的资本运作方式，于 20 世纪 80 年代风靡欧美，备受资本家和投行的青睐。

为什么叫“杠杆收购”呢？古希腊科学家阿基米德说过：“给我一个支点，我就能撬动地球。”杠杆收购的本质，就是企业用很少的自有资金，买下一家体量比自己大很多的企业。

在杠杆收购中，收购方一般只出 10%~20% 的钱，剩下的钱通过向外界借贷筹集。这么庞大的债务将靠被收购企业未来创造的现金流或者资产出售来还。

杠杆收购最成功的案例之一就是 2010 年浙江吉利控股集团（以下简称“吉利集团”）对沃尔沃轿车公司（以下简称“沃尔沃”）的并购。这是我国汽车领域历史上规模最大的跨国并购案例。

吉利集团是 1986 年成立的，它靠着低成本与自主创新的优势实现高速发展，成为中国汽车行业十强中唯一一家民营企业。而沃尔沃成立于 1927 年，比吉利集团早了 50 多年。这家企业靠着出众的产品质量，一度成为北欧最大的汽车企业。

20 世纪末，福特公司为了提升自己在欧洲高端汽车品牌的形象，战略收购了沃尔沃。可惜到了 2007 年，沃尔沃轿车的销售量开始大幅下跌。福特公司自己也一直处于亏损状态，就想转卖沃尔沃，改变亏损的现状。

这时候，吉利集团产生了收购沃尔沃的念头。当时的吉利集团正想从中低档品牌跨越到高档品牌，并从国内市场转向国际市场发展，并购沃尔沃这个国际知名汽车品牌跟它的企业战略十分吻合。

但是，吉利集团和沃尔沃的实力过于悬殊。沃尔沃的财务报告显示，即使在金融危机严重的2008年，沃尔沃仍保持了147亿美元的销售收入。而吉利集团进入汽车行业不过十几年，总资产只有30亿美元。那么，吉利集团是怎么成功并购沃尔沃的呢？

吉利集团估算了一下，买下沃尔沃一共需要27亿美元。其中，18亿美元用来并购沃尔沃的全部股权，9亿美元用来在并购后支持沃尔沃的经营。在这27亿美元中，吉利集团自己只出了25%，还有25%的资金来自中国银行、中国进出口银行等国内银行的贷款，其余50%的资金主要来自美国、欧洲和中国香港等地多家境外投资机构。[①]吉利集团就是用杠杆收购的方式，成功实现"小鱼吃大鱼"的。根据第三方评估机构估算，收购后8年间，沃尔沃的市值翻了近10倍。

除了吉利集团收购沃尔沃，还有很多利用杠杆"以小博大"的成功案例。比如，2013年双汇国际控股有限公司并购了史密斯菲尔德食品公司，成为世界最大的猪肉供应商。再比如，2006年，太平洋同盟团体投资基金利用杠杆，成功并购了昆山"好孩子"集团。

有研究发现，喜欢进行杠杆收购的企业有一些典型的财务特

① 卜繁莉．杠杆收购背后的风险——基于吉利收购沃尔沃案例研究[J]．济南大学学报（社会科学版）．2013(23)：76–79.

征，比如现金流充裕，但投资机会有限。此外，这些企业往往多元化程度更高，研发活动等长期投资较少。[①]

私有化中的杠杆效应

运用杠杆“以小博大”的财务思维，不仅对并购有所助力，还能帮助一家上市公司从公众公司重新变回私人公司。

2011 年对于在美国上市的中国公司来说，是特别艰难的一年。东南融通财务造假，引发蝴蝶效应，导致美国投资人和监管机构失去了对中国概念股的信任，以致这些公司的股价一路下滑。

当股价被低估，短期内挽回无望时，一些公司就开始考虑私有化，也就是从资本市场上退市。

管理层通常只持有公司的小部分股份，私有化就意味着管理层要把公司其他流通在市场上的股份全部回购，这就是我们常说的“管理层收购”（management buy-out，简称 MBO）。但是管理层手上没有那么多资金，怎么办呢？

这时候就可以借鉴杠杆收购的思路。管理层只付出收购价格中很小一部分资金，其他资金通过融资完成。管理层通常会以目标公司的资产为抵押向银行借款，以获得资金。

2015 年，老牌社交网站“人人网”就通过管理层收购的方式进行了私有化，从美国纳斯达克退市。2016 年，当当网也通过和中国银行合作，利用大量银行贷款成功从纽约证券交易所退市。

---

① Opler T, Titman S. The Determinants of Leveraged Buyout Activity: Free Cash Flow vs. Financial Distress Costs[J]. The Journal of Finance, 1993,48(5): 1985-1999.

杠杆收购的风险

看到这里，你可能觉得杠杆收购简直太厉害了，既可以让小企业吞并大企业，还能让上市公司转眼变成一家私人公司，所有企业都应该把这个方法用起来啊！但是财务高手会提醒你，杠杆收购背后隐藏着巨大的风险，毕竟其中的高额债务是要依靠被并购企业未来的现金流来偿还的。

只有当被并购企业未来经营状况良好，收益率大于贷款资金利率时，并购才是赚钱的、成功的。假如不幸买了一家未来经营不善的企业，收益不足以偿还贷款的利息和本金，并购和背后的杠杆就会成为并购企业沉重的负担。

> 2007 年，美国私募基金巨头 KKR 集团携手高盛和美国德克萨斯州太平洋投资集团，通过杠杆收购的方式并购了德州公用事业公司。德州公用事业公司由此摇身一变，成为美国得克萨斯州[①]最大的电力公司（以下简称“德州电力”）。这次并购的价格高达 450 亿美元，堪称美国迄今为止最大规模的杠杆收购交易。[②]当时 KKR 集团赌的是电价会继续上涨，这样德州电力的利润就会上升。而电价上涨在

① 根据《外国地名译名手册》（中国地名委员会编．北京：商务印书馆，1993），此处地名应为“得克萨斯州”，但该段文字提及的企业有历来固定的中文译法，即“德州”，因此保留各公司原名。——编者注

② Chutchian, M. Texas Utility Giant EFH Poised To Exit Bankruptcy After Three Years[J]. Forbes, 2017. https://www.forbes.com/sites/debtwire/2017/02/16/texas-utility-giant-efh-poised-to-exit-bankruptcy-after-three-years/#3ca8f1d43a6b.

很大程度上取决于天然气的价格。没想到，页岩气勘探技术的发展速度超出了预期，使天然气的价格一路走低。德州电力业绩下滑严重，债务越积越多，最终申请了破产。因此，在并购前对标的企业未来经营情况做出正确的判断，对于杠杆收购的成功是至关重要的。

划重点

如何看待企业的并购活动？

- 并购是企业实现规模和业务扩张常用的一种方式。
- 并购的效果与企业的管理能力有关。
- 杠杆收购的本质是利用财务杠杆以小博大，是一种高风险的资本运作方式。

思考

文中讲道，企业会利用杠杆进行“以小博大”的投资。其实我们在个人投资中也会经常使用杠杆，你能举一个例子吗？

答案

匿名用户

贷款买房就是我现在生活中最大的杠杆应用了。我赌的是自己未来的工作能力和收入的稳定性，房价平稳也是重中之重。

28 并购隐患
商誉这只“灰犀牛”

企业的经营活动中隐藏着两种风险：一种是“黑天鹅”，另一种是“灰犀牛”。“黑天鹅”指的是那些发生概率低、极其罕见且不可预测的事件。灰犀牛指的是那些经常发生在我们眼前，却没有得到充分重视的大概率风险事件。

“灰犀牛”这个概念是著名学者米歇尔·渥克在一本叫《灰犀牛：如何应对大概率危机》的书中提出的。① 灰犀牛体形庞大，常给人行动迟缓、体态愚笨的错觉。你如果在非洲草原上看到它，通常不会感到害怕。但实际上，灰犀牛的杀伤力非常大，一旦发起进攻，后果非常严重。而我们往往会被它的表象迷惑，低估了它的风险。

我们通常无法预知企业的“黑天鹅”事件，但财务高手能提前发现“灰犀牛”事件，并提高警惕、规避风险。

---

① 米歇尔·渥克．灰犀牛：如何应对大概率危机 [M]. 北京：中信出版社，2017.

上一节讲了企业的并购活动，那么，企业并购活动中的“灰犀牛”是什么呢？

是商誉。

商誉形成的原因

我们先来看看什么是商誉。

假设我今天买了一家账面只值 10 亿元的公司，但我实际支付了 30 亿元的并购价。我为什么愿意多付出 20 亿元呢？前文讲过，企业实际拥有的资源要比其财务报表中看到的多，比如社会关系、团队协作能力等有价值的资源都没有纳入财务报表内。我预估这些资源未来能为企业带来超过 20 亿元的价值，所以我现在愿意多支付 20 亿元。

但是，会计处理上会产生一个问题：对方账面上的资产只有 10 亿元，合并报表时只能并进来 10 亿元，那我真金白银额外支付的 20 亿元怎么办？如果不能在我的公司的账面上反映出来，账就做不平了。

2006 年的《企业会计准则第 20 号———企业合并》第十三条规定，“购买方对合并成本大于合并中取得的被购买方可辨认净资产公允价值份额的差额，应当确认为商誉”，也就是说，如果并购价格高于对方的账面价值，这两者之间的差额，就是商誉。商誉是财务报表上的一个资产科目。这笔并购会让我的公司增加 20 亿元的商誉。

所以，商誉的大小与买方对被并购企业未来的判断有关。买方对被并购企业越乐观，认为它未来能创造的价值越大，买方支付的并购溢价就越高，买方账面上形成的商誉就越多。

因此，高估值、高溢价并购是商誉产生的根源。

我国的上市公司往往很喜欢并购，因此其过去几年的商誉增长速度很快。我根据万得数据库的数据统计出，截至 2018 年年底，A 股上市公司中有 2 027 家公司拥有商誉，总金额达到 13 075 亿元，也就是说，平均每家公司约有 6.45 亿元的商誉。2018 年的商誉总额较 2014 年增长了约 61 倍。可以说，并购产生商誉这件事是经常发生在投资人眼前的。

商誉减值的原因

那么，为什么说商誉是企业并购活动中的“灰犀牛”呢？

因为商誉有很高概率的暴雷风险，一旦暴雷就会让收购企业产生大幅亏损，陷入危机。

商誉之所以会暴雷，是因为它是基于对未来的判断估计出来的，有很大的主观性。当被并购企业不靠谱，资产质量被高估的时候，就会出现这个问题。比如在上一节的例子中，我预计被并购的企业未来能创造 20 亿元的价值。但是几年后，当我发现它创造不了这么多价值的时候，它的商誉就不值 20 亿元了。这时候，会计准则就要求企业进行“商誉减值”。

当然，并购方也会进行自我保护，一般会先和被并购方签一份为期三四年的业绩对赌协议，要求被并购企业每年达到一定的业绩标准。如果达不到，被并购企业就需要进行股份或现金补偿。只有被并购企业同意这个条件，并购方才愿意支付商誉溢价。

如果你是被并购的那家企业的负责人，你会怎么做呢？

一些被收购企业为了眼前能卖个高价，会对未来几年的业绩做出极高的承诺，这实际上是给买方企业挖了个大坑。有研究发现，被并购企业往往会尽量扛过业绩承诺期，之后业绩就会出现“大变脸”。当然，也有被并购方实在抗不过去，在承诺期还没结束时就已经破产的情况发生。这种时候，买方企业就要为此背锅，进行巨额商誉减值。

不幸被坑的买方非常多，比如宁波东力股份有限公司（以下简称“宁波东力”），它是一家做供应链管理及相关配套服务的企业。2017 年 6 月，宁波东力宣布并购深圳年富供应链有限公司（以下简称“年富供应链”）。年富供应链曾经非常风光，是深圳市重点物流企业、深圳市百强企业及中国民营 500 强企业。宁波东力 2017 年年报披露，公司以发行股份及支付现金的方式花了 21.6 亿元购买了年富供应链 100% 股权，并因此产生了近 18 亿元的商誉。[①]

当时这两家企业也进行了业绩对赌，宁波东力要求年富供应链在并购完成后的 3 年要实现扣除非经常性损益净利润分别不低于 2.2 亿元、3.2 亿元和 4 亿元。[②] 没想到，“蜜月期”还没结束，意外就来了。年富供应链被爆出大肆进

① 详情参见宁波东力股份有限公司 2016 年 7 月 15 日披露的《关于公司发行股份及支付现金购买资产并募集配套资金暨关联交易事项获得中国证券会正式批复的公告》。

② 详情参见宁波东力股份有限公司 2018 年 4 月 26 日披露的《关于深圳市年富供应链有限公司业绩承诺实现情况的公告》。

行财务造假，隐瞒真实业绩，公司法人代表和一众高管被抓，年富供应链宣告破产。

2018 年 7 月 2 日，宁波东力以公告的形式自爆被年富供应链坑了。这个事件对宁波东力的冲击有多大呢？公告发出 3 天后，宁波东力的股价遭遇累计 20% 的跌幅。宁波东力 2018 年半年度业绩预告修正公告和半年度财务报告（以下简称“半年报”）显示，公司原本预计 2018 年上半年净利润为 1.1 亿~1.4 亿元，由于被年富供应链拖累，实际亏损了 31.5 亿元。

商誉暴雷年年有，但是 2018 年特别多，这主要和 2015 年上市公司大量并购活动有关。当时市场喜欢炒作并购重组概念，上市公司通过并购重组就可以轻松炒高自己的业绩。夸张点儿说，当年没有参与并购的公司都不好意思说自己是上市公司。这导致 3 年承诺期过后，很多企业出现业绩下滑和商誉减值。

有会计学学者以我国 A 股上市公司为对象，研究过商誉减值对企业业绩以及股价崩盘风险的影响。[①] 研究发现，上市公司在并购时支付高额商誉虽能提升其当期业绩，却会降低其未来业绩。此外，商誉还是企业股价崩盘的重要事前信号。相对于没有商誉资产的企业，拥有商誉资产的企业未来股价崩盘的风险明显更大。并且，商誉资产规模越大，未来股价崩盘的风险

① 韩宏稳，唐清泉，黎文飞．并购商誉减值、信息不对称与股价崩盘风险 [J]. 证券市场导报，2019(3): 59–70. 王文姣，傅超，傅代国．并购商誉是否为股价崩盘的事前信号？——基于会计功能和金融安全视角 [J]. 财经研究，2017(9): 76–87.

就越高。

由此可见，一旦商誉这只“灰犀牛”发起进攻，对企业和投资人的杀伤力是多么巨大！财务高手明白，如果一家企业有大量并购活动，就要特别警惕其商誉减值的风险。

并购溢价中的利益输送

前文讲过，之所以会出现高额商誉，是因为并购方对被并购企业的未来充满信心。然而，有些高溢价并购，则是并购方故意为之。比如，当被并购企业本身与并购方大股东或其关联方有着千丝万缕的复杂关系时，并购的商誉溢价通常会特别高。这其实是大股东在左手倒右手，想从中大捞一笔。

> 通策医疗投资股份有限公司（以下简称“通策医疗”）2015年11月发布的《通策医疗投资股份有限公司发行股份购买资产并募集配套资金暨关联交易预案》公告显示，通策医疗准备以50亿元并购海骏科技有限公司（以下简称“海骏科技”），并购溢价高达427%。这两家公司其实受同一实际控制人控制，大股东刻意抬高并购价。这样一来，大股东一方面能把自己的资产海骏科技高价装入通策医疗这家上市公司中，从交易中稳赚一笔；另一方面，可以利用并购概念将并购方通策医疗在资本市场上炒作一把，待股价抬升后再进行大规模减持套现，又能赚一笔。

当然，高溢价并购不一定都是利益输送导致的，也可能是上市公司在并购竞价中不惜代价互相竞争导致的。一旦并购行为失去理性，开始盲目跟风，企业就会因在并购中的过高溢价而遭受“赢家诅咒”。有会计学学者研究了我国资本市场 1 415 起并购案例，发现从长期来看，在激烈的并购竞争过程中最终胜出的企业并不一定能获得最好的收益。[①] 反之，并购的赢家很可能会因高估价值而遭受惩罚，只能获得低于平均水平的收益，甚至是负收益，这就是所谓的“赢家诅咒”。

由于企业出现商誉减值对投资人影响很大，2018 年 11 月 16 日，证监会发布了《会计监管风险提示第 8 号——商誉减值》，就商誉减值的风险进行提示。总结来说，企业重要的减值迹象包括（但不限于）:（1）现金流或经营利润持续恶化，特别是被并购方未实现承诺的业绩。（2）行业政策、市场状况或竞争程度发生不利变化。（3）技术壁垒低或者更新快，导致现有技术和盈利现状难以维持。（4）核心团队发生不利变化。（5）特许经营资格等资质发生变化，如合同到期无法接续等。（6）市场投资报酬率在当期已经明显提高。（7）经营所处国家或地区的风险突出，如面临外汇管制、恶性通货膨胀、宏观经济恶化等。这些都是商誉这只“灰犀牛”将要发生攻击的一些警示信号。

其实，在我们日常工作生活中，也有很多“灰犀牛”事件。比如，随着科技的迅猛发展，越来越多传统行业与传统工作方式会迎来重大挑战，有些人的知识储备已经不能适应工作的新要求了。如果不能及时意识到这个问题，并给自己充电，这些人最终就会面临被淘汰的困境。

---

① 朱滔 . 上市公司并购的短期和长期股价表现 [J]. 当代经济科学 , 2006(3): 31–39.

划重点

并购活动需要重点关注什么财务问题?

- 在并购活动中，需要警惕的财务风险是商誉减值，因为商誉减值会让企业利润出现大幅度下降。
- 高估值、高溢价并购是商誉减值产生的根源。高估值可能是利益输送，也可能是在并购竞价中，企业不惜代价互相竞争导致的。
- 需要判断被收购企业的财务情况，收购时的外部市场环境和竞争情况，以及被收购方与收购方之间的关联，以判断商誉减值的可能性。

思考

你所从事的工作，或者你正在进行的一个项目中，最大的“灰犀牛”式的危机是什么?

答案

里夫·默

“很多人如同待在一艘破漏的船上，只要水没进来，他们就不急于逃生。”

我们经常会听到某公司中层管理者被炒的消息，除了抱怨企业不留情面、不念旧情，压榨完自己的青春就无情地将自己抛弃了，是不是可以在自己身上找找原因，“在温水里煮久了，都忘了，自己已经变成了一只青蛙”。

时代在抛弃你的时候是会向你打招呼的，而且很多时候不止一次，只不过我们像《杀鹌鹑的少女》中说的那样，“当你老了，回顾一生，就会发觉：什么时候出国读书，什么时候决定做第一份职业，何时选定了对象而恋爱，什么时候结婚，其实都是命运的巨变。只是当时站在三岔路口，眼见风云千樯，你作出抉择的那一日，在日记上，相当沉闷和平凡，当时还以为是生命中普通的一天”。

29 减值时机
扭亏无望不如“洗大澡”

上一节讲道，一旦被并购企业未来的业绩达不到预期，会计准则就要求并购企业对商誉进行减值。但具体什么时候执行减值操作呢？

2006 年发布的《企业会计准则第 8 号——资产减值》第二十三条规定，“企业合并所形成的商誉，至少应当在每年年度终了进行减值测试。商誉应当结合与其相关的资产组或者资产组组合进行减值测试”，也就是说，会计准则只规定每年年末企业需要对商誉进行测试，看看是否出现减值的可能。但是测试不等于减值操作，而且，测试往往非常主观，是否减值、何时减值、减值多少并没有统一的判断标准，企业因此具有一定的选择权和腾挪空间。

如果你所在的企业需要计提商誉减值损失，你会选择在什么时间点做这件事呢？

你可能会这么想，商誉减值会令企业利润大幅下降，甚至亏损，那肯定得找业绩特别好、利润特别高的那一年进行商誉减值啊！这样才有可能把计提商誉减值损失给企业带来的负面影响降到最低。

但真的是这样吗？

商誉减值的时机选择

事实上，很多企业并不是选择在业绩最好的时候进行商誉减值的，它们反而会选择在出现亏损，而且预计在短期内扭亏无望时，把商誉减值在当年一次性提完。

你可能会有这样的疑问：这样做不是让当年亏得更多了吗？但企业要的就是这个效果。

因为既然商誉的价值已经出现了损失，那么利润肯定会被它影响，就算今年不计提减值，对当期利润没影响，这个问题也是逃不掉的，不如破罐子破摔，起码之后几年不用受此影响。轻装上阵，企业才更有可能扭亏为盈。

这种操作，在会计学中被形象地称为“洗大澡”，也叫巨额注销。简单来说，就是把企业未来两三年内可能发生的亏损，集中在一年内亏掉，一次性洗干净，然后从头再来。

“洗大澡”的心态在生活中也很常见。比如，你快把这个月工资花光了，你的女朋友知道后肯定会生气。这时，你干脆把下个月想买的东西也提前买了，反正你的女朋友已经生气了，多买一样也没什么差别。反倒是下个月能省下工资，你的女朋友自然会高兴。

在财务高手看来，“洗大澡”属于利润操纵的一种。有研究发现：经营业绩不佳时，企业倾向于进行正向盈余管理，把利润做高；但是当经营业绩极度糟糕时，一些企业则开始倾向于进行反向盈余管理，也就是“洗大澡”，想办法把利润往巨额亏损的方向操纵。①

根据规定，连续两个会计年度都出现亏损的上市公司，如果下一年继续亏损，就会被给予退市风险警示（即 *ST 公司）。在这种情况下，“*ST 公司”为了不被摘牌，就会在出现亏损的那年计提商誉减值，给下一年留出空间，尽快扭亏为盈。比如，*ST 安彩的财务报告显示，公司 2009 年亏损超过 10 亿元，当年“洗了一次大澡”，计提了 5.56 亿元减值损失，这其实是为 2010 年盈利做准备。结果，它在 2010 年的净利润为 3 260.95 万元。再比如，*ST 科龙的财务报告显示，公司在 2004 年和 2005 年连续亏损，2005 年的亏损额高达 36.93 亿元，创造了国内上市公司年度亏损额之最。当人们都以为这家公司要被摘牌的时候，它以闪电般的速度在 2006 年实现了 2 412 万元的净利润。

所以，“洗大澡”的一个明显特征就是企业利润出现“过山车”似的变化，一会儿出现巨亏，一会儿实现微利。

很多时候，实现盈利并不是因为企业出现亏损后痛定思痛，努力在业务上发力，而是会计数字的游戏。

那么，上市公司难道不担心“洗大澡”后的市场反应吗？这不是在主动向市场释放负面信号吗？

事实上，不少上市公司公布巨额亏损时，股票价格不跌反涨。比如，美国在线时代华纳集团公布 2002 年第一季度 542.4 亿美元巨幅亏损的当天，其股票价格反而略有上升。会计学学者黄世忠

① Kirschenheiter M, Melumad N D. Can "Big Bath"and Earnings Smoothing Co-exist as Equilibrium Financial Reporting Strategies[J]. Journal of Accounting Research, 2002,40(3): 761-796.

教授认为，这可能是投资者的非理性决策导致的。人们通常认为“小亏 = 大亏”，而“大亏 = 黎明前的黑暗”，“洗大澡”在投资者眼里反倒成了正面信号。[①]

外界很难判断企业进行商誉减值的时机这一点可能会被企业管理层利用，以提前避亏。比如山东墨龙石油机械股份有限公司（以下简称“山东墨龙”）在 2016 年由于商誉减值预计出现巨幅亏损。在山东墨龙 2017 年 2 月 3 日对外披露这则消息之前，其董事长和总经理大幅精准减持合计达 3 750 万股，套现近 3.6 亿元。不过，两个当事人因内幕交易被证监会于 2017 年 5 月下发了行政处罚书。[②]

管理层更换也爱“洗大澡”

企业除了在面临巨幅亏损或者濒临摘牌的时候特别容易出现“洗大澡”行为，还有一种情况下，企业也特别爱“洗大澡”，那就是在更换高管人员、控股股东或者会计师事务所的时候。

这背后的原因很好理解，新任管理者为了推卸责任，往往会将巨额亏损归罪于前任。同时，把当年业绩做低，为以后业绩提升留出空间，这样也能更好地显示自己的能力。

两位日本会计学学者做了一项非常有意思的研究。[③] 他们发现，“洗大澡”最可能发生在管理层变动时期，但这个锅究竟是由前任来背还是继任者来背，要看他们两人之间的关系是“友

① 黄世忠 . 巨额冲销与信号发送——中美典型案例比较研究 [J]. 会计研究，2002(8): 10–21.

② 详情参见中国证监会《行政处罚事先告知书》(处罚字 [2017]52 号)。

③ Tokuga Y, Yamashita T. Big Bath and Management Change[DB], 2011–6.

好”型还是“敌意”型。

在“友好型”交接中，前任通常有权任命下一任管理者，所以前任会在其执掌公司的最后一年“洗大澡”，以保证继任者在下一年重新开始。这个现象在日本企业中比较典型。而在“敌意型”交接中，继任者通常会在上任的第一年给企业“洗大澡”，这样就可以将企业经营不善的责任推给前任，保证自身的声誉不受影响，这个现象在美国和中国企业中比较典型。

国内也有会计学学者通过研究发现，我国企业高管出现变动时显著存在“洗大澡”行为。这种情况在空降高管的企业里更加明显，而在内部提拔的情况下，“洗大澡”的状况相对少一些。①

“洗大澡”的常见方法

商誉减值只是“洗大澡”的一种方法。我国亏损企业“洗大澡”的手段多样，最常见的手段包括滥用“八项准备”：计提坏账准备、短期投资跌价准备、存货跌价准备、长期投资减值准备、固定资产减值准备、无形资产减值准备、在建工程减值准备和委托贷款减值准备。

当然，企业“洗大澡”的手段再高超，也不是无懈可击的。专业的第三方，比如会计师事务所，在进行审计的时候就可能发现问题。海信科龙电器股份有限公司（以下

① 杜兴强，周泽将．高管变更、继任来源与盈余管理 [J]. 当代经济科学，2010(1): 23–33.

简称“科龙”）就是个典型案例。

科龙年报显示，公司2001年巨亏15.56亿元，当时的安达信华强会计师事务所（以下简称“安达信”）出具了“无法表示意见”的审计意见。2002年，受美国安然事件的牵连，安达信在中国内地业务并入普华永道中天会计师事务所（以下简称“普华永道”）。这样一来，科龙的审计机构就应当是普华永道。但是，普华永道将其拱手让与德勤华永会计师事务所（以下简称“德勤”）。当年科龙虽然扭亏为盈，但德勤出具了保留意见：

“贵公司前任会计师在对贵公司2001年度会计报表所签发的审计报告中说明了由于未能从贵公司管理层获得合理的声明及可信赖的证据以作为其审计的基础，同时前任会计师也无法执行满意的审计程序以获得合理的保证来确定所有的重大交易均已被正确记录并充分披露，因此根据以上情况，我们不能确定贵公司于2001年12月31日的公司及合并的净资产是否存在重大错误。任何对贵公司初期的公司及合并净资产的调整将会对贵公司2002年度的公司及合并的净利润产生影响，同时公司及合并资产负债表的年初数、利润及利润分配表及现金流量表的上年数与本年数也不具有可比性。”

耐人寻味的是，2005年德勤为科龙出具审计“保留意见”后，德勤也推掉了科龙的审计业务。事实上，我们可以通过阅读审计意见，对一些企业有所警惕，关于这一点，后文会详述。

划重点

如何看待企业的“洗大澡”行为？

- 当企业面临巨亏，濒临摘牌，或者更换高管人员、控股股东或者会计师事务所的时候，可能会出现巨额注销，也就是“洗大澡”的行为。
- “洗大澡”属于盈余操作的一种手段。

思考

在你的工作和生活当中，有“洗大澡”的例子吗？

答案

里夫 · 默

我有记录每月开支的习惯，会严格控制自己每月的开销。由于工作原因，我常年出差，公司会负担我出差时候的吃住费用，所以出差的时候，我每个月的账本就“很好看”，会有很多结余。但每次休年假回家，或者遇到春节、“十一”这类小长假，那个月的账本就“不好看”，开销陡增。每当这个时候，我都习惯“洗大澡”，心想“一百元是超，一千元也是超”，于是就会各种买买买——买衣服、买书、囤日用品，用那两个月报表的“难看”换未来几个月报表的“好看”。

伪装

企业宣布坏消息要一次性说完，反正不能更坏了。若是一次又一次地宣布坏消息，可能会把大家的信心彻底击垮，倒不如一次性说完，给市场留下一个“我会否极泰来”的念想。

30 分红政策

分红多就是好公司吗

企业的终极目标是为股东创造价值。因此，企业赚到钱之后，就需要考虑给股东分红的问题。

分红是企业定期从盈利中按股票份额的一定比例支付给股东的红利，这是投资者兑现投资收益的一种重要方式。

我根据万得数据库提供的数据统计出，2018 年我国 A 股上市企业中，有约 72% 的企业进行了现金分红，还有 28% 左右的企业没有进行分红。

为什么有的企业分红，有的不分？企业盈利了就必须分红吗？分红的企业都盈利了吗？分红的企业就是好企业，不分的就不是好企业吗？

分红的前提条件

要想回答这些问题，首先就要了解企业分红的前提条件——分红能力。分红能力包括两个维度：利润和现金。

这里的利润指的不是当期利润，而是企业的可供分配利润。体现在财务报表上，一般来说就是资产负债表中所有者权益部分的“未分配利润”大于零时，企业才有能力分红。当期利润和可供分配利润的差别在于，当期利润好比是一个人今年的工资，可供分配利润好比是一个人多年攒下来的积蓄。企业就算某一年出现亏损，只要有可供分配利润，理论上来说还是有能力分红的。这就好比你今年的投资运气不佳，把一年的工资都赔了，过年时孩子跟你要红包，你还可以用前几年攒下的积蓄发红包。当然，一般来说，企业想要分红，当期利润为正也非常重要。当期亏损的企业若要分红，肯定会更吃力。

不过，即使企业有可供分配的利润，如果没有现金，也没有能力进行现金分红。虽然在实际操作中，大多数企业只关注现金总额，但是财务理论认为，即使企业现金充裕，也应该优先使用这些钱投资高质量的项目。只有剩下闲钱时，才应该拿出来分红。

财务中用“自由现金流”这个概念来衡量企业的“闲钱”，也就是企业在满足了再投资需要之后剩余的现金流量。这个概念最早由阿尔弗雷德·拉巴波特和迈克尔·詹森等学者于 20 世纪 80 年代提出，并且在企业价值评估中得到了非常广泛的应用。自由现金流衡量的是，在不影响企业持续发展的前提下，可供分配给企业资本提供者的最大现金额。因此，当自由现金流为正时，企业才应该分红。它的具体计算公式如下：

自由现金流 = 息税前利润 − 税款 + 折旧和摊销　营运资本变动 − 资本支出

虽然企业不需要在财务报表中披露“自由现金流”这项指标，但是计算这项指标需要用到的所有财务数据，都可以在财务报表里找到。

分红与企业发展阶段

理解了“自由现金流”的概念，你就会明白为什么有的企业有利润，也有现金，但是不分红了。

比如巴菲特掌管的伯克希尔·哈撒韦公司（以下简称“伯克希尔”），从 1964 年成立至 2017 年只分过一次红，股东却从来没有抱怨过，为什么？

巴菲特的理由很简单，把伯克希尔赚来的钱用于再投资、发展业务比分红更划算。伯克希尔高得惊人的股价就是最好的证明。雅虎财经的数据显示，2017 年年底，伯克希尔的股价成为全球 A 类股中最高的，并且突破了 30 万美元一股的价格，股东自然不会抱怨。

微软公司曾经也不分红。其财务报告显示，在 1986 年上市后的 17 年中，微软公司一直保持年均 30% 的高速增长率，并且有大量好的投资机会。所以微软公司选择把钱拿去投资，而不是用来分红。不过，从 2003 年 2 月起，微软公司开始保持每年稳定的现金分红。为什么？因为它达到了稳定的状态，进入了成熟期。

其实，上市公司的管理层一直在分红回馈股东和投资以让企业增值之间寻找平衡，而这个平衡点和企业的发展阶段有很大关系。

2013年证监会出台的《上市公司监管指引第3号——上市公司现金分红》指出，我国上市公司应当综合考虑企业所处行业的特点、发展阶段、自身经营模式、盈利水平，以及是否有重大资金支出安排等因素制定现金分红政策：

（1）公司发展阶段属成熟期且无重大资金支出安排的，进行利润分配时，现金分红在本次利润分配中所占比例最低应达到80%。

（2）公司发展阶段属成熟期且有重大资金支出安排的，进行利润分配时，现金分红在本次利润分配中所占比例最低应达到40%。

（3）公司发展阶段属成长期且有重大资金支出安排的，进行利润分配时，现金分红在本次利润分配中所占比例最低应达到20%。

一般来说，处在成长期的企业通常有大量好的投资机会，因此这些企业会选择不分红或者少分红。而当这些企业决定开始分红时，可能是它们从成长股向价值股转变的一个重要信号，这说明企业发展今后要减速了。

分红的稳定性

理解了有钱不分红的合理性之后，对那些有钱且也在分红的企业，我们应该关注它分红的什么特征呢？

财务高手提供了一个角度——分红的稳定性。

美国的上市企业在制定分红政策的时候，会将可持续性作为第一原则，也就是说，一旦企业公布现金分红政策，比如按照每年净利润的一定比例来进行分红，就会保持基本的连贯性和稳定性，不会年年大变样。这在金融学中被称为“分红平滑”。

阿隆·布拉夫教授等于2005年发表的一份题目为《21世纪的分红政策》的调查研究显示，投资者更愿意持有那些分红可持续性高的股票。[①]

由此可见，可持续性始终是一种特别重要的财务思维，不仅利润要如此，分红也一样。

> 不稳定的分红有时候比不分红更可怕，因为它释放了一个非常负面的信号。比如，珠海格力电器股份有限公司（以下简称“格力电器”）曾经坚持11年持续分红，投资者已经有了分红预期。可到了2018年，格力电器发布公告表示，虽然它在2017年创造了224.02亿元的净利润，但公司当年不准备派发现金红利。网易财经的数据显示，公告一出，格力电器的股价随即下跌了8.97%，272亿元的市值因此蒸发。

分红的其他动机

除了上文介绍的情况，市场上还有一批没有分红能力的企业，会突然进行大额分红，这种行为背后往往有别的动机，需要特别注意。

---

① Brav A, Graham J, Harvey C, Michaely R. Payout Policy in the 21st Century[J]. Journal of Financial Economics, 2005,77(3): 483-527.

比如在深交所上市的陕西省国际信托投资股份有限公司（以下简称“陕国投”）。其财务报告显示，公司在2002—2007年的6年间都没有分红，2008年的利润也没有大幅度提高，却突然在2008年开始分红：2008—2013年，它的分红总额占净利润的14%以上。

这是为什么呢？原来，2001—2008年，证监会为了鼓励上市公司分红，相继4次出台关于上市公司再融资资格与分红水平挂钩的“半强制分红”政策，也就是说，上市公司只有进行分红，才能获得再次融资的资格。

所以，陕国投的突然分红不是为股东利益着想，而是为了后续进行大规模再融资。它通过现金分红的方式，先向市场投资者发送一个正向信号，让广大投资者认为它是一家高质量、为股东着想的公司，以此吸引更多投资者参与再融资。这等于先花一笔小钱，然后在资本市场套一笔大钱。有意思的是，在再融资完成后的2012年和2013年，陕国投的分红额度开始明显降低。

所以，**第一个分红动机是企业有可能为再融资做准备。**

我们可以通过查看财务报表，初步判断企业是否是为了再融资才分红的。如果财务报表显示过去几年企业的投资突然增加，上了新项目，一般就是企业需要再融资才分红的。

第二个分红动机藏在企业的股权结构里。我们如果看这些企业的财务报表，就会发现，其中大部分企业的控股股东持股比例在30%以上。

以宁夏英力特化工股份有限公司（以下简称“英力特”）

为例，它的大股东国电英力特能源化工集团股份有限公司（以下简称“英特力能源”）持有英力特 51.25% 的股份。英力特 2018 年半年报显示，公司预计发布 3.64 亿元现金分红，占利润分配总额的比例高达 46.61%。这次分红一半以上的资金，都会流进大股东英力特能源的口袋里。然而，英力特 2018 年的业绩并不景气。

由此可见，没能力时还分红，也可能是大股东套现的一种方法。大股东持有的股份最多，从高分红中获得的收益最大。大股东想套现虽然可以卖股票，但是这样做会牺牲控制权，而高额的现金分红能让大股东把上市公司的资金转移到自己手中，上市公司就成了大股东的提款机。

所以，我们在判断一家企业分红情况的时候，要关注企业的分红能力和分红意愿是否配比。有分红能力但是不分红，以及没有分红能力却在分红这两类企业，是特别需要关注的。

划重点

如何看待企业分红？

- 企业的分红能力由可供分配利润和自由现金流决定。
- 企业分红与否，和其所处生命周期阶段有关。
- 当企业开始分红之后，需要重点关注其分红的稳定性。
- 没有能力却进行分红的公司，需要特别考察其背后的真实动机。

思考

除了现金分红，还有哪些常见的股利发放形式呢？

答案

还有一种常见的形式是股票回购，即上市公司利用现金等方式，从股票市场上购回本公司发行在外的一定数额的股票。不过，股票回购的首要目的通常不是将现金派发给股东，而是稳定股价，维护公司形象。股票回购往往发生在公司管理层认为股价远远低于公司的内在价值的时候，管理层希望通过股份回购将公司价值被严重低估这一信息传递给市场，从而提升股价，增强投资者的信心。

第四章

精进

快速把脉一家上市公司

31 财报诊断
哈佛分析框架

我在美国求学的时候，观察到一个很有意思的现象。每年毕业季，商学院的学生在选择去哪些企业应聘时，并不像中国的学生那样，要么靠亲友介绍，要么看哪些企业来学校进行了宣讲。他们会下载自己感兴趣的企业的财务报告，通过阅读这些报告，来决定是否投递简历给该公司。在收到面试邀请后，阅读该公司的财务报告更是美国商学院毕业生们准备面试的一个重要步骤。

我曾经向他们请教他们为什么这样做，得到的回复是：要想在短时间内快速了解一家企业，并在面试时做到“知己知彼”，最高效的方法就是阅读这家企业的财务报告。

阅读财务报告的三个目的

事实上，早在20世纪30年代，财务报告的目标就被确立为：提供充分的披露，帮助投资人和其他利益相关者了解企业的经营状况。[1] 不过，阅读财务报告不是漫无目的地浏览，而应抱有三个明确的目的:（1）了解企业过去的经营历史。（2）衡量企业现在的财务状况。（3）预测企业未来的发展趋势。

阅读财务报告的第一个目的，是了解企业过去的经营历史。

企业和人一样，不能脱离历史而存在，其今天表现出来的行为和状态都与过去的经历有关。比如，企业在聘任 CEO 时，会通过考察候选人过去的求学经历和职业经历来判断他在未来能为企业做出多少贡献。一项研究甚至发现，CEO 儿时的成长经历对他未来的管理行为具有显著影响。如果一位 CEO 在成长过程中曾经遭遇重大灾难并幸存了下来，当他 / 她执掌企业时，其在投资、现金管理、并购等方面就会表现得保守、惧怕风险；相反，如果早年遭遇的灾难只对其造成轻微影响，当他 / 她执掌企业时，其反而会表现得激进，愿意承担更高的风险。[2]

因此，在分析一家企业的时候，需要先了解它的过去。比如，要想判断一家企业未来有没有创新能力，就要看它过去几年有没有在研发活动上进行布局（比如投入资金建立研发团队、启动研究项目等）。再比如，企业如果为了提升销售额，长期采用激进的赊销政策，那么可以预见，它在未来面临的现金流压力和坏账概率可能会大幅提升。

由于企业的历史实在太重要了，企业通常会在上市招股说明

① 加里·J. 普雷维茨，皮特·沃顿，皮特·沃尼泽．世界会计史：财务报告与公共政策（美洲卷）[M]. 陈秧秧，译．上海：立信会计出版社，2015.

② Bernile G, Bhagwat V, Rau R. What Doesn't Kill You Will Only Make You More Risk-Loving: Early-Life Disasters and CEO Behavior[J]. The Journal of Finance, 2017,72(1): 167-206.

书中披露过去 3 年的主要财务数据，以及历史沿革与改制重组情况、公司股本的形成及股东变化情况等非财务信息，帮助投资者更好地了解企业的经营历史。

不过，历史上业绩辉煌，最终却惨淡收场的企业比比皆是。安然公司、柯达、雷曼兄弟曾经都是世界 500 强企业，最后都以破产告终。因此，我们不仅需要了解企业的过去，还要考察其当下的健康程度，这是阅读财务报告的第二个目的。

企业当下是在赚钱，还是亏钱？短期内是否会出现资不抵债的风险？经营管理效率是否出现重大问题？在资本市场的表现如何？关于这些问题，我会在下一节介绍一套完整的财务指标，帮你判断企业的财务状况是否良好。

阅读财务报告的第三个目的，是预测企业未来的发展趋势。

无论是企业员工、投资人、合作伙伴，还是用户，都非常关心企业的未来。员工愿意加入一家初创企业，看中的是它未来的发展潜力。只有企业做得越来越好，员工手里的期权才有增值的可能。相反，如果企业最后失败，这些期权就形同废纸。商业上的合作伙伴也关心企业的未来，因为其希望合作关系能够稳定、持久。同样，用户也不希望长期给自己提供商品的企业会在某一天濒临倒闭。

虽然我们无法精确地预测未来，但是阅读财务报告，了解企业的历史业绩和当下的状况，可以帮助我们判断一家企业未来的发展趋势。

哈佛分析框架的突破之处

虽然财务报告是了解一家上市公司的快速通道，但面对一份上百页的报告，很多人往往不知道从何处下手。

财务高手并不会一页页地阅读报告，而是会使用一套分析方法，对财务报告进行剖析。这套分析方法，叫“哈佛分析框架”。

哈佛分析框架由哈佛商学院的三位会计学教授克里希纳·佩勒普、保罗·希利和维克托·伯纳德提出，它被认为是财务分析方法论的一次重要提升。

传统的财务分析方法主要关注三张报表本身，并且只对其中的财务数据进行“定量”分析。这种分析方法有什么局限性呢？

假设我给你一张女生的照片，请你评价她的相貌，你会怎么做呢？大部分人拿到照片后会直接评价其五官、身高、身材、肤色等，然后得出自己的结论。但是，这样的“定量”分析忽略了两个重要问题：（1）这张照片是在什么环境下拍的？如果灯光昏暗，即便是美女，拍出来也不会好看。（2）这张照片有没有被“美颜”过？如果有，看到的照片就是失真的，那么无论怎么分析，结论都是错的。

前文讲过，财务报表就像企业的照片，分析财务报表就是通过企业的照片来评价企业的经营情况。传统的财务分析最大的局限性就是，如同直接根据照片评价女生的长相一样，只关注企业财务数据的“定量”分析，却忽略了“定性”分析（比如企业所处的经营环境和战略定位）。这样的分析结果，极有可能出现偏误。

举个例子。有两家卖鸭脖的上市公司，一家叫绝味食品股份有限公司（以下简称“绝味食品”），另一家叫周黑鸭国际控股有限公司（以下简称“周黑鸭”），我们在街边经常能看到它们的门店。这两家企业的产品非常相似，可以说是直接竞争对手。我们经常用“毛利率”这项财务指标衡量企业的盈利能力，两家企业的财务报告披露，2017年，绝味食品的毛利率是35.79%，周黑鸭的毛利率是60.93%。这样看来，周黑鸭的盈利能力似乎明显强过绝味食品。但真的是这样吗？

如果我们做一点儿“定性”分析，了解企业的经营战略，就会发现这两家企业巨大的毛利率差异主要是由不同的经营模式造成的。周黑鸭以自营为主。自营模式通常单店坪效①很高，毛利率高，但是门店数量有限。而绝味食品以加盟连锁为主，需要将产品的一部分利润让渡给加盟商，所以毛利率较低。在这种经营模式下，企业主要通过扩张规模来增加盈利。如果单看自营部分，绝味食品的毛利率其实要高于周黑鸭。

如果我们在比较这两家企业的财务指标之前，没有先了解它们各自的经营模式，进行“定性”分析，可能就会做出错误的判断。

这正是传统财务分析法最主要的局限性，也是哈佛分析框架着重改进的地方。哈佛分析框架认为，财务报表是企业经营和会计

① “坪效”是一项经常被用来计算商场经营效益的指标，指的是每坪的面积可以产出多少营业额。1坪约为3.3平方米。——编者注

活动的最终成果，投资者不仅需要关注财务数据，还需要关注财务信息和企业经营环境、战略、商业逻辑之间“定量”和“定性”分析的结合，这样才能有效把握企业的财务状况。

具体来说，哈佛分析框架包括战略分析、会计分析、财务分析和前景分析四个步骤。这一节我先介绍这四个步骤的核心概念，后文我会应用哈佛分析框架具体分析一家企业的情况。

哈佛分析框架之战略分析

战略分析是哈佛分析框架的起点。就如同了解照片拍摄的环境，我们在分析财务报表之前需要先了解企业的战略。战略分析包括“经营环境分析”和“企业自身的战略”选择两部分，目的是识别企业的利润动因和业务风险，定性评估企业的发展潜力。

经营环境分析主要包括“宏观环境分析”和“行业环境分析”。宏观环境分析关注会对企业经营活动造成影响的政治、经济、法律、社会文化等方面的因素，重点在于分析这些因素的特定转变会给企业带来哪些影响。以人口环境为例，它是社会文化环境的重要组成部分之一，其中包括人口规模、年龄结构、人口分布等因素。近些年，我国人口环境有着显著变化，比如，二孩政策的出台旨在提高人口出生率，这会给母婴产业和教育产业的发展提供巨大红利，人口老龄化趋势会给医疗行业带来新的发展机遇与挑战。

企业经营环境的第二个层次——行业环境对企业的影响是直接而明显的，宏观环境对企业的影响常常也会通过行业环境因素变化来起作用。行业环境分析主要考察企业所在行业的规模及增长前景、利润空间、变革速度等维度。

根据行业与经济周期的关系，可以将行业分为三类：（1）增长型行业，在经济周期的不同阶段，其销量和利润均保持高于经济整体水平的增长，比如高科技行业。（2）防御型行业，在经济周期的不同阶段，其销量和利润均保持稳定增长，比如公共事业、食品、医疗行业。（3）周期性行业，其销量和利润变动通常跟随经济周期变动，比如大宗原材料行业和房地产行业。我们可以据此判断企业所在行业的增长前景。

分析行业利润空间有一个常用工具——波特五力模型。它的发明者迈克尔·波特认为，行业利润率受五种力量的影响，即行业内竞争的激烈程度、行业进入壁垒的高低、供应商谈判能力的强弱、购买方谈判能力的强弱，以及替代产品威胁的大小。行业竞争越激烈，进入壁垒越低，供应商和购买方谈判能力越强，替代产品威胁越大，行业的利润空间就越会受到挤压。

行业变革速度，需要重点关注哪些是核心驱动因素，以及这些因素的变化速度。比如，对消费类行业来说，一个核心驱动因素是客户群体以及消费偏好的变化。可口可乐公司每年会进行消费者市场调查分析，来判断和预测饮料市场消费者偏好变化趋向。这对公司战略调整和新产品研发有直接影响。另外一个核心因素是技术革新的速度。新技术的出现可能会让行业出现重新洗牌的局面，并给一些新企业提供弯道超车的机会。比如，新能源技术在汽车上的应用，就让特斯拉等企业快速成长为汽车界的后起之秀，并带动了整个汽车行业向新能源方向发展。

除了受到经营环境的影响，企业的财务情况和发展前景也会受到其自身战略选择的影响。前文对比过星巴克和沃尔玛：星巴克选择的是差异化战略，主要通过提供独特的、高质量的产品与服务，获得高利润；而沃尔玛选择的是成本领先战略，通过严格控制每一个成本环节，取得较强的竞争力。这让两家企业的财务轮廓也有所不同——根据两家公司披露的财务数据计算后可知，2018年，星巴克的毛利率是58.8%，而沃尔玛只有25.1%。

哈佛分析框架之会计分析

如果说战略分析可以帮助我们了解“拍照时的环境”，那么，哈佛分析框架的第二个步骤——会计分析，则旨在评估“照片在多大程度上被‘美化’过”，也就是说，财务报表在多大程度上反映了企业经营活动的真实情况。

虽然财务制度是被规范的，但财务报表中的数字是高度浓缩的，从每一笔交易到最后对外披露的财务报表，在这个层层汇总的过程中，企业还是有一定的自主决定空间的。如果我们只看到数字，而不知道这些数字是按什么规则汇总的，那就是“知其然，而不知其所以然”。因此，进行会计分析的目的是了解会计政策的灵活性，评价企业的会计处理方式反映业务的真实程度，尽可能消除报表分析的“噪声”，为提高财务分析的可靠性奠定基础。

具体应该怎么进行会计分析呢？财务报表中的每个科目都是根据相应的会计政策编制的，但报表科目众多，对每个会计政策都进行分析显然是不可行的。财务高手会特别关注三个维度。

（1）对企业影响最大的会计政策是什么？识别出这（几）个会计政策，然后基于二八定律，把注意力主要放在这些会计政策上。比如，影响高科技企业利润的一个主要会计政策是研发支出的处理；

影响重资产企业利润的一个主要会计政策是固定资产折旧的处理。分析这些企业的情况时，就需要特别关注这几个会计政策。

（2）哪些会计政策发生了变化？前文举过钢铁公司的例子。一些钢铁企业为了避免退市风险，会通过调节固定资产折旧政策延长折旧时间，来降低当期折旧费用。如果这些重要的会计政策发生了变化，我们就需要进一步了解其背后的原因，分析这个改变是否合理，是否有操纵利润的嫌疑。

（3）对标企业（例如同行业中的其他企业）的会计政策有什么不同？如果能获得对标企业的财务报告，那我们还可以和这些企业的会计政策进行比较，并重点关注那些差异很大的会计政策。比如，如果一家高科技企业研发支出的资本化比例显著高于同行，我们就需要进一步分析带来这种差异的原因。

哈佛分析框架之财务分析和前景分析

有了战略分析和会计分析这两个“定性”分析做基础，我们就可以对财务数据进行“定量”分析了。进行财务分析时常用的方法是建立一系列财务指标，描述企业在偿债能力、营运能力、盈利能力、价值创造这四个维度的表现，综合判断企业的财务状况。此外，我们还可以把企业当年的财务数据和自身的历史数据进行纵向比较，或是与同行企业进行横向对比，分析企业的发展趋势及其在行业中所处的位置。我将在下一节具体介绍这些分析方法。

哈佛分析框架的最后一步是前景分析，就是基于前三个步骤的分析结论，对企业的前景进行预测，判断其业绩的可持续性与投资价值。

32 财务分析

四个维度诊断公司健康

哈佛分析框架的前两步是战略分析和会计分析这两个“定性”分析，第三步则是基于财务数据的“定量”分析——财务分析。

财务分析就像是对企业做的一次全面体检，通过多维度的检查，判断企业的健康程度。一般体检结束后，医生会提供一张检验单，上面有多项指标，比如体重、血压、肝功等。医生会将这些指标与体检者以往的体检结果，以及大样本人群提供的正常取值范围进行比较，判断哪里可能存在问题。

理论上说，体检项目多达上百个，可以检查得非常精细，但是进行所有项目的检查太过耗时、耗力了。现实中，如果我们想快速了解自己的健康状态，通常只会做常规检查，里面只包括那些最重要的“必查项”。财务分析的思路和体检非常类似，如果想快速了解一家企业的情况，我们可以通过建立一些核心的财务指标，考察企业在偿债能力、营运能力、盈利能力、价值创造这四个维度的表现，这种分析方法被称为“比率分析”。

接下来的内容，会涉及比较多的计算公式，因为财务报表里没有直接披露这些财务指标，但是我们可以使用财务报表中的相关数据将其计算出来。因此，如果你想具体分析企业的某一项能力或者指标，可以利用下面的公式。

偿债能力

偿债能力之所以被列在最前面，是因为企业如果没有能力偿付债务，就会有破产的风险。生存出了问题的话，企业还谈什么发展呢!

一般来说，企业的债务按期限可以被分为两类：一年之内需要偿还的债务（即资产负债表中的“流动负债”），以及偿还期限超过一年的债务（即资产负债表中的“非流动负债”）。我们可以构建一些财务指标来评估企业对这两类债务的偿还能力。

评价企业短期偿债能力的常用指标有三项——流动比率、速动比率和现金比率。

流动比率考察的是，假设企业变卖所有流动资产，将其换成现金之后是否足够支付短期债务。它的计算公式如下：

流动比率 = 流动资产 / 流动负债

其中，流动资产是指企业可以在一年内变现或运用的资产，包括现金、短期投资、应收账款、存货等。

如果流动比率小于 1，就说明这家企业的短期偿债能力存在重大问题。我根据万得数据库提供的数据，计算出 2018 年我国 A 股上市公司（剔除金融类企业）的平均流动比率是 1.22。

不过，流动资产中不同类别资产的变现能力是不同的。现金是可以用来还债的最扎实的资产。相比之下，存货的变现能力就比较弱。一方面，存货（比如某些特定的原材料）没有现成的交易市场，找到买家可能需要很长时间。另一方面，有些存货（在产品或产成品）是定制的，可能很难转手卖给别人。

因此，如果你分析的企业存货质量低，变现能力弱，你就可以使用一项更严格的指标来衡量企业的短期偿债能力，这项指标叫“速动比率”。它的计算公式如下：

速动比率 =（流动资产 − 存货）/ 流动负债

“速动”看起来比“流动”更快，也就是对资产的流动性要求更高。从计算上来说，两项指标之间的差别是，前者剔除了流动资产中的存货。我根据万得数据库提供的数据，计算出 2018 年我国 A 股上市公司（剔除金融类企业）的平均速动比率是 0.50。

速动比率包括了应收账款，但是应收账款能否及时回收，快速变成现金用于还债，也存在一定的不确定性。因此，如果你分析的企业应收账款的质量也比较低（比如平均账龄较长），就应该使用另一项更为苛刻的短期偿债指标——“现金比率”。现金比率只考虑企业用现金偿付债务的能力，它的计算公式如下：

现金比率 = 货币资金 / 流动负债

前文讲过，现金持有比例是“风险预防”和“资金使用效率”这两个因素之间平衡的结果：一方面，企业需要持有一定现金用来还债，以备不时之需；另一方面，过度持有现金表明企业有过多的钱趴在账上，这说明企业资金的使用效率不高。我根据万得数据库提供的数据，计算出 2018 年我国 A 股上市公司（剔除金融类企业）的平均现金比率是 0.31。

除了短期债务，大部分企业还会有长期债务。我们通常用“利息保障倍数”和“资产负债率”这两项财务指标来衡量企业的长期债务偿还能力。

企业负债经营，最大的短期资金压力就是要定期支付的利息费用。因此利息保障倍数指标反映的是，企业经营收益为所需支付的债务利息的多少倍。只要利息保障倍数足够大，企业就有充足的能力支付利息。它的计算公式如下：

利息保障倍数 = 息税前利润 / 利息费用

息税前利润就是不扣除利息也不扣除所得税的利润，即在不考虑利息的情况下，缴纳所得税前的利润。

而资产负债率反映的是，企业的全部资产中有多少资产是用债权人的钱购置的。它的计算公式如下：

资产负债率 = 负债总额 / 资产总额

前文提过，2018 年我国 A 股上市公司（剔除金融类企业）的平均资产负债率约为 61%。需要注意的是，资产负债率只能作为企业偿债能力的一项参考指标，具体还要结合负债性质来考察实际的债务风险。

营运能力

如果说偿债能力关注的是企业必须守住的“底线”，那么另外三个维度的财务分析考虑的则是企业的发展问题。企业发展，一方面靠提升盈利能力，另一方面靠提升管理效率。

管理效率主要体现在“周转率”这项财务指标上。前文讲过，“周转率”这个概念最早来自西方的游商。游商在一个月内出去卖货的次数越多，也就是“周转率”越高，赚的钱就越多。因此，我们可以构建一系列“周转率”相关指标，来衡量企业的管理效率。

首先，我们可以评价资产的整体周转率。同等条件下，总资产周转率越高，企业的净资产收益率就越高。它的计算公式如下：

总资产周转率 = 销售收入 / 平均资产总额

由于企业资产每天都在发生变化，在计算这项指标时，资产总额通常采用全年平均值，也就是：（年初资产总额 + 年末资产总额）/2。我根据万得数据库提供的数据，计算出 2018 年我国 A 股上市公司（剔除金融类企业）的总资产周转率是 0.66。

其次，我们还可以考察不同类别资产的周转情况。常见的包括应收账款周转率、存货周转率、固定资产周转率这三类。

应收账款周转率主要考察的是企业应收账款的管理效率。这个周转率越高，就说明企业回款的速度越快，坏账的风险越低。在计算这项指标时，应收账款同样采用全年平均值，也就是：（年初应收账款 + 年末应收账款）/2。它的计算公式如下：

应收账款周转率 = 销售收入 / 平均应收账款

与应收账款周转率相关的一项指标是应收账款周转天数。周转天数越短，就说明企业收回款项、转换为现金所需要的时间越短，应收账款的管理工作做得就越好。它的计算公式如下：

应收账款周转天数 =365/ 应收账款周转率

生产制造型企业往往有大量存货，存货也是企业的一种重要资产。评价存货管理效率的核心指标叫存货周转率。存货周转率越高，就说明存货卖出的速度越快。存货和应收账款一样，金额每天都会发生变化，因此在计算这项指标时，存货数量通常也采用全年平均值。它的计算公式如下：

存货周转率 = 销售成本 / 平均存货

与存货周转率相关的一项指标是存货周转天数，存货周转天数越短，就说明存货周转次数越多。它的计算公式如下：

存货周转天数 =365/ 存贷周转率

企业除了应收账款和存货这样的流动资产，还有厂房、设备等用于生产的固定资产。因此，我们还可以考察固定资产的周转速度，用它来衡量企业使用固定资产的有效性，也就是说，计算每一元固定资产的投入能创造多少销售收入。固定资产周转率越高，就说明固定资产的利用效率越高。它的计算公式如下：

固定资产周转率 = 销售收入 / 平均固定资产净值

我们不仅可以靠这些独立的财务指标了解企业经营的某个维度，还可以把多项指标放在一起分析，揭示更多有用的信息。

假设一家企业的流动比率和速动比率之间差异巨大，同时存货周转率很低，这意味着什么呢？财务高手会这样思考，流动比率和速动比率之间的唯一差别在于是否考虑了存货，如果两者差异大，就说明这家企业存货占流动资产的比例很高。在这种情况下，如果企业的存货周转率很低，就说明企业可能产生了大量存货积压，迟迟卖不出去。这就意味着企业可能持有大量过时而贬值的货物，其实际价值可能已经低于账面价值了。

盈利能力

了解了运营能力，我们再来看看债权人和股东都非常关心的一个财务维度——盈利能力。衡量企业的盈利能力有两项常用的指标——“总资产报酬率”和“净资产收益率”。

总资产报酬率考察的是企业运用全部资产的总体获利能力，包括债权人和股东两类群体的收益。

总资产报酬率 = 税息前利润 / 平均资产总额

我根据万得数据库提供的数据，计算出 2018 年我国 A 股上市公司（剔除金融类企业）的总资产报酬率是5%。总资产报酬率越高，就说明企业资产的运用效率越高，也就意味着企业的资产盈利能力越强。

前文介绍过的净资产收益率，又称股东权益报酬率，是用来衡量企业为股东这个特定群体创造收益能力的指标。它的计算方式如下：

净资产收益率 = 净利润 / 平均净资产总额

其中平均净资产总额的计算公式为:（年初股东权益 + 年末股东权益）/2。

价值创造

上市公司的财务负责人和投资者不仅关心上文提到的这些财务指标，还关心企业在资本市场的表现。因此，财务报表分析还包括价值分析，常用的指标有两项——“市盈率”和“市净率”。

市盈率衡量的是投资者对企业未来发展的看好程度。假设一家企业的市盈率是20倍，就说明资本市场投资人愿意为这家企业赚的每1元支付20元来购买这家企业的股票。为什么投资者愿意支付溢价呢？因为股票价格反映的是投资者对企业未来增长率的预期。市盈率越高，就说明投资者越看好这只股票。

市盈率 = 每股股票价格 / 每股收益

图 4-1 是深交所三个板块于 2009 年第四季度到 2019 年第四季度上市公司的平均市盈率。可以看到，创业板上市公司的平均市盈率持续高于深圳主板（A 股）和中小板上市公司的平均市盈率。特别是创业板刚开闸的第一个季度，其平均市盈率在 100 倍以上。如果和同样聚集了大量高科技企业的美国纳斯达克板块比较，纳斯达克上市公司的平均市盈率只有不到 30 倍，深圳创业板企业的整体估值显然更高。

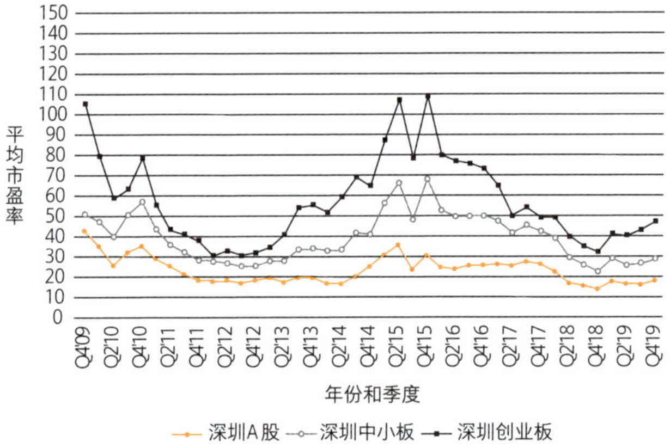

图 4-1 深圳证券交易所上市企业平均市盈率

（2009 年第四季度—2019 年第四季度）

资料来源：数据来自深圳证券交易所。

说明：之所以选择 2009 第四季度作为起点，是因为创业板是 2009 年 10 月开闸的。图中横坐标 Q4' 09 中的 Q4 代表第四季度，09 代表 2009 年，以此类推。

一些投资者喜欢比较两家企业的市盈率，以此作为筛选股票的标准。然而需要注意的是，两家处在不同生命周期阶段的企业，其市盈率是不能直接比较的。因为市盈率反映的是投资人对企业未来增长的预期，处于不同生命周期阶段的企业，其增长潜力显然是不同的。

如果想要比较处于不同生命周期阶段的两家企业，我们可以使用由市盈率衍生出来的一个比率，即市盈率相对盈利增长比率(price/earnings to growth，简称 PEG)，它的计算方式如下：

PEG= 市盈率 / 盈利增长速度

假设一只股票当前的市盈率为 20 倍，预期未来每股收益增长率为 20%，那么这只股票的 PEG 指标就是 1（剔除百分比的影响）。当 PEG 指标等于 1 时，表明市场赋予这只股票的估值可以被企业未来业绩的成长性支持，也就是估值没有泡沫。如果 PEG 指标大于 1，就说明投资者给予的价格超过了企业未来增长的预期，这只股票的价值就可能被高估了。

除了市盈率，市净率也是一项财务高手在投资时常考察的指标。它的计算公式如下：

市净率 = 每股股票价格 / 每股净资产

作为一项投资时的考察指标，市净率与市盈率相比，有两个优势。首先，净资产数值通常是正的，所以当一家企业利润为负，即市盈率失效的时候，市净率仍可用。比如，创业企业在早期融资的时候往往处于亏损阶段（即利润为负），这时私募股权投资机构就可以使用市净率作为另外一项估值指标。其次，每股净资产通常比每股收益稳定，因此当每股收益大幅波动的时候，市净率指标更有用。

33 财报工具
“竖着比”和“横着比”

前一节介绍的比率分析常被用于对某一时点（比如年末或者季度末）的财务数据分析，但这种分析方式有很大的局限性，即无法反映企业经营的发展和变化趋势。

举个例子。谷歌于2004年上市，之后5年规模迅速扩大。其年报显示，2009年公司的销售额达到了237亿美元。如果单看这个销售数字，大部分人可能会认为谷歌的发展非常好。然而，如果我们考察2004—2009年谷歌的销售增长率（即当年和上一年销售增长的变化）（图4-2）就会发现，谷歌上市后，其销售增长率一直在下降，从上市当年的超过110%下滑到2009年的不足10%。这个变化趋势显然是单一时点的财务数据无法捕捉到的信息。

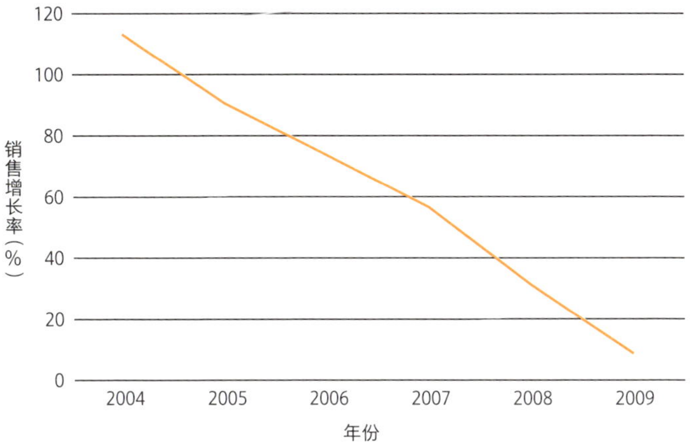

图 4-2　谷歌 2004—2009 年销售增长率

资料来源：根据谷歌年度财务报告中提供的财务数据计算得出。

“竖着比”

为了弥补比率分析的这个不足之处，财务分析还提供了一种工具，俗称“竖着比”，也就是和企业自己的历史业绩比较。“竖着比”的目的是观察企业经营绩效的变化趋势，谷歌的增长率分析就是一个例子。

除了单一指标（比如销售额）可以“竖着比”，整张财务报表也可以“竖着比”。一种常用的方法是编制“趋势报表”，即以特定年份的报表为基数，将此后各年报表中的相关项目表达为基数的百分比（如表 4-1）。

以美国最大的服装公司之一 GAP 公司 1990—1996 年的损益表为例，我们可以将 1990 年作为基准年，计算 GAP 公司 1991 年的销售额比 1990 年增加了多少。表 4-1 显示，该公司 1991 年的销售额相较 1990 年的增长幅度是 30.26%。类似地，1992 年的销售额比 1990 年增加了 17.53%。可以看到，GAP 公司销售额的增长幅度在 1992—1993 年呈下降趋势，1994—1996 年有所回升。同理，还可以将销售成本进行年度比较，1991 年的销售成本比 1990 年增加了 25.99%，1992 年的销售成本比 1990 年增加了 23.90%，以此类推。

表 4-1　GAP 公司及其下属机构合并利润表（趋势报表）

	1990	1991	1992	1993	1994	1995	1996
销售净额	—	30.26%	17.53%	11.33%	12.96%	18.06%	20.23%
销售成本	—	25.99%	23.90%	7.57%	10.14%	20.27%	17.01%
销售毛利	—	36.94%	8.36%	17.51%	17.21%	14.92%	25.00%
场地费用（不包括折旧和摊销）	—	24.52%	47.14%	10.17%	26.28%	6.25%	7.87%
销售、一般和管理费用	—	26.75%	14.86%	13.15%	14.08%	17.68%	26.46%
折旧和摊销	—	35.76%	36.67%	25.55%	19.22%	18.04%	8.96%
营业利润	—	57.03%	-8.20%	23.89%	21.78%	9.83%	28.04%
利息费用（净额）	—	145.51%	6.81%	-78.50%	-1447.59%	44.90%	23.12%
税前利润	—	56.49%	-8.34%	25.03%	24.58%	10.56%	27.91%
所得税	—	52.48%	-8.34%	28.90%	25.60%	10.56%	27.91%
税后利润	—	59.06%	-8.34%	22.65%	23.92%	10.55%	27.91%

资料来源：根据 GAP 公司 1990—1996 年年度财务报告计算得出。

另一种常用的“竖着比”的方法是编制“同比报表”，即将利润表（资产负债表）的各个项目分别表示为占销售收入（资产总额）的百分比（如表 4–2）。

表 4–2 同样是 GAP 公司 1990—1996 年的损益表，但是换了一种观察角度，即把每个会计科目都换算成占当年销售额的百分比。比如，1990 年的销售成本占当年销售额的 61.00%，场地费用占当年销售额的 0.42%；1991 年的销售成本占当年销售额的 59.00%，场地费用占年销售额的 0.40%；以此类推。

表 4-2　GAP 公司及其下属机构合并利润表（同比报表）

	1990	1991	1992	1993	1994	1995	1996
销售净额	100.00%	100.00%	100.00%	100.00%	100.00%	100.00%	100.00%
销售成本	-61.00%	-59.00%	-62.20%	-60.10%	-58.60%	-59.70%	-58.10%
销售毛利	39.00%	41.00%	37.80%	39.90%	41.40%	40.30%	41.90%
场地费用（不包括折旧和摊销）	-0.42%	-0.40%	-0.50%	-0.49%	-0.55%	-0.50%	-0. 44%
销售、一般和管理费用	-23.49%	-22.85%	-22.34%	-22.70%	-22.93%	-22.85%	-24.04%
折旧和摊销	-2.77%	-2.89%	-3.36%	-3.79%	-4.00%	-4.00%	-3.62%
营业利润	12.33%	14.86%	11.61%	12.92%	13.93%	12.95%	13.80%
利息费用（净额）	-0.07%	-0.14%	-0.13%	-0.02%	0.29%	0.36%	0.37%
税前利润	12.25%	14.72%	11.48%	12.89%	14.22%	13.31%	14.16%
所得税	-4.78%	-5.59%	-4.36%	-5.05%	-5.62%	-5.26%	-5.60%
税后利润	7.47%	9.13%	7.12%	7.84%	8.60%	8.06%	8.57%

资料来源：根据 GAP 公司 1990—1996 年年度财务报告计算得出。

同比报表的优势是可以让我们清楚地看到哪类费用占销售额的比例最高，以及变化趋势是什么样的。我们从表 4-2 中可以看到，GAP 的费用结构在 1990—1996 年相对稳定。其中，“销售、一般和管理费用”占比最高。管理者如果想要通过降本增效来提升利润，应该首先考虑减少这部分费用。

“横着比”

“竖着比”是企业和自己的历史业绩相比，但这种方法也有其局限性——无法告诉我们该企业在同行之间的相对表现。证券分析师在给一家企业估值、提供股票推荐意见时，往往会同时提供其他可比公司的估值和股票推荐意见。因此，财务报表分析提供了另一种观察企业情况的方法，那就是同行之间“横着比”。

表 4-3 格力电器、美的集团、海尔集团 2014 年运营指标对比 单位：次

	格力电器	美的集团	海尔集团
应收账款周转率	61.08	16.39	18.45
存货周转率	8.10	6.99	8.92
总资产周转率	0.95	1.30	1.31
固定资产周转率	9.50	7.24	14.26

资料来源：根据三家公司年度财务报告披露的数据计算得出。

我们如果要评价格力电器 2014 年的营运管理效率，可以将其和同行业中的两家对标企业——美的集团和海尔集团进行比较。我们从表 4-3 中可以发现，格力电器的应收账款周转率远高

于其他两家企业，这说明它在应收账款的管理能力方面比较强，对下游有较强的话语权，资金回收快。另外，格力电器的存货周转率和固定资产周转率都处于中间水平，但其总资产周转率在三家企业中处于最低水平，这说明在应收账款、存货、固定资产之外的某种重要因素拉低了格力电器的总资产周转率。在与同行业中的其他企业进行比较之后，企业就会知道自己应该在哪些方面进行改进了。

小米的利润率承诺

“竖着比”和“横着比”这两种分析方法还可以帮我们解读一家企业的真实意图。

以2018年在业内引起一片哗然的小米5%的利润率承诺为例。2018年小米上市前，雷军召开了一场新品发布会，并在发布会的最后做出一份公开承诺：小米硬件综合净利润率永远不会超过5%。如果有超出的部分，公司会将超出部分全部返还给用户。小米可能是头一家公开限制自家产品利润率的企业。雷军这句话说完，全场一片沸腾。米粉们特别激动，觉得小米果然“感动人心、价格公道”。

但是，如果我们做个简单的“竖着比”和“横着比”的分析，就会发现小米这个利润承诺表面上看是给用户的福利，实际上更像一场被会计语言包装过的营销秀。为什么呢？

我们先来“竖着比”。小米在其财务报表中虽然没有直接披露硬件净利润率，但是披露了硬件的毛利率，2015 年和 2016 年分别是 -0.2% 和 4.4%。毛利率减去营销、管理、研发这些费用所占的比率，剩下的才是净利率。所以，基于历史业绩，我们可以合理推测，小米的硬件净利润率很难达到 5%。

我们再来“横着比”。其他硬件企业的净利润率是多少呢？我根据万得数据库提供的数据，计算出硬件行业 2015 年和 2016 年的平均净利润率是 2.7% 和 4.2%。即使是行业的领头羊企业海尔，其 2016 年的净利润率也只有 5.6%。

基于小米的历史数据和与其他企业的对比，我们可以得知，硬件产品净利润率能达到 5% 的企业凤毛麟角。

这么一推算，我们就能发现，小米做出 5% 的承诺其实没有任何实质意义，因为本来就很难做到。

这就好比你想租房子，房东说看你人特别好，最多收你每月 2 000 元的房租。结果你查了下这套房子的历史数据，发现它的租金从没超过 2 000 元；再对比一下周围房子的租金，大多数房子的租金都没超过 1 000 元。所以，房东说的话只不过是变相卖了你一个人情而已。

雷军的外号是“雷布斯”，因为他和乔布斯一样，喜欢穿牛仔裤和黑色 T 恤。那么，乔布斯等人创办的苹果公司会做 5% 净利润率的承诺吗？

如果我们查阅苹果公司的年报，就可以看到，2017 年苹果公司在全球共卖出约 2.17 亿部 iPhone，销售额约为 1 413 亿美元。

虽然苹果公司没有披露 iPhone 的毛利率，但是根据证券分析师的估计，苹果公司的硬件毛利率可以达到 36%——小米只有不到 5%。其销售额和利润率这么高，苹果公司当然不会在限制苹果公司硬件净利润率方面做出承诺。

34 财报实战

哈佛分析框架应用

前文介绍了财务报表分析的前沿思路——哈佛分析框架，以及常用的财务分析工具。这一节，我会通过东阿阿胶这家企业的财务报表分析，来展示哈佛分析框架具体是如何应用的。[①]

战略分析

战略分析是哈佛分析框架的起点，也就是说，我们在分析一家企业的财务报表之前，先要搞清楚企业所处的经营环境、所在行业是什么样的，市场规模有多大，竞争有多激烈。另外，我们还要搞清楚这家企业的商业模式是什么，即生意是怎么做的，持续发展的核心驱动因素又是什么。

怎样才能快速了解一家企业是做什么生意的呢？有两种方法。

首先，我们可以通过在网上查阅企业资料或者阅读其财务

---

① 东阿阿胶 2018 年的资产负债表、损益表、现金流量表列示在本书附录中。

报告中的企业简介部分，获得该企业的一些基本信息：东阿阿胶于1952年建厂，1993年由国有企业改制为股份制企业，1996年成为上市公司，目前是国内最大的阿胶及系列产品生产企业。

其次，我们可以从企业财务报告披露的收入构成中进一步获得企业的业务范围、规模等更具体的信息。比如，除了披露营业收入总额，企业也经常会在财务报告中披露营业收入的构成，常见的维度包括业务板块、地域分布，以及商业模式。收入构成信息非常重要，它能告诉我们企业在哪些业务板块和地区布局、发力。

表4–4是东阿阿胶2018年年报中披露的收入构成信息。从行业分布来看，2018年东阿阿胶的收入主要来自医药工业行业。从产品角度来看，阿胶系列产品的营业收入约为63.2亿元，占2018年总收入的86.08%，其他产品仅占其总收入不到14%。据此可以初步判断，东阿阿胶是一家专注主营业务的企业，主要是做阿胶生意的。从地域分布来看，华东地区是东阿阿胶的销售主战场，占2018年总收入的52.08%。

表4–4　东阿阿胶2018年营业收入分析　单位：元

	2018年		2017年		同比增减
	金额	占营业收入比重	金额	占营业收入比重	
营业收入合计	7,338,316,223.18	100%	7,372,340,332.18	100%	−0.46%
分行业					
医药工业	6,388,675,472.14	87.06%	6,417,581,259.15	87.05%	−0.45%

（续表）

	2018 年		2017 年		同比增减
	金额	占营业收入比重	金额	占营业收入比重	
医药商业	56,719,829.18	0.77%	136,311,855.10	1.85%	-58.39%
其他	874,669,068.05	11.92%	791,029,584.87	10.73%	10.57%
其他业务	18,251,853.81	0.25%	27,417,633.06	0.37%	-33.43%
分产品					
阿胶系列产品	6,316,799,588.93	86.08%	6,288, 981,740.82	85.31%	0.44%
医药贸易	56,719,829.18	0.77%	136,311,855.10	1.85%	-58.39%
其他	946,544,951.26	12.90%	919,629,103.20	12.47%	2.93%
其他业务	18,251,853.81	0.25%	27,417,633.06	0.37%	-33.43%
分地区					
华东	3,821,550,556.32	52.08%	3,856,182,768.87	52.31%	-0.90%
华南	881,905,127.37	12.02%	1,028,335,068.72	13.95%	-14.24%
西南	648,991,108.36	8.84%	734,381,184.13	9.96%	-11.63%
华北	537,959,410.40	7.33%	556,754,491.28	7.55%	-3.38%
西北	216,047,948.26	2.94%	229,701,815.34	3.12%	-5.94%
华中	881,606,199.37	12.01%	625,842,375.63	8.49%	40.87%
东北	266,730,848.26	3.63%	266,205,216.94	3.61%	0.20%
其他	65,273,171.03	0.89%	47,519,778.21	0.64%	37.36%
其他业务	18,251,853.81	0.25%	27,417,633.06	0.37%	-33.43%

资料来源：东阿阿胶 2018 年年度财务报告。

那么阿胶的市场规模有多大？竞争有多激烈？东阿阿胶又

处在市场中的什么位置呢？这些信息可以通过行业研究报告获得。根据中康资讯 CMH 数据显示，2017 年中国零售市场阿胶总销售规模为 126 亿元，同比增长 14.9%。前五位厂家的集中度为 91.3%，位列前两位的东阿阿胶和山东福胶分别占据 62.9% 和 18.8% 的市场份额。据此可知，东阿阿胶所处的市场特点是“小市场、大企业”，行业集中度高，而东阿阿胶是行业中的龙头企业。

小市场中的龙头企业想要保持领先优势，核心要靠对市场的垄断。垄断又靠什么呢？一方面是对渠道的掌控，另一方面是对原材料的掌控。因此，在做进一步分析之前，财务高手就明白，东阿阿胶对渠道和原材料掌控能力的变化是需要其重点关注的信息。

阿胶的主要原材料是驴皮，因此，毛驴的存栏量直接关系到阿胶的生产成本。据《中国畜牧业年鉴》统计，国内毛驴的存栏量逐年急剧下降。1997 年，我国毛驴存栏量约为 1 100 万头，而到 2017 年年底，毛驴存栏量仅为 500 万头。与此同时，随着阿胶行业规模的扩大以及新的竞争者越来越多，驴皮的需求量在不断扩大，这直接导致驴皮价格不断上升，2016 年的价格达到每张 2 500 元。

面对原材料价格的大幅上涨，东阿阿胶采取了什么样的应对策略呢？据不完全统计，2010—2018 年，东阿阿胶旗下相关产品共涨价 15 次。其中，2014 年涨价幅度最大——据公司 2014 年年报披露，产品出厂价提高了 50%。可以看出，东阿阿胶将提价作为应对策略之一，将成本的增加转嫁给了消费者。

至此，我们可以说完成了对东阿阿胶的战略分析。

会计分析

接下来，我们可以在战略分析的基础上对东阿阿胶进行会计分析了。前文讲过，会计分析的目的在于，评价财务报表反映企业经营现实的程度。财务高手在做会计分析时，主要关注三个维度：（1）影响企业绩效最重要的会计政策是什么？（2）哪些会计政策发生了变化？（3）和同行其他企业相比，哪些会计政策的差异巨大？

东阿阿胶是典型的生产型企业，从其2018年的资产负债表中可以看到（见第336~340页表5–2），其存货占总资产的24.27%，是占比最高的资产科目。报表附注披露，存货按照成本进行初始计量；发出存货，采用加权平均法确定其实际成本；低值易耗品和包装物采用一次转销法进行摊销；存货的盘存制度采用永续盘存制；期末存货采用成本与可变现净值孰低法。这些做法在生产型企业中较为常见，格力电器等制造企业使用的也是类似的方法。因此，东阿阿胶的存货会计处理未见显著异常。

除了考察重要的会计政策，我们还需要考察哪些会计政策发生了变化。东阿阿胶于2018年3月发布的《关于公司会计估计变更的公告》显示，公司对生产性生物资产，也就是种驴的折旧年限及残值率进行了会计估计变更。种驴的折旧年限从5年变更为10年，残值率从5%变为60%。简单来说，就是要延迟种驴的“退休年龄”，让驴妈妈们在更长的时间内产下更多的驴仔。

从表面上看，这个会计政策的变化非常大，但是它对企业利润的实际影响有多大呢？公告披露，这个会计政策的变更预计会让东阿阿胶每年的盈利增加 325.55 万元。然而，如果看东阿阿胶 2018 年的整体业绩，我们就会发现，企业不仅盈利，利润还超过了 20 亿元。因此，变更种驴折旧的会计政策对当期利润的影响微乎其微。

一、会计估计变更的内容

（一）变更前：成熟生产性生物资产的成龄种驴，按照年限平均法计提折旧，折旧年限为 5 年，净残值率为 5%。

（二）变更后：成熟生产性生物资产的成龄种驴，按照年限平均法计提折旧，折旧年限为 10 年，净残值率为 60%。

二、本次会计估计变更对财务报表的影响及变更时间

按照《企业会计准则》规定本次会计估计变更采用未来适用法，不改变以前期间的会计估计，也不调整以前期间的报告结果。

会计估计变更后，根据测算预计影响每年增加净利润 325.55 万元。

图 4-3　东阿阿胶会计估计变更说明

资料来源：东阿阿胶于 2018 年 3 月发布的《关于公司会计估计变更的公告》。

在阿胶行业中，目前仅有东阿阿胶是上市公司。由于山东福胶集团有限公司等对标企业不是上市企业，我们无法获得其会计政策的相关信息。如果未来这些企业上市，那么我们可以将东阿阿胶的会计政策选择和这些企业进行对比，考察其是否存在显著差异。

财务分析

了解东阿阿胶所在行业、战略和会计政策选择之后，我们就可以根据哈佛分析框架进行第三步的财务分析了。

在做具体的分析之前，我们先了解一下东阿阿胶 2018 年的整体表现。图 4-4 是其主营业务收入“竖着比”的结果。从中可见，虽然东阿阿胶的收入规模在过去不断扩大，但其在近几年明显遇到了困境。2018 年的主营业务收入不但没有增长，反而出现了下滑。

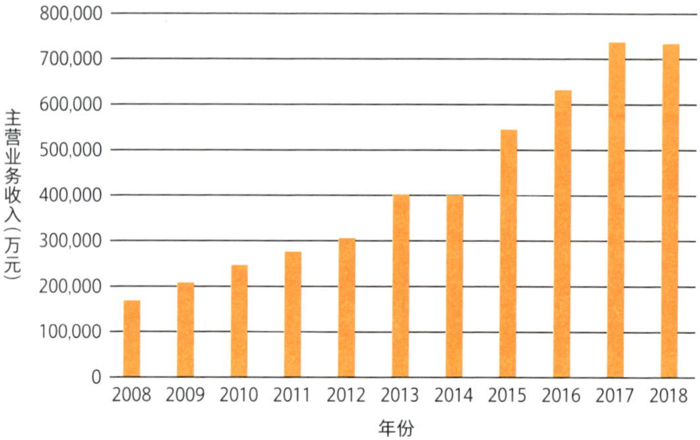

图 4-4　东阿阿胶 2008—2018 年主营业务收入

资料来源：根据东阿阿胶 2008—2018 年年度财务报告中相关数据绘制。

我们可以进一步分析收入增长速度的变化趋势。从图 4-5 中可以看到，东阿阿胶主营业务收入的增长速度确实出现了下滑趋势。除了 2018 年，2014 年也出现过一次大幅下滑。这两年发生了什么？前文讲过，为了对冲原材料成本上涨的压力，东阿阿胶这些年一直在使用提价策略，其中 2014 年提价提得最狠。然而提价之后，收入增长明显下滑了，这说明消费者对阿胶产品的价格有一定的敏感度。东阿阿胶还做不到像自己所说的是“药中茅台”，能实现量价齐升。因此，东阿阿胶的提价策略在未来的可持续性，显然是一个风险因子。

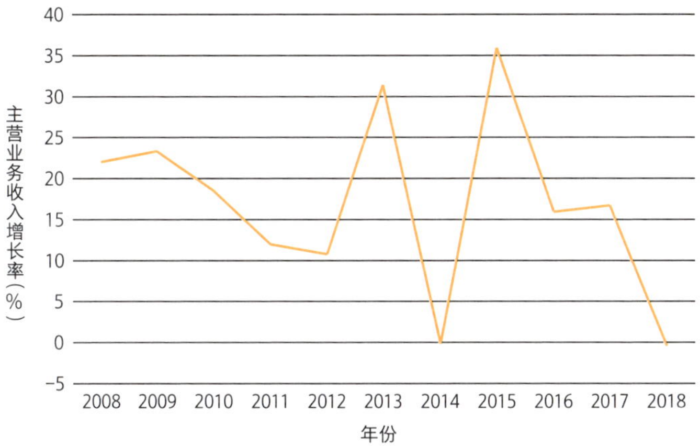

图 4-5　东阿阿胶 2008—2018 年主营业务收入增长率

资料来源：根据东阿阿胶 2008—2018 年年度财务报告中相关数据绘制。

接下来，我们可以进一步考察东阿阿胶在偿债能力、营运能力、盈利能力、价值创造这四个维度的表现。

（一）偿债能力

东阿阿胶的短期偿债能力如何？这一点可以从流动比率来看。

由图 4-6 可见，东阿阿胶的流动比率常年在 3 以上，远高于 1 这条底线，可以说较为安全。

此外，东阿阿胶的现金流量比率长期在 40% 以上，明显高于 A 股上市公司的平均值（图 4-7）。

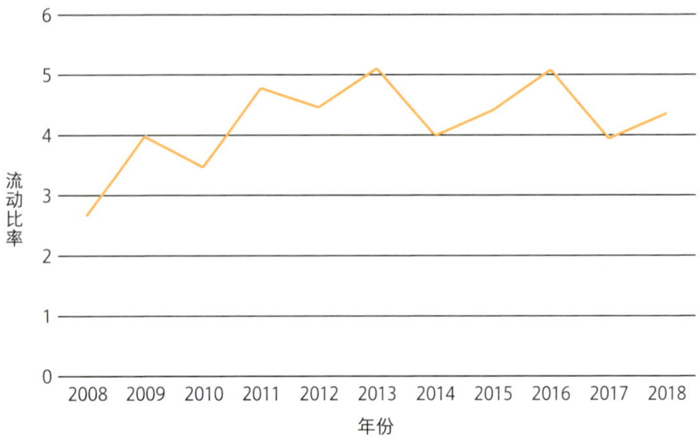

图 4-6 东阿阿胶 2008—2018 年流动比率

资料来源：根据东阿阿胶 2008—2018 年年度财务报告中相关数据绘制。

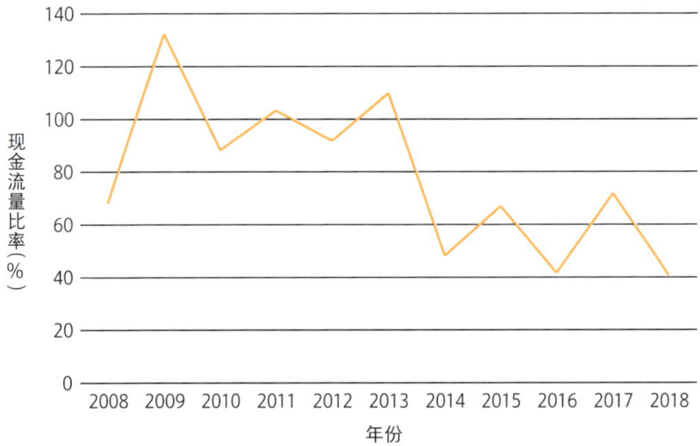

图 4-7 东阿阿胶 2008—2018 年现金流量比率

资料来源：根据东阿阿胶 2008—2018 年年度财务报告中相关数据绘制。

我们如果进一步关注东阿阿胶 2018 年现金流量表（参见第 354~356 页表 5–5）中的现金构成，就可以发现其经营活动现金流为正，同时筹资活动现金流为负，也就是说，东阿阿胶的现金主要靠自己的经营活动产生，并没有大举进行外部融资活动。

整体来说，东阿阿胶的短期偿债能力比较强。

那么，它的长期偿债能力呢？从图 4–8 中可以看出，东阿阿胶的资产负债率常年稳定保持在 20% 左右，而且略有下降的趋势，显著低于上市公司的平均水平。

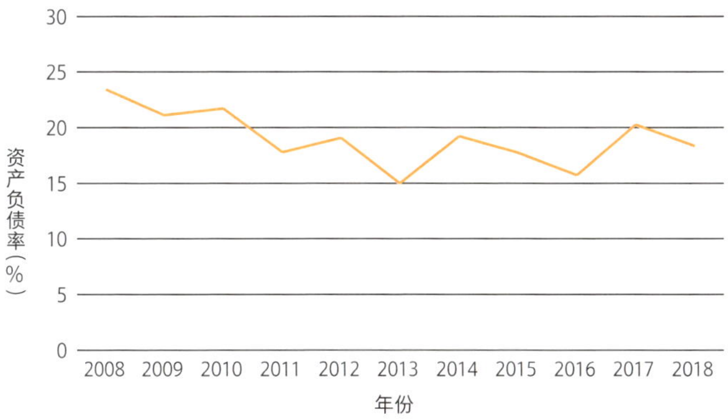

图 4–8　东阿阿胶 2008—2018 年资产负债率

资料来源：根据东阿阿胶 2008—2018 年年度财务报告中相关数据绘制。

我们通过进一步考察就可以发现，东阿阿胶的负债构成大多是应付款及其他应付款项等流动负债，非流动负债仅占负债总额的 2.29%。

我们基于偿债能力分析可以推断出，东阿阿胶的短期偿债能力和长期偿债能力都非常强，高于同行业的平均水平，企业的财务风险较小。此外，它具有很强的现金支付能力。

不过，企业不差钱，不代表资金的使用效率高。东阿阿胶的现金比率长期在40%以上，远高于上市公司的平均水平。另外，其他流动资产进一步披露，公司账上有27亿元的理财产品。

表4-5 东阿阿胶2018年其他流动资产 *

	2018年	2017年
待抵扣进项税额	14,222,591.83	74,751,781.34
理财产品	2,705,864,281.27	2,940,218,019.19
预付房租等	—	9,656,407.85
	2,720,086,873.10	3,024,626,208.38

资料来源：东阿阿胶2018年年度财务报告。

* 这里单线是为了区分单项和总和，双线表示这部分列示结束。

如果企业也有星座，东阿阿胶可以说是金牛座的——财务政策偏保守，手里握有大量现金，而且没有利用财务杠杆提升净资产收益率。前文讲过，企业要学会合理使用杠杆，用别人的钱赚钱。如果东阿阿胶能优化资本结构，提升资产负债率，其净资产收益率将会有更大的提升空间。

（二）营运能力

我们再看看东阿阿胶的营运能力。前文的战略分析中说过，东阿阿胶作为龙头企业对市场的持续垄断主要体现在：（1）对上下游有足够的话语权，这点可以从应收账款和应付账款的相关指标（包括年度变化和周转率等）中看出。（2）对原材料有足够的掌控能力，这点可以从存货相关指标（包括年度变化和周转率等）中看出。

前文在讨论 OPM 战略的时候讲过，龙头企业的竞争优势体现在可以将营运资本压力转嫁给其上、下游企业。然而，东阿阿胶 2018 年的财务报表显示，它的话语权明显下降了。其 2018 年比 2017 年的应收账款增加了近 3.98 亿元，占总资产的比例从 4.08% 增加到 6.51%，而 2018 年的销售额是下降的。进一步分析应收账款周转率和应收账款周转天数会发现（表 4–6 和图 4–9），其应收账款周转率显著下滑，应收账款周转天数显著上升。由此可以推测出两个合理的可能性：（1）东阿阿胶在通过放宽信用的方式向渠道压货，减少产成品的库存。（2）东阿阿胶与供应商博弈的竞争优势降低，谈判权降低了。此外，东阿阿胶的应付账款在 2018 年只有 2.096 亿元，比 2017 年减少了近 6.195 亿元，这进一步说明企业对上下游的把控能力变弱了。

表 4–6　东阿阿胶 2008—2018 年周转情况　　单位：次

年份	2008	2009	2010	2011	2012	2013	2014	2015	2016	2017	2018
应收账款周转率	18.61	17.74	19.52	29.81	38.31	28.32	27.04	25.69	18.21	16.55	10.43
存货周转率	4.98	5.40	5.59	3.70	2.26	3.08	1.37	1.21	0.88	0.78	0.72
固定资产周转率	5.72	6.05	6.44	6.21	6.06	6.83	4.05	4.03	4.52	4.70	4.25
总资产周转率	0.96	0.83	0.73	0.71	0.64	0.71	0.60	0.68	0.68	0.66	0.56

资料来源：根据东阿阿胶 2008—2018 年披露的财务数据计算得出。

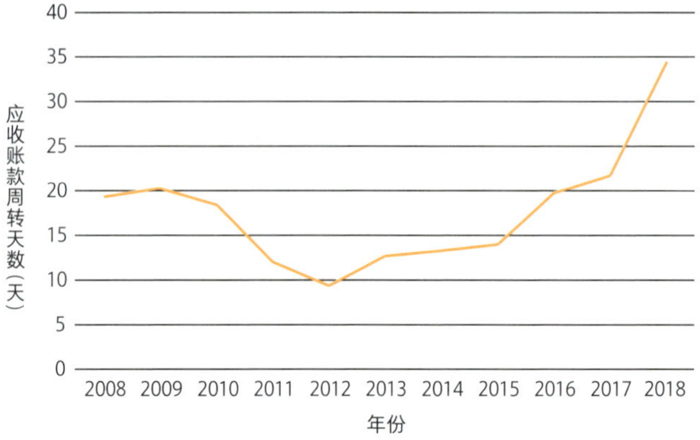

图 4-9 东阿阿胶 2008—2018 年应收账款周转天数

资料来源：根据东阿阿胶 2008—2018 年年度财务报告中相关数据绘制。

那么，对原材料的掌控能力又如何在财务报表中体现呢？它主要体现在存货中。如图 4-10 和图 4-11 所示，2018 年之前，东阿阿胶的存货一直在增加，这直接导致其存货周转天数的上升。

图 4-10 东阿阿胶 2006—2018 年存货趋势图

资料来源：根据东阿阿胶 2006—2018 年年度财务报告中相关数据绘制。

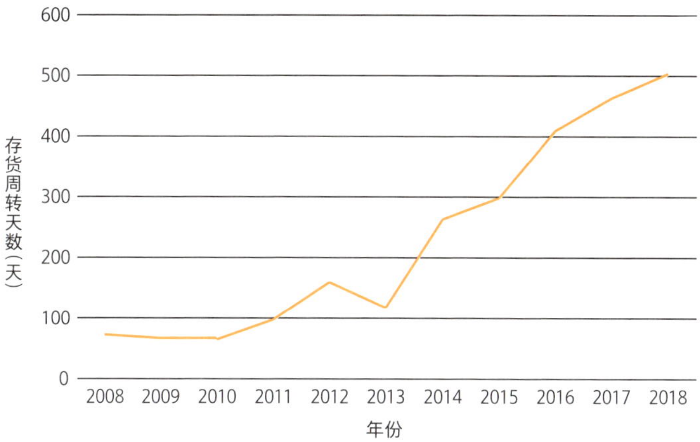

图 4-11　东阿阿胶 2008—2018 年存货周转天数

资料来源：根据东阿阿胶 2008—2018 年年度财务报告中相关数据绘制。

东阿阿胶财务报告披露，2018 年公司存货包括原材料、在产品、库存商品、周转材料、包装物、委托加工物资、发出商品及消耗性生物资产。从存货结构来看，东阿阿胶的存货主要由原材料及库存商品两类构成，占存货总额的约 74%[即（原材料 + 库存商品）/ 存货总额[①]，具体数据参见表 4-7]。这和驴皮的市场供给量一直下降，企业为了控制成本而囤积原材料有关。过去这些年，东阿阿胶的原材料库存不断增加，这说明它在大规模囤积驴皮。

① 按东阿阿胶对 2018 年公司存货的定义，“存货总额”应为表 4-7 中 2018 年账面余额总计。

表 4-7　东阿阿胶 2018 年存货情况

	2018 年			2017 年		
	账面余额	跌价准备	账面价值	账面余额	跌价准备	账面价值
原材料	1,821,953,172.42	412,928.30	1,821,540,244.12	1,954,062,546.68	—	1,954,062,546.68
在产品	817,688,433.31	—	817,688,433.31	821,521,514.15	—	821,521,514.15
库存商品	665,240,045.74	—	665,240,045.74	684,552,275.62	—	684,552,275.62
周转材料	277,774.44	—	277,774.44	—	—	
在途物资	—	—	—	115,294.00	—	115,294,00
包装物	25,556,008.88	5,178.25	25,550,830.63	25,451,196.24	156,920.11	25,294,276.13
委托加工物资	192,448.36	—	192,448.36	184,840.56	—	184,840.56
发出商品	2,026,087.14	—	2,026,087.14	52,646,801.13	—	52,646,801.13
消耗性生物资产	36,224,710.47	1,853,361.98	34,371,348.49	68,549,914.05	—	68,549,914.05
	3,369,158,680.76	2,271,468.53	3,366,887,212.23	3,607,084,382.43	156,920.11	3,606,927,462.32

资料来源：东阿阿胶 2018 年年度财务报告。

但囤货只是权宜之计，要想长期解决原材料紧缺问题，还要从源头出发。从东阿阿胶 2018 年年报中披露的 2019 年工作计划可以看出（图 4–12），东阿阿胶一直在试图解决原材料紧缺的问题，自建养殖场。

2019 年工作计划

1. 营销：做大产品、做强品牌、优化和拓展渠道。阿胶持续转向高端滋补客群，升级体验旅游与熬胶两大平台；复方阿胶浆定位气血双补，突破“药品化”传统认知，利用气血双补医理的传统认知，开创“气血保养”广普消费；阿胶糕继续深挖高收入消费人群，建立高端商超品牌形象店，实现会员体验，实现布局性增长。

2. 原料：创新毛驴产业模式，实施活体循环开发，增强原料掌控能力。创新“毛驴管理 + 金融服务 + 驴交所 + 深加工”的产业新模式，构建驴粮厂、屠宰场、驴交所、驴奶厂及覆盖全产业链的产业集群；把毛驴当药材养，实施活体循环开发，全面提升毛驴综合价值。

3. 研发：加快新产品新剂型研发。以阿胶为核心，向“阿胶 +”“+ 阿胶”产品线延伸、推进化妆品系列产品研发。持续推进标准建设，通过全产业标准及示范引领支撑品牌形象提升。推进阿胶、复方阿胶浆两大产品二次开发，提升毛驴综合价值，为毛驴养残提供技术支撑。

4. 组织能力：组织能力建设是实现战略目标的内驱力，公司坚持 ISO9000 八大管理原则、卓越绩效模式、以“一图一卡两表一会 +OKR”管理机制为抓手，用战略地图描述战略，平衡计分卡衡量战略，绩效考核表管理战略，用业绩诊断与联合工作会，提升协同效率。

图 4–12　东阿阿胶 2018 年年度财务报告中有关 2019 年工作计划的内容

资料来源：东阿阿胶 2018 年年度财务报告。

结合东阿阿胶 2018 年年报中披露的具体投资项目可以看出，东阿阿胶试图从根源上解决其原材料问题（表 4–8）。

表 4-8　东阿阿胶 2018 年在建工程

	2018 年			2017 年		
	账面余额	减值准备	账面价值	账面余额	减值准备	账面价值
驴皮原料搬迁项目	40,889,411.11	—	40,889,411.11	17,342,861.51	—	17,342,861.51
驴屠宰加工项目	37,919,763.90	—	37,919,763.90	8,756,703.73	—	8,756,703.73
养驴场	35,445,151.63	—	35,445,151.63	32,835,866.07	—	32,835,866.07
技术中心综合楼	21,072,542.73	—	21,072,542.73	5,469,313.50	—	5,469,313.50
内蒙古黑毛驴原料基地建设项目	20,272,883.38	—	20,272,883.38	7,986,036.32	—	7,986,036.32
阿胶科技产业园	18,089,920.22	—	18,089,920.22	44,712,702.04	—	44,712,702.04
IT 核心网络升级及机房建设	11,350,555.43	—	11,350,555.43	3,813,254.99	—	3,813,254.99
毛驴交易中心工程项目	9,986,719.63	—	9,986,719.63	3,048,131.03	—	3,048,131.03
东阿阿胶养殖基地扩建工程	9,341,294.98	—	9,341,294.98	8,286,044.57	—	8,286,044.57
毛驴博物馆装修、展陈项目	6,130,570.64	—	6,130,570.64	—	—	—
东阿阿胶聊城博物馆	6,065,738.09	—	6,065,738.09	6,057,645.83	—	6,057,645.83
旅游服务区景观	4,896,385.71	—	4,896,385.71	9,630,375.62	—	9,630,375.62

资料来源：东阿阿胶 2018 年年度财务报告。

财务分析强调指标之间的相互印证。有重大投资就会有大量投资现金流的支出，这点可以从现金流量表中得到校验（表 4–9）。

表 4–9 东阿阿胶 2018 年投资活动现金流构成

	2018 年	2017 年
收回投资收到的现金	4,037,274,957.60	3,095,944,800.53
取得投资收益收到的现金	102,496,575.64	91,166,244.91
处置固定资产、无形资产和其他长期资产收回的现金净额	847,473.36	1,786,836.73
处置子公司及其他营业单位收到的现金净额	—	—
收到其他与投资活动有关的现金	7,351,169.33	13,862,432.15
投资活动现金流入小计	4,147,970,175.93	3,202,760,314.32
购建固定资产、无形资产和其他长期资产支付的现金	249,325,798.82	313,936,577.78
投资支付的现金	3,817,030,000.00	3,722,804,937.33
质押贷款净增加额	—	—
取得子公司及其他营业单位支付的现金净额	—	—
支付其他与投资活动有关的现金	17,501,463.37	—
投资活动现金流出小计	4,083,857,262.19	4,036,741,515.11

资料来源：东阿阿胶 2018 年年度财务报告。

不过需要注意的是，即使有现金流的支出，也不代表这些投资项目一定存在。比如，中国证券史上最大的财务造假案件之一“蓝田神话”，其财务造假的手段之一就是大量虚构“生态基地”“鱼塘升级改造”等投资项目。因此，要想判断东阿阿胶投资的这些项目是否真的存在，还需要投资者进行实地考察。

基于营运能力分析可以推断出，东阿阿胶 2018 年的应收账款上升，应付账款下降，这说明它对上、下游企业的控制在减弱，这是一个“红色”信号。从长期增长角度来看，东阿阿胶为了从源头上解决原材料问题，在进行全产业链布局，向上、下游延伸。这些投资使用的是自有资金，并且主要依赖内生性而非并购的增长模式。

（三）盈利能力

我们再来考察一下东阿阿胶的盈利能力。过去这些年，它的净资产收益率维持在 20% 左右，近几年略有下滑。一家企业的盈利波动假如很大，就说明它可能处于一个极端不稳定的行业，或者遭到了竞争对手的攻击。

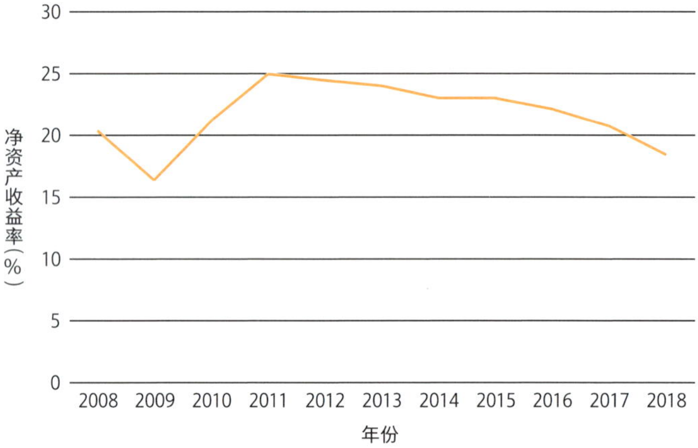

图 4-13　东阿阿胶 2008—2018 年净资产收益率

资料来源：根据东阿阿胶 2008—2018 年年度财务报告中相关数据绘制。

除了利润水平，我们还可以考察利润的含金量，也就是净利润中的经营现金流比例有多高。前文讲过，从长期来看，一家健康的企业的现金流和利润水平应该逐渐趋同。我们从图 4-14 中可以看到，东阿阿胶的经营现金流量与净利润的比率在不断下降，这主要是由于东阿阿胶应收账款和存货的不断增加，这也是一个危险信号。

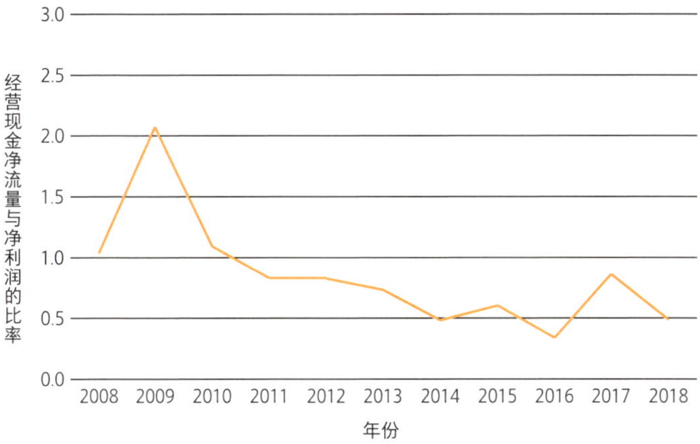

图 4-14　东阿阿胶 2008—2018 年经营现金净流量与净利润的比率

资料来源：根据东阿阿胶 2008—2018 年年度财务报告中相关数据绘制。

（四）价值创造

东方财富网的数据显示，作为一家上市公司，东阿阿胶 2018 年年底的市盈率是 12.7，市净率是 2.47。它在上市之后累计分红超过 20 次，分红率为 35.1%，可以说是股东回报较好的一家企业。

前景分析

哈佛分析框架的最后一个步骤是前景分析，即基于前三个步骤的分析，判断企业未来的发展潜力。对东阿阿胶来说，未来能否可持续增长取决于两个核心问题：提价策略是否可行？原材料问题能否有效解决？

东阿阿胶这些年一直通过提价对冲驴皮价格上涨的压力。通常来说，提价策略是否成功与商品属性有关。商品属性可以分为三类。

第一类商品具有“价格弹性”，即产品的需求容易受到价格的影响。价格上涨，产品的销量就会下降；反之，产品的销量就会上升。第二类商品的需求不容易受到价格的影响，无论价格是上涨还是下跌，产品的需求都不会发生多大变化。对于这样的产品，经济学界称之为“无价格弹性”或者“弱价格弹性”的产品，比如食盐。第三类商品，产品价格越涨，其需求量就越旺盛，也就是出现“量价齐升”的特殊现象，比如茅台酒。

东阿阿胶的提价战略要想可持续，最理想的情况显然是达到第三类产品的属性。但是，其过去的财务数据显然没有这方面的支持：提高价格虽然拉升了企业收入，销售量却下滑了。如果提价策略不可持续，东阿阿胶就需要考虑自身未来的市场增量在哪里，整个阿胶市场能否继续增长，是否会有更多的人认可并消费阿胶。

提价策略不可持续导致的另一个风险是经销商可能会减少库存，也就是减少从东阿阿胶进货。经销商通常会在提价前积极囤货，等提价之后再以更高的价格卖出。如果经销商对东阿阿胶产品提价的减速有预期，就会开始减少进货，这会直接导致东阿阿胶的业绩下滑。我们通过财务分析可以看到，2018 年东阿阿胶已经在通过更优惠的赊销政策向经销商压货了。如果东阿阿胶未来不继续提价，经销商进货的动力就会更加不足。

除了提价策略是否可持续这一问题，东阿阿胶还受到原材料问题的困扰。其实，驴皮供应紧缺是制约东阿阿胶以及整个行业发展的主要因素。养驴面临周期长、规模化养殖进程慢等问题。虽然东阿阿胶先后建立了多个“标准化养驴示范基地”，但是自建基地到底养了多少头驴、能够提供多少驴皮，东阿阿胶从未进行过具体披露。而从原材料逐年增加的数据来看，东阿阿胶仍然主要依赖驴皮的囤积来解决原材料方面短期的“瓶颈”。未来能否有效解决原材料问题，是决定其发展速度的一个重要因素。①

---

① 东阿阿胶 2018 年的财务报表分析是我在 2019 年 5 月完成的。2019 年 7 月，东阿阿胶发布了 2019 年半年度业绩预告。公告显示，东阿阿胶 2019 年上半年净利润预计同比下降 75%~79%，是其 12 年内首次出现的净利润下降。前文中讨论的 2018 年初现端倪的一些问题，到了 2019 年显然进一步恶化了。详情要等后续财务报告发布时才能做进一步分析。

附　录

财务报表基础

01 财务报告基础知识

财务报告是反映企业经营成果和财务情况的书面文件，是企业向投资者定期交出的一份“成绩单”。财务报告多久发布一次？在哪里可以看到？里面包括哪些核心内容？为什么会包含两套报表？在附录中，我就来介绍一下这些财务报告的相关基础知识。

财务报告发布的时间和频率

根据有关规定，我国上市公司必须定期对外披露财务报告，非上市公司则没有披露义务。财务报告按照时间主要分为季度报告、半年报和年报。不过季度报告比较简单，信息含量少，所以我们在关注企业财务报告的时候，还是以半年报和年报为主。

需要注意的是，年报中的“年”，指的是“会计年度”，而不是我们一般使用的“自然年”。《中华人民共和国会计法》第十一条规定，会计年度自公历 1 月 1 日起至 12 月 31 日止。因此，国内上市公司的会计年度和自然年正好重合。上市公司必须在会计年度结束之后，于下一年的 1 月 1 日至 4 月 30 日披露财务报告，也就是说，一家公司 2018 年的年报，会在 2019 年 4 月 30 日之前对外披露。

但是，也有一些上市公司并不遵循这个披露时间，比如阿里巴巴就从来没有在 4 月 30 日前发过年报。这是因为阿里巴巴是在美国上市的。美国对会计年度没有具体规定，上市公司可以自己决定起止日期，因此会计年度和自然年可能是不同的。阿里巴巴的会计年度从每年的 4 月 1 日开始,至第二年的 3 月 31 日结束。所以，每年的 1—3 月，对国内上市公司来说是第一季度，对阿里巴巴来说却是第四季度。

财务报告从哪里找

企业发布了财务报告之后，我们在哪里能看到呢？常见的几条渠道包括：企业网站，上交所和深交所网站，以及网易财经、巨潮资讯网等商业网站。

上市公司通常会在自己的网站上发布财务报告。其官网上通常有一栏叫“投资者关系”，里面会披露财务报告和其他财务相关信息。以东阿阿胶为例,其官网首页的最下方有“投资者关系”一栏，点击进去就可以看到东阿阿胶的财务报告。不过，一些公司网站的更新速度非常慢，而且我们在其官网上只能下载到原始的、没有经过加工的财务报告。上交所和深交所的官网也存在类似问题——只有公司的原始报告和相关公告。

对一般投资人来说，更加便捷的途径是使用网易财经、巨潮资讯网等商业网站。它们有几个优势:（1）不仅提供原始的财务报告，还会把历年的财务数据都摘录出来，便于我们看到企业经营情况的变化趋势。（2）会把财务报表分析常用的指标都计算出来，我们可以直接使用，以便快速了解企业的经营成果和财务状况。（3）针对每家企业，还会提供对标企业的情况，便于我们做同行业的横向比较。

关注合并报表还是母公司报表

当你下载了一家公司的财务报告，打开发现里面竟然包含了两套财务报表，也就是有两张资产负债表、两张利润表、两张现金流量表时，你可能会感到奇怪，这是怎么回事呢？

仔细看这两套报表的标题，你会发现其中一套叫“合并资产负债表”“合并利润表”“合并现金流量表”，另一套叫“母公司资产负债表”“母公司利润表”“母公司现金流量表”。

母公司指的是上市公司本身，所以母公司报表反映的仅是上市公司的财务情况。而上市公司往往会有一些控股子公司，因此，合并报表反映的不仅是上市公司自身的财务情况，还包括其所有控股子公司的财务情况。一般来说，我们应该关心的是上市公司整体范围内的财务情况，所以在阅读财务报表时，应该主要关注合并报表。

审计报告

上市公司的财务报告都是自己编制的，投资者自然会担心企业会对财务数据“动手脚”，担心其瞒报了经营情况。

为了抑制财务造假行为，上市公司被要求聘请会计师事务所作为独立第三方，对财务报表的公允性进行审计，并出具审计报告。这份审计报告相当于一份“质量鉴定书”，审计师需要对财务报表是否已按照适用的会计准则编制，是否在所有重大方面公允地反映了被审计企业的财务状况、经营成果和现金流量发表意见。一般来说，只有年报需要审计，季度报告和半年报无须审计。

因此，财务高手在分析报表之前，会先阅读审计报告（审计报告也会在财务报告中披露）。如果审计师认为企业的财务报告有问题，那么，基于错误的数据做再多分析也是枉然。

财务高手在阅读审计报告时，首先会看审计意见是什么。

审计意见有五种类型，具体如下。

（1）标准的无保留意见：说明审计师认为企业的财务报表已按照适用的会计准则的规定编制，并在所有重大方面公允反映了被审计者的财务状况、经营成果和现金流量。

（2）带强调事项段的无保留意见：说明审计师认为企业的财务报表符合相关会计准则的要求，并在所有重大方面公允反映了被审计者的财务状况、经营成果和现金流量，但是存在需要说明的事项，如对持续经营能力产生重大疑虑及重大不确定事项等。

（3）保留意见：说明审计师认为财务报表整体是公允的，但是存在影响重大的错报。

（4）否定意见：说明审计师认为财务报表整体是不公允的或没有按照适用的会计准则的规定编制。

（5）无法表示意见：说明审计师的审计范围受到了限制，且其可能产生的影响是重大而广泛的，审计师不能获取充分的审计证据。

简单来说，“标准无保留意见”是最好的情况。其他几类意见按问题的严重程度分为：否定意见 > 无法表示意见 > 保留意见 >

带强调事项段的无保留意见。这四种意见传递的都是负面信号，表示财务报表的质量存在不同程度的问题。从风险角度考虑，可以将财务报表的审计意见为这四种情况的企业剔除出分析范围。

不过，会计师事务所出具了“标准无保留意见”就代表企业的财务报表一定没有问题吗？在绿大地、万福生科、安然公司这些企业的财务造假案被曝光前，审计这些企业的会计师事务所都曾经出具了“标准无保留意见”的审计结果。

这些上市公司造假，审计为什么查不出来呢？

一个原因是，会计师事务所是企业外人员，不完全掌握企业情况，管理层可能也对审计师隐瞒了真实情况。但更重要的一个原因其实是制度层面的，因为对上市公司进行审计的会计师事务所并不是证监会委派的，而是上市公司自己聘用的。上市公司给会计师事务所一大笔钱，让对方来查自己的账。在这种情况下想保持审计独立性，显然很难。

所以，财务高手即使看到“标准无保留意见”的审计结果，也不会马上接受。他们会多思考一个问题，那就是出具审计报告的会计师事务所，在多大程度上能保持自身的客观性和中立性。

怎么判断呢？

财务高手会通过四个维度来观察判断会计师事务所的客观性和中立性：事务所自身的声誉、审计任期，与被审计企业之间是否存在其他业务往来，以及是否存在“旋转门”现象（详见下文）。

一般来说，如果一家企业聘请的会计师事务所声誉较好，审计质量相对更高。而声誉往往和会计师事务所的规模成一定的正相关关系。根据中国注册会计师协会发布的《2018 年度业务收入前 100 家会计师事务所信息》，排名前十的会计师事务所如下：

表 5-1　2018 年度业务收入前 100 家会计师事务所信息

序号	会计师事务所名称	2018 年度业务收入			与事务所统一经营的其他专业机构业务收入（万元）	注册会计师数量（人）	从业人员数量（人）	分所数量（家）
		总额（万元）	其中					
			鉴证业务收入（万元）	非鉴证业务收入（万元）				
1	普华永道中天会计师事务所	517,228.23	491,332.10	25,896.13	0.00	1,153	9,460	22
2	德勤华永会计师事务所	446,654.24	331,487.39	115,166.86	0.00	1,013	6,415	13
3	安永华明会计师事务所	389,583.73	367,695.45	21,888.27	0.00	1,167	6,520	17
4	立信会计师事务所	366,794.73	317,356.52	49,438.21	33,432.40	2,108	7,579	31
5	毕马威华振会计师事务所	336,189.57	278,009.24	58,180.34	0.00	799	5,071	12
6	瑞华会计师事务所	287,855.10	260,937.28	26,917.82	103,872.83	2,266	8,986	40
7	天健会计师事务所	221,541.43	210,629.23	10,912.20	80,006.73	1,602	5,139	15
8	致同会计师事务所	183,621.45	138,476.12	45,145.32	91,078.24	1,232	5,957	23
9	大华会计师事务所	170,954.38	151,501.95	19,452.44	77,657.05	1,308	4,340	29
10	天职国际会计师事务所	166,213.53	123,723.21	42,490.32	75,031.94	1,127	4,397	24

资料来源：中国注册会计师协会发布的《2018 年度业务收入前 100 家会计师事务所信息》。

会计学学者们针对审计任期和企业财务造假之间的关系进行了大量研究。发现当审计任期小于一定年限（约 6 年）时，审计任期的增加对审计质量具有正面影响，因为会计师事务所对这家企业的经营情况越来越了解，有问题也更容易及时发现。然而，当审计任期超过一定年限（约 6 年）时，双方合作的时间越长，会计师事务所反而越容易放松监督标准，审计质量会显著下降。①

导致审计失灵的另一个原因是，会计师事务所和被审计客户之间，除了审计业务还有其他业务往来。比如在 20 世纪同样爆出财务丑闻的美国世界通信公司（以下简称“世通”），它的会计师事务所安达信在此前十多年中，既为世通提供审计服务，也向它提供咨询服务。安达信在 2001 年共向世通收取了 1 680 万美元的服务费，其中审计收费只有 440 万美元，其他 1 200 多万美元都是税务咨询等其他服务费。② 当时，世通可以说是安达信最大的客户之一，丢失这样一个客户，后果是不堪设想的。在这种情况下，安达信难免会对世通不规范的会计处理予以“迁就”。所以财务高手知道，当会计师事务所和被审计企业有其他业务往来的时候，审计独立性就更有可能缺位。

还有一些研究发现，当企业雇用会计师事务所的前雇员担任高管时，审计出现问题的可能性更大。③ 这种审计师在会计师事务所和被审计公司之间流动的现象被称为“旋转门”关系。比如

---

① 陈信元，夏立军．审计任期与审计质量：来自中国证券市场的经验证据 [J]. 会计研究，2006(1): 44–53.

② 黄世忠．安达信对世界通信公司审计失败原因剖析 [J]. 中国注册会计师，2003(6): 45–47.

③ Lennox C. Audit Quality and Executive Officers' Affiliations with CPA Firms[J]. Journal of Accounting and Economics, 2005,39(2): 201–231.

2010 年年末，连续审计冠城大通股份有限公司（以下简称“冠城大通”）3 年的一个签字注册会计师就转换身份，从立信中联闽都会计师事务所离开，担任了冠城大通的财务总监。

“旋转门”关系对审计来说是一把双刃剑。一方面，具有事务所工作经验的财务高管更了解审计过程，这有助于其和事务所配合，提高审计质量。另一方面，前雇员和事务所的这种“亲密”关系，可能使事务所在对客户公司进行审计时“过度友好”，导致审计独立性被削弱。

2001 年，澳大利亚 HIH 保险公司爆发了严重的财务危机并最终倒闭。后来发现，公司的两名独立董事都是其聘请的会计师事务所的前任高级合伙人。这两人又同为公司审计委员会成员，其中一人还是审计委员会主席。这给企业与事务所之间的合谋提供了极大的便利。

在 2002 年的安然事件中，安然公司有 100 多位财务人员是安达信会计师事务所的前雇员。安达信前雇员安迪·法斯托（Andy Fastow）还担任了安然公司的财务总监，很多违规操作就是由他直接经手的。

因此，财务高手除了翻阅审计报告本身，还会关注财务报告中披露的企业高管和董事的背景信息，特别是可能存在的“旋转门”关系。

当然，即使会计师事务所保持了审计的独立性，履行了对财务报告的监督义务，由于审计师是企业外部人士，不能完全掌握企业的财务情况，即使审计报告出具了“标准无保留意见”，也只能说明企业的财务报告如实反映其经营情况的可能性较高。投资者还是需要对企业财务报告的质量做出自己的判断。

02 资产负债表

财务报告中有三张核心报表——资产负债表、损益表（利润表）和现金流量表。①

资产负债表是财务报告中披露的第一张报表，是会计年（半年或季度）末那天企业财务情况的一幅静态照片，记录了企业在那一天有多少“家产”，以及置办这些家产的钱是怎么来的。

假设你要生产汽车，就需要先筹钱建厂房和生产线。筹钱有三条渠道：使用自己的积蓄，向银行贷款，或者找外部投资人。银行贷款构成了企业的“负债”，而你自己的积蓄和外部投资人提供的资金构成了“所有者权益”。

有了钱之后，你准备投入生产。生产前需要先盖厂房、建生产线，这部分支出就转化为企业资产，叫固定资产。你还需要买

① 为了讲解三张报表的内容，我将以在第四章中重点分析过的东阿阿胶财务报表为例，为读者展示财务报表的架构。每家企业因其所处的行业不同、经营的业务不同，其财务报表的具体科目不完全一样，本章只选择了比较常见、具有代表性的科目进行介绍，所介绍科目与表中科目不严格对应。

电池、铁皮等原材料，这部分支出就变成资产中的存货。你还需要保留一些现金，这也是企业资产的一部分。所有支出换取的东西都会被记录在资产负债表的“资产”部分。资产揭示的是企业筹集来的钱是怎么花的，都置办了哪些东西。

你有多少资金投入生产，取决于你能筹到多少钱，这就是资产负债表的编制原理：资产 = 负债 + 所有者权益。所以，资产负债表的英文叫“balance sheet”，直译成中文叫“平衡表”。如果一家企业的资产负债表没有实现平衡，资产总额不等于负债和所有者权益总额，那一定是出错了。

表 5-2 是一张典型的资产负债表。每家企业的资产负债表都会按规定的格式编制，里面包含五大部分——“流动资产”、“非流动资产”、“流动负债”、“非流动负债”和“所有者权益”。其中，“流动资产”和“非流动资产”显示的是企业的家底有多厚，也就是资产；“流动负债”、“非流动负债”和“所有者权益”显示的是企业购置这些家底的钱是从哪里来的。我来依次解释一下这五大部分的核心科目。

表 5-2　东阿阿胶 2018 年合并资产负债表　　单位：元

项目	期末余额	期初余额
流动资产：		
货币资金	2,135,939,927.81	1,725,322,019.94
结算备付金		
拆出资金		
以公允价值计量且其变动计入当期损益的金融资产		
衍生金融资产		

（续表）

项目	期末余额	期初余额
应收票据及应收账款	2,406,837,522.62	1,056,558,417.87
其中：应收票据	1,504,559,391.63	551,832,220.20
应收账款	902,278,130.99	504,726,197.67
预付款项	85,295,137.73	166,416,868.57
应收保费		
应收分保账款		
应收分保合同准备金		
其他应收款	53,074,278.98	60,487,713.85
其中：应收利息	1,486,989.99	1,324,138.04
应收股利		
买入返售金融资产		
存货	3,366,887,212.23	3,606,927,462.32
持有待售资产		
一年内到期的非流动资产		
其他流动资产	2,720,086,873.10	3,024,626,208.38
流动资产合计	10,768,120,952.47	9,640,338,690.93
非流动资产：		
发放贷款和垫款		
可供出售金融资产	30,293,148.29	30,521,270.74
持有至到期投资		
长期应收款		
长期股权投资	217,056,709.96	127,208,046.74
投资性房地产	121,004,124.65	20,274,372.38
固定资产	1,734,048,074.38	1,709,647,098.36
在建工程	255,414,155.25	217,359,369.81

（续表）

项目	期末余额	期初余额
生产性生物资产	41,318,604.63	13,517,408.94
油气资产		
无形资产	421,269,682.77	328,835,858.34
开发支出	8,393,093.27	5,499,830.81
商誉	914,991.98	914,991.98
长期待摊费用	34,994,434.42	34,672,393.97
递延所得税资产	144,647,367.48	139,372,762.63
其他非流动资产	92,483,907.80	107,867,876.08
非流动资产合计	3,101,838,294.88	2,735,691,280.78
资产合计	13,869,959,247.35	12,376,029,971.71
流动负债：		
短期借款		
向中央银行借款		
吸收存款及同业存放		
拆入资金		
以公允价值计量且其变动计入当期损益的金融负债		
衍生金融负债		
应付票据及应付账款	476,662,694.36	860,325,716.95
预收款项	464,915,199.91	437,952,112.89
卖出回购金融资产款		
应付手续费及佣金		
应付职工薪酬	119,053,208.53	84,146,148.14
应交税费	770,599,409.71	370,687,552.72
其他应付款	634,689,958.88	688,366,693.71

（续表）

项目	期末余额	期初余额
其中：应付利息		
应付股利	2,000,000.00	
应付分保账款		
保险合同准备金		
代理买卖证券款		
代理承销证券款		
持有待售负债		
一年内到期的非流动负债		
其他流动负债		
流动负债合计	2,465,920,471.39	2,441,478,224.41
非流动负债：		
长期借款		
应付债券		
其中：优先股		
永续债		
长期应付款		
长期应付职工薪酬		
预计负债		
递延收益	75,033,425.39	63,044,563.65
递延所得税负债		
其他非流动负债		
非流动负债合计	75,033,425.39	63,044,563.65
负债合计	2,540,953,896.78	2,504,522,788.06
所有者权益：		
股本	654,021,537.00	654,021,537.00

（续表）

项目	期末余额	期初余额
其他权益工具		
其中：优先股		
永续债		
资本公积	690,580,879.91	690,676,851.19
减：库存股		
其他综合收益	17,354,805.79	55,747,045.38
专项储备		
盈余公积	466,156,871.34	466,156,871.34
一般风险准备		
未分配利润	9,473,944,881.90	7,977,698,212.51
归属于母公司所有者权益合计	11,302,058,975.94	9,844,300,517.42
少数股东权益	26,946,374.63	27,206,666.23
所有者权益合计	11,329,005,350.57	9,871,507,183.65
负债和所有者权益总计	13,869,959,247.35	12,376,029,971.71

资料来源：东阿阿胶 2018 年年度财务报告。

流动资产

“资产”是企业过去的交易或者事项形成的、由企业拥有或者控制的、预期会给企业带来经济利益的资源。简单来说，就是企业拥有的，并且未来能给企业带来利益的东西。资产可以被分为“流动资产”和“非流动资产”两大类。

“流动资产”是指那些一年或者超过一年的一个营业周期之内可以变现，转化为货币资金的资产。简单来说，就是很快能变成现金的资产。在所有资产中，变现能力最强的流动资产是货币资金，包括企业持有的库存现金、放在银行的存款等。每家企业都需要一定的现金储备，因为现金是最可靠的资金来源。

大部分企业在销售商品或者提供服务时都不用现金交易，而是赊销，也就是先发货或者提供服务，客户过段时间才打款。比如，东阿阿胶会先把一些货压给渠道商，并允许渠道商之后再付款。这些欠款就成了东阿阿胶的“应收账款”。“应收票据”和“应收账款”的概念类似，是指企业因销售商品、提供劳务等收到的商业汇票。这两类资产科目代表的都是客户的欠款。一般预期，大部分应收账款可以在一年之内以现金形式回收。所以，应收账款和应收票据也被认为是流动资产。

在经营过程中，有时企业没有收到货物或者劳务就会先打钱给供应商，这笔提前支付的钱就形成了流动资产中的“预付款项”。

还有一类应收款，叫作“其他应收款”，是指企业除了应收票据、应收账款、预付账款的其他各种应收、暂付款项，比如备用金、代垫款、关联方往来款等。东阿阿胶财务报告中披露，截至 2018 年年底，东阿阿胶分别给山东东阿阿胶（埃塞俄比亚）有限公司和前锦网络信息技术（上海）有限公司提供了约 1 194 万元和 387 万元的代垫款，账龄预计在一年以内，也就是一年内可以收回这些钱。因此，“其他应收款”也是流动资产的一部分。

作为一家生产型企业，生产过程中会囤积原材料，还会有尚未完工的半成品、已经完成生产但是仍在库房尚未销售的产成品等。这些构成了企业流动资产中的“存货”。

▶▶ 非流动资产

“非流动资产”指的是企业准备长期持有，不能在一年或者超过一年的一个营业周期内变现的资产。

生产型企业通常会大量投资用于生产的房屋及建筑物、机器设备、运输车辆等，这些固定资产是非流动资产中的一个重要部分。此外，企业还会有一些正在建设中、尚未完成投入使用的项目。东阿阿胶2018年年报披露，它的在建项目包括养驴场、科技产业园、毛驴交易中心工程项目等。这些项目被包括在“在建工程”中。

企业在购买一些高端生产设备时，有时会一次性缴纳多年的质保费用，这些支出需要在后面几年随着设备的消耗而体现。这些企业已经支出，但摊销期限在一年以上的各项费用，就属于“长期待摊费用”。装修费、预付的土地及车位租赁款等，也属于“长期待摊费用”。

由于东阿阿胶生产用的主要原材料是驴皮，所以它有一类比较特殊的资产，叫“生产性生物资产”。生产性生物资产是指为产出农产品、提供劳务或出租等目的而持有的生物资产，简单来说就是东阿阿胶为了生产驴皮而养殖的驴。

除了厂房、设备、驴等看得见、摸得着的资产，公司还会有专利权、商标权等对未来发展至关重要的，但没有实物形态的资产。这些资产被称为“无形资产”。

企业除了主要的经营活动，还会有一些投资活动，并因此产生收益。比如，企业可能投资其他相关企业，取得被投资企业的股份，这些活动反映在“长期股权投资”中。东阿阿胶的年报显示，2018年，东阿阿胶的长期股权投资就包括东阿县澳东生物科技有限公司、华润昂德生物药业有限公司等多家合（联）营企业。

企业还可能有一些闲置资源，比如闲置办公楼。如果企业将其出租，收取租金，这就属于“投资性房地产”。企业还会有一些债券或者证券类的长期投资，这些构成了非流动资产中的“可供出售金融资产”。

流动负债

“负债”是指企业过去的交易或者事项形成的、预期会导致经济利益流出企业的现时义务[①]。简单来说，就是企业欠了别人的钱，将来必须要还。

根据债务偿还时间，企业的负债可以分为流动负债和非流动负债。流动负债，指的是企业将在一年内偿还的债务。

企业在经营中经常需要资金进行短期周转，会向银行或其他金融机构借钱。这些贷款因为是临时周转需要，预期在一年内就能够还清。这些短期债务就是流动负债中的“短期借款”。

在生产过程中，企业会通过赊购的方式购买原材料，也就是先提货，后给供应商钱。这笔欠款通常会在一年内支付，因此应被计入“应付账款”。“应付票据”是指企业为购买材料、商品或接受劳务供应等而开出、承兑的商业汇票，包括商业承兑汇票和银行承兑汇票。“应付债款”和“应付票据”都是企业欠供应商的短期债务。

① 现时义务是指企业在现行条件下已承担的义务。——编者注

在销售过程中，企业有时候会提前收取客户的钱，但是产品和服务还没提供，比如前文提到的期房购买，这类负债就成为流动负债中的“预收款项”。

经营中尚未支付的员工薪酬和税费也是企业的一种短期债务，分别被计入“应付职工薪酬”和“应交税费”这两个会计科目。

非流动负债

非流动负债又称长期负债，是指偿还期在一年以上的债务。非流动负债的主要项目包括“长期借款”和“应付债券”。

企业在项目投资中，最主要的资金来源之一就是长期借款。一个投资项目若需要大量资金，光靠自有资金往往不够，还需要向银行或者其他金融机构贷款。这些长周期的贷款就会被列示在“长期借款”中。

除了向银行贷款，还有一种常见的债务融资方式是发行债券。其中，属于非流动负债的债券类型为“应付债券”。“应付债券”是指企业为筹集资金而对外发行的期限在一年以上的长期借款性质的债券。这种债券通常具有期限长、数额大、到期无条件支付本息的特点。

所有者权益

资产负债表中最后一个大项是“所有者权益”，又称“股东权益”。由于企业在破产清算时有优先顺序，债权人比股东的优先级更高，企业的资产在偿还完所有债务之后，留给股东的那部分剩余权益就叫“所有者权益”。

所有者权益有三部分核心内容：“股本”、“资本公积”和“未分配利润”。

“股本”指的是股东投入的资本。

“资本公积”是指企业收到投资者的超出其在企业注册资本（或股本）中所占份额的投资，以及直接计入所有者权益的利得和损失等。

企业赚到钱之后，往往不会将钱都以分红形式还给股东，而是会将大部分钱留在企业内部用于未来再发展，这部分留下的钱就是“未分配利润”。

03 损益表

财务报告中披露的第二张报表是损益表，又叫利润表。

损益表遵循的编制原理很简单：收入 – 成本 = 利润。损益表揭示的核心信息是：企业在这段时间内赚了多少钱。

表 5–3 是一张典型的损益表。我们可以看到，损益表分为上中下三部分：上面部分是收入，中间部分是成本，收入减去成本之后，就是下面部分的利润。接下来，我会结合表 5-3 来具体解释一下损益表中的主要科目。

表 5–3 东阿阿胶 2018 年损益表

单位：元

项目	本期发生额	上期发生额
一、营业总收入	**4,537,642,656.24**	**3,467,748,233.68**
其中：营业收入	4,537,642,656.24	3,467,748,233.68
利息收入		

（续表）

项目	本期发生额	上期发生额
已赚保费		
手续费及佣金收入		
二、营业总成本	**3,395,838,813.64**	**2,601,321,150.27**
其中：营业成本	1,486,913,583.17	1,354,140,999.04
利息支出		
手续费及佣金支出		
退保金		
赔付支出净额		
提取保险合同准备金净额		
保单红利支出		
分保费用		
税金及附加	68,622,862.51	48,623,295.26
销售费用	1,061,774,888.93	638,057,460.18
管理费用	613,074,915.88	476,543,109.63
财务费用	107,219,508.24	57,420,425.32
资产减值损失	58,233,054.91	26,535,860.84
加：公允价值变动收益（损失以“–”号填列）		
投资收益（损失以“–”号填列）	–8,029,003.96	–2,212,300.07
其中：对联营企业和合营企业的投资收益	12,525,910.81	–1,028,648.77
汇兑收益（损失以“–”号填列）		
资产处置收益（损失以“–”号填列）	3,874,918.44	2,868,001.04

（续表）

项目	本期发生额	上期发生额
其他收益	18,059,422.93	
三、营业利润（亏损以“-”号填列）	**1,155,709,180.01**	**867,082,784.38**
加：营业外收入	44,365,763.41	27,048,773.44
减：营业外支出	4,607,100.43	3,168,962.43
四、利润总额（亏损总额以“-”号填列）	**1,195,467,842.99**	**890,962,595.39**
减：所得税费用	201,787,920.69	144,254,555.02
五、净利润（净亏损以“-”号填列）	**993,679,922.30**	**746,708,040.37**
（一）持续经营净利润（净亏损以“-”号填列）	993,679,922.30	746,708,040.37
（二）终止经营净利润（净亏损以“-”号填列）		
归属于母公司所有者的净利润	899,085,330.05	679,255,737.63
少数股东损害	94,594,592.25	67,452,302.74
六、其他综合收益的税后净额	**179,146,054.77**	**85,542,977.76**
归属母公司所有者的其他综合收益的税后净额	170,784,390.12	84,857,983.54
（一）以后不能重分类进损益的其他综合收益		
1. 重新计量设定受益计划净负债或净资产的变动		
2. 权益法下在被投资单位不能重分类进损益的其他综合收益中享有的份额		
（二）以后将重分类进损益的其他综合收益	170,784,390.12	84,857,983.54

（续表）

项目	本期发生额	上期发生额
1. 权益法下在被投资单位以后将重分类进损益的其他综合收益中享有的份额		
2. 可供出售金融资产公允价值变动损益	161,656,043.77	84,150,000.00
3. 持有至到期投资重分类为可供出售金融资产损益		
4. 现金流量套期损益的有效部分		
5. 外币财务报表折算差额	9,128,346.35	707,983.54
6. 其他		
归属于少数股东的其他综合收益的税后净额	8,361,644.65	684,994.22
七、综合收益总额	**1,172,825,977.07**	**832,251,018.13**
归属于母公司所有者的综合收益总额	1,069,869,720.17	764,113,721.17
归属于少数股东的综合收益总额	102,956,256.90	68,137,296.96
八、每股收益：		
（一）基本每股收益	0.5053	0.3913
（二）稀释每股收益	0.5053	0.3913

资料来源：东阿阿胶 2018 年年度财务报告。

营业收入

损益表的第一大项是“营业收入”。营业收入是企业从事主营业务（销售产品、提供服务等）取得的收入，更是企业获得利润和利润增长的核心动能。营业收入能揭示很多重要信息，包括企业的规模和行业地位。我们可以把同行业所有企业的营业收入从高到低进行排序，就能看出一家企业在行业内的相对规模和地位了。排名靠前的企业通常是行业中的龙头企业。

将行业内所有企业的营业收入放在一起比较，还能看出一个行业是垄断行业还是充分竞争的行业。衡量行业竞争程度的一项常用指标是赫芬达尔指数，即一个行业中前几大企业各自收入占行业总收入比例的平方和。赫芬达尔指数越大，就说明这个行业的集中度越高，也就是说，几家龙头企业占据了绝大部分的市场份额。

营业成本和营业毛利

“营业成本”是指企业销售产品或者提供服务的直接成本，包括直接材料及能源等。营业收入减去营业成本，就是财务报表分析中常用的一个概念——“营业毛利”。

我们为什么关心“营业毛利”？因为毛利越高，就代表企业的利润空间越大，企业就可以有更多的钱投入研发和市场营销等活动。

除了“营业毛利”这项指标本身，毛利占营业收入的百分比，即“毛利率”，也很重要。我们常说一个行业是“暴利行业”，指的就是这个行业中企业的毛利率高。

我根据万得数据库统计出，按照证监会的行业分类标准，在2018 年 A 股上市公司中，毛利率最高的三个行业分别是住宿业（72.59%），酒、饮料和精制茶制造业（67.22%），以及餐饮业（53.95%）。[①]

① 该统计没有包括银行业，因为银行的财务报表和其他企业之间存在较大差异。

其他费用

营业毛利并不是企业的最终利润，因为营业毛利仅考虑了直接材料等支出。企业实际经营还涉及其他几类主要费用——“销售费用”“管理费用”“财务费用”“研发费用”。

所以，一家企业最终是盈利还是亏损，一方面是由其营业毛利决定的——营业毛利越高，企业越不容易亏损；另一方面则是由各类经营费用决定的。如果企业能很好地控制运营费用，即使营业毛利低，最后也可能盈利。这就好比过日子，你的工资越高，到月底就越容易有结余；如果你本身挣钱不多，只要能勒紧裤腰带过日子，到月底也能存下点儿钱。

如果企业想通过节约成本提升利润，应该从哪里入手呢？这就是运营费用结构揭示的核心信息。我们可以对东阿阿胶2018年的费用结构做一个分析。如表5–4所示，东阿阿胶的运营费用可以分为四项——销售费用、管理费用、财务费用和研发费用。其中，“销售费用”是指企业在销售商品和材料、提供劳务的过程中发生的各种费用，它在运营费用中占比最高，达到74.16%。“管理费用”是指企业行政管理部门为组织和管理生产经营活动而发生的各种费用，它占运营费用的15.14%。“财务费用”是指企业为筹集生产经营所需资金等而发生的费用，包括利息支出（减利息收入）、汇兑损失等，它在运营费用中所占比例很低。这一点和前文做过的财务分析配比——东阿阿胶主要依靠自有资金发展，很少有外部贷款，因此财务费用很低。“研发费用”是指研究与开发某项目所支付的费用，它占运营费用的10.05%。

表 5-4　东阿阿胶 2018 年运营费用构成

费用科目	金额（元）	占费用的百分比（%）
销售费用	1,776,075,144.25	74.16
管理费用	362,514,423.06	15.14
财务费用	15,663,684.47	0.65
研发费用	240,803,070.08	10.05

资料来源：东阿阿胶 2018 年年度财务报告。

净利润

一家企业除了主营业务产生的收益或者亏损，还会由于其他业务产生一定的收益或者亏损，比如获得投资收益（包括长期股权投资收益、理财产品利息收益等）、汇兑收益等，这些是相对不经常发生的业务。还有一些营业外收入与成本，即与生产经营过程无直接关系的收入与成本，比如技术服务收入、赔偿金等。“营业外支出”则包括公益性捐赠支出、报废损失、罚款支出等。

将主营业务的利润和其他利润加总后，就可以计算出企业的利润总额。利润总额减去所得税费用，就是净利润。

净利润通常被称为损益表的“底线”，这是从英文“bottom line”直译而来的。净利润是综合衡量企业盈利情况的核心指标，也是投资人和证券分析师最关注的利润指标。

04 现金流量表

财务报表的第三张表是现金流量表。财务人员都知道现金的重要性，因此会为现金单独编制一张报表。

现金流量表反映的是企业在一定时期内，现金的增减变动情形。企业有三类活动会影响现金的流入和流出，分别是经营活动、投资活动、筹资活动。

还是以前文提到的汽车生产为例。生产汽车需要先筹钱。筹到的钱不仅增加了资产负债表中的“负债”和“所有者权益”两个科目，同时，这些“真金白银”的流入会增加企业的筹资活动现金流。未来，当企业偿还银行贷款或者进行现金分红的时候，这些财务行为又会减少筹资活动的现金流。

筹到钱后就能开始生产汽车了吗？不行，还需要投资建厂房和生产线，购买机器设备。由于这些属于投资行为，相关现金支出会减少投资活动现金流。未来，当部分机器设备不再被需要，可以在市场上卖出时，相关收益又会增加企业的投资活动现金流。随着规模变大，企业会投资其他项目或者企业，相应的投资支出和收益也会被记录在投资活动现金流中。

在生产过程中还需要买电池、铁皮等原材料，并支付流水线上工人的工资。这些都属于经营活动，因此相关现金支出会减少经营活动现金流。当汽车被卖出，企业收到现金收入时，经营活动现金流又会相应增加。

我将结合表 5-5，对现金流量表中的重点科目进行说明。

表 5-5 东阿阿胶 2018 年现金流量表 单位：元

项目	本期发生额	上期发生额
一、经营活动产生的现金流量：		
销售商品、提供劳务收到的现金	6,909,920,000.46	7,627,283,206.64
客户存款和同业存放款项净增加额		
向中央银行借款净增加额		
向其他金融机构拆入资金净增加额		
收到原保险合同保费取得的现金		
收到再保险业务现金净额		
保户储金及投资款净增加额		
处置以公允价值计量且其变动计入当期损益的金融资产净增加额		
收取利息、手续费及佣金的现金		
拆入资金净增加额		
回购业务资金净增加额		
收到的税费返还	474,555.16	202,063.57
收到其他与经营活动有关的现金	261,995,848.72	200,563,063.50
经营活动现金流入小计	7,172,390,404.34	7,828,048,333.71

（续表）

项目	本期发生额	上期发生额
购买商品、接受劳务支付的现金	2,734,735,046.89	2,726,090,956.40
客户贷款及垫款净增加额		
存放中央银行和同业款项净增加额		
支付原保险合同赔付款项的现金		
支付利息、手续费及佣金的现金		
支付保单红利的现金		
支付给职工以及为职工支付的现金	582,215,870.65	508,098,195.48
支付的各项税费	996,490,796.96	930,146,397.76
支付其他与经营活动有关的现金	1,849,899,636.77	1,906,323,573.48
经营活动现金流出小计	6,163,341,351.27	6,070,659,123.12
经营活动产生的现金流量净额	1,009,049,053.07	1,757,389,210.59
二、投资活动产生的现金流量：		
收回投资收到的现金	4,037,274,957.60	3,095,944,800.53
取得投资收益收到的现金	102,496,575.64	91,166,244.91
处置固定资产、无形资产和其他长期资产收回的现金净额	847,473.36	1,786,836.73
处置子公司及其他营业单位收到的现金净额		
收到其他与投资活动有关的现金	7,351,169.33	13,862,432.15
投资活动现金流入小计	4,147,970,175.93	3,202,760,314.32
购建固定资产、无形资产和其他长期资产支付的现金	249,325,798.82	313,936,577.78
投资支付的现金	3,817,030,000.00	3,722,804,937.33
质押贷款净增加额		
取得子公司及其他营业单位支付的现金净额		

（续表）

项目	本期发生额	上期发生额
支付其他与投资活动有关的现金	17,501,463.37	
投资活动现金流出小计	4,083,857,262.19	4,036,741,515.11
投资活动产生的现金流量净额	64,112,913.74	−833,981,200.79
三、筹资活动产生的现金流量		
吸收投资收到的现金		600,000.00
其中：子公司吸收少数股东投资收到的现金		
取得借款收到的现金	4,400,000.00	
发行债券收到的现金		
收到其他与筹资活动有关的现金		
筹资活动现金流入小计	4,400,000.00	600,000.00
偿还债务支付的现金	46,100,000.00	
分配股利、利润或偿付利息支付的现金	620,847,132.40	613,427,032.57
其中：子公司支付给少数股东的股利、利润		
支付其他与筹资活动有关的现金		
筹资活动现金流出小计	666,947,132.40	613,427,032.57
筹资活动产生的现金流量净额	−662,547,132.40	−612,827,032.57
四、汇率变动对现金及现金等价物的影响	**2,920.50**	**65,482.59**
五、现金及现金等价物净增加额	**410,617,754.91**	**310,646,459.82**
加：期初现金及现金等价物余额	1,725,271,788.66	1,414,625,328.84
六、期末现金及现金等价物余额	**2,135,889,543.57**	**1,725,271,788.66**

资料来源：东阿阿胶 2018 年年度财务报告。

经营活动产生的现金流量

“经营活动产生的现金流量”是指企业主营业务产生的现金流。流入的现金主要是因销售商品或者提供劳务收入的现金，流出的现金主要是因购买商品或者接受劳务支付的现金以及支付的人力资源费用、税费等。可以看出，东阿阿胶的现金流入主要是由销售商品或者提供劳务获得的。扣除现金流出之后，东阿阿胶2018年的经营活动现金流净额约为10.09亿元。

投资活动产生的现金流量

企业除了日常经营需要资金，还会进行各类投资。企业对长期资产的购置，以及对外投资活动的现金流入和流出，都被归在“投资活动产生的现金流量”中，具体包括：收回投资、取得投资收益、处置长期资产等活动收到的现金；购建固定资产、无形资产等长期资产和对外投资等活动所支付的现金等。2018年，东阿阿胶获得的投资活动现金流入要高于投资活动现金流出。

筹资活动产生的现金流量

除了依靠经营生产，自己创造现金流，企业往往还需要依靠外部融资获得资金。企业接受投资和借入资金导致的现金流入和流出，就包含在“筹资活动产生的现金流量”中，具体包括：吸收投资、取得借款、发行债券等活动收到的现金；偿还债务、偿付利息、分配股利等活动支付的现金等。2018 年东阿阿胶的筹资活动非常少，仅有 440 万元，而其偿还债务、现金分红金额很高，因此，其筹资活动产生的现金流量的净额为负。

结　语

我写这本书的初衷，是和你分享当下最前沿的财务思维。但事实上，商业社会每经历一次“大爆炸”式的变化，就会产生新的财务问题，财务思维和实践也会因此面临新的迭代和升级。

这几年，我参加了不少学术界和企业界的研讨会，明显的感受是，大家很焦虑，因为信息技术的发展，以及外部环境和商业模式的创新，从来没有像今天这样迅速过。但同时，大家也很兴奋，因为这些变化将会带来财务领域新的变革与机遇。

未来财务报表还有用吗

这几年会计学学界探讨最多的一个问题是，我们现在看到的财务报表，未来还有用吗？

美国的两位会计学教授巴鲁克·列夫和谷丰在2018年出了一本书——《会计的没落与复兴》。[①] 他们做了一系列数据分析，最后得出

① 巴鲁克·列夫，谷丰．会计的没落与复兴[M]．方军雄，译．北京：北京大学出版社，2018.

的结论是，传统会计制度将面临重大挑战，必须自我革新。为什么呢？

因为我们现在使用的会计制度是工业革命后逐步形成的。对制造业企业来说，最有价值的资产是看得见、摸得着的有形资产。有形资产的价值一般比较好确定，所以企业实际拥有的资源和财务报表中列示的资产是比较接近的。而无形资产在工业时代发挥的价值有限，因此很少受到关注。在埃尔登·亨德里克森于20世纪60年代撰写的近600页的《会计理论》这本书中，有关无形资产的篇幅只有20页。①

如今，我们已经步入知识和技术时代，企业越来越重视无形资产的投资。图6–1是巴鲁克·列夫和谷丰两位教授的研究成果。

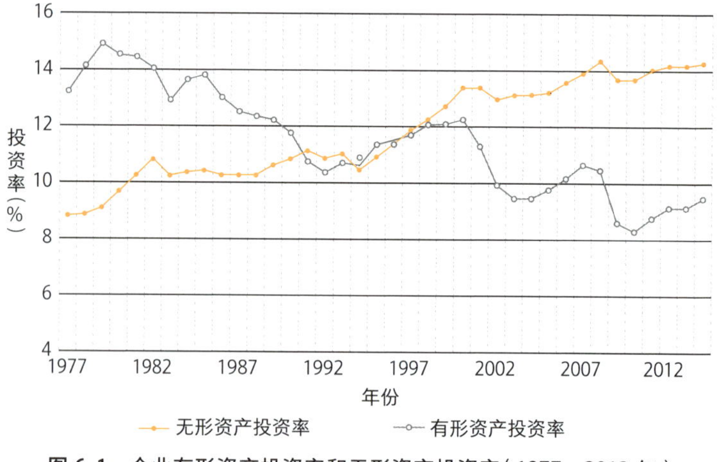

图6–1　企业有形资产投资率和无形资产投资率（1977—2013年）

资料来源：巴鲁克·列夫，谷丰．会计的没落与复兴[M]．方军雄，译．北京：北京大学出版社，2018:82.

① 埃尔登·亨德里克森．会计理论[M]．王澹如，陈金池，编译．施仁夫，陈乃宽，审校．上海：立信会计出版社，2013.

我们从中可以发现，1977—2013年，企业在无形资产上的投资率逐年上升，而有形资产的投资率却呈现下降趋势，并在1997年之后开始显著低于无形资产的投资率。

除了品牌、专利、技术这些传统的无形资产，近几年越发受到关注的另一种无形资产，是企业的“朋友圈”，或者叫企业的“生态网络”。

新经济时代，企业早已过了单打独斗闯天下的阶段，聪明的企业都懂得生态决定成败的道理，而我们的日常生活也和生态网络中的众多企业息息相关。

比如，现代人的生活可能是这样的：早上醒来打开手机，习惯性地刷一遍微信，用美团外卖订一份早餐外卖，然后用滴滴打车约一辆车去上班。

从表面上看，这一系列活动好像没什么联系，但实际上，其所涉及的这几家企业背后有一个共同的投资人和合作伙伴，那就是腾讯。2016年，马化腾在《给合作伙伴的一封信》中曾经抛出“半条命”的说法，他说：“近几年，腾讯专注做连接，聚焦社交平台、数字内容及金融等‘两个半’业务，其他垂直领域都与伙伴合作。对于合作，我们拿出‘半条命’，坚持去中心化，协助大家成长为自主的平台和生态。我们很清楚，孤木难成林。只有赋予开放分享的基因，生态才可能长成一片森林。”

苹果公司也是打造生态网络的高手。它只专注于核心业务，通过和外部合作完成其他业务，比如，把iPhonc的生产外包给富士康。这样做不仅能让苹果公司把需要承担的重资产投入转嫁出去，还可以通过剥离低利润的业务环节，实现更高的收益率。

“生态网络”这种新兴的无形资产，对企业的经营和业绩有实际影响吗？

研究发现，企业的“朋友圈”非常有价值，它对企业的经营活动至关重要。越是处在“朋友圈”中心位置的企业，控制优势和信息优势就越明显，企业的经营效率和投资效率也越高，其未来的业绩也比处在“朋友圈”边缘位置的企业更好。①

这一结论不仅适用于普通企业，也适用于金融机构。耶鲁·霍赫贝格等几位教授曾经对美国的私募股权基金进行研究，发现处在“朋友圈”中心位置的私募股权机构能够接触和投资更多优质的创业企业，基金回报率也更高。②

“朋友圈”的价值虽大，然而由于其无法被精准量化，不符合会计准则对“资产”的定义，目前无法在财务报表中看到。

再比如，前文讲过，大数据时代，企业积累的用户数据蕴藏着巨大的商业价值，企业在经营决策中也越来越重视对大数据的利用。所有的互联网巨头企业，比如亚马逊、阿里巴巴、腾讯、脸书等，都因其拥有大量的注册用户和运营信息，成为天然的大数据公司。这些企业可以从每个用户搜索的关键词、浏览的商品、购买记录中获得信息。在对这些数据进行多维度分析之后，企业可以建立立体的“用户画像”，以便更加精准地预测客户需求并进行产品推荐。然而，这么有价值的数据资产，目前也还没有被列示在财务报表中。

不过，无论会计准则怎么认定这些无形资产，不可否认的是，

---

① 陈运森．社会网络与企业效率：基于结构洞位置的证据 [J]. 会计研究，2015(1): 48–55.

② Hochberg Y, Ljungqvist A, Lu Y. Whom You Know Matters: Venture Capital Networks and Investment Performance[J]. The Journal of Finance, 2007,62(1): 251–301.

投资者确实越来越看重无形资产的价值和其对企业未来的影响了。

巴鲁克·列夫和谷丰的研究也证明了这一点，图 6-2 是他们的研究结果。他们发现，在 1993—2013 年这 20 年中，传统财务报告提供的信息占投资者在做决策时使用信息的 5%~10%。这个比例一直没有很大的变化，这说明财务报告仍然是投资决策的基础。然而，财务报告之外的信息和证券分析师的预测，在投资决策中却变得越来越重要了。

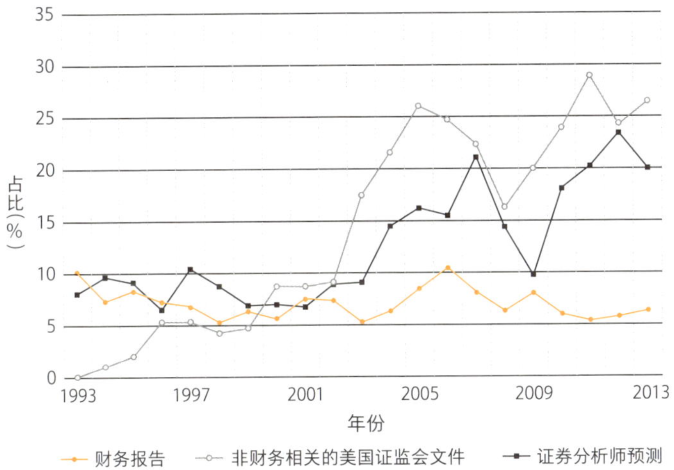

图 6-2 投资者在决策中使用的信息（1993—2013 年）

资料来源：巴鲁克·列夫，谷丰．会计的没落与复兴 [M]. 方军雄，译．北京：北京大学出版社，2018: 46.

财务报告改革方向

为适应新经济时代的需要，作为会计信息的重要载体，财务报告的变革也成为必然。然而，任何变革都不是一蹴而就的，财务报告始终在环境变化的需求和会计准则的原则之间努力平衡并改进着。

近几年，一些国家已经开始允许企业在按照传统会计准则披露财务指标之外，在财务报告中同时提供“另类业绩指标”了。[①]以美国为例，企业除了提供按照通用会计准则（generally accepted accounting principles，简称 GAAP）编制的财务报表，还可以依据自身情况在 GAAP 的基础上自行调整，报告非 GAAP 指标。有研究发现，美国标准普尔 500 的公司[②]中披露另类业绩指标的公司占比，从 1996 年的 59% 增长到 2016 年的 96%。[③]京东的财务报告显示，2017 年第二季度，基于 GAAP 准则，京东报告了 2.87 亿元亏损，而同时报告的非 GAAP 利润却达到 9.77 亿元。两者的差异主要是由于京东在计算非 GAAP 利润时，没有剔除 7.47 亿元的股权激励，以及业务收购带来的 4.43 亿元无形资产摊销等成本。很多公司纷纷提供非 GAAP 指标，是因为它们认为非 GAAP 指标能够更准确地反映企业真实的经营状况和稳定的获利能力。

考虑到企业披露的另类业绩信息越来越多，其在企业价值评估和投资决策中的作用越来越大，但普遍存在报喜不报忧、可比

① 贾建军，张为国，王春红．另类业绩指标披露及其规则的发展和我们的对策——基于京东和苹果案例的研究 [J]. 会计研究，2019(5): 20–26.

② 标准普尔 500 指数是记录美国 500 家上市公司的一个股票指数。这个股票指数由标准普尔公司创建并维护。——编者注

③ Mckeon J. Long-Term Trends in Non-GAAP Disclosure：A Three-Year Overview[DB]. Audit Analytics (2018). https://blog.auditanalytics.com/long-term-trends-in-non-gaap-disclosures-a-three-year-overview/.

性差等现象，因此，相关机构加紧制定规则，以加强对企业另类业绩信息披露的监管。如美国和欧盟证券监管机构一再制定和修订规则，以使另类业绩指标的披露更规范、更有价值。近几年，制定国际财务报告准则的最高机构——国际会计准则理事会也在推进“改进财务报告沟通”这一项目。其中最引人关注的，就是初步决定在符合一定条件的情况下，允许企业将一些“另类业绩指标”纳入三张财务报表。比如，在损益表中增加“扣除所得税和利息前利润”、“营业利润和来自一体化联营及合营企业的利润”和“管理层业绩指标”等。

国际会计准则理事会思考得更多的是如何在现行的财务报告框架内进行改革，为投资者提供更多决策相关信息。还有一些学者和机构提出了另外的思路，探索在现行财务报表外提供信息的途径和方式。

比如前文提过，德勤提倡企业未来除了披露三张传统的财务报表，还应该增加第四张表——“数字资产表”，以反映数据资源对企业未来收益创造的价值。

另一家机构国际综合报告理事会则提出“整合报告框架”的概念，将企业传统的财务信息与非财务信息结合，以反映企业是如何创造价值的。其中，非财务信息可涉及环境、社会和公司治理等方面。

一些会计教授则提出，既然把无形资产放入现有的报表中比较困难，那么未来除了传统的财务报表，可以再披露 份报告“战略资源和结果报告”。这份报告主要用来披露与无形资产相关的内容。

无论这些与企业价值相关的财务、非财务信息，未来将以哪种具体形式被传递给投资者和其他信息使用者，在信息化和网络化的时代，满足他们对信息多维度和及时性的需求都将是未来财务改革的方向。

我曾经和国际会计准则理事会前理事张为国教授探讨过这个问题。他认为，随着大数据时代的到来和技术的发展，未来，表内和表外信息、财务和非财务信息、内部和外部信息等的界限将会变得越发模糊和无足轻重。财务报告需要做到的就是充分披露，及时提供多维度且颗粒度足够细的信息，让财务信息使用者可以自主选择如何使用和判断这些信息。

信息技术和人工智能的影响

财务报告制度一直在改进，未来也许不会消失，但是财务人员会不会消失呢？这是令财务专家焦虑的另一个问题。

BBC（英国广播公司）分析了 365 种职业在未来被淘汰的概率，从高到低排名第三的就是会计。在传统的会计领域中，会计核算工作从原始凭证到财务报表都是由人工完成的，但现在财务中的大部分简单重复的工作都可以借助财务系统和软件来完成了，这极大地提高了会计工作效率，同时也减少了人工成本。

企业利用财务系统实现全流程智能化管理，还有利于减少信息失真和决策失误。我和我的两位合作者阿伦·拉伊教授、徐心教授在一项研究中发现，企业使用了财务系统之后，无论是其财务信息的不确定性，还是其经营业绩的波动性，均会显著下降。另外，基于财务系统汇总和披露的信息，更有助于投资者在资本市场上对企业进行精准的估值。①

近几年，人工智能技术的迅猛发展让科技和财务之间的结合变得更加紧密。2016 年 3 月，德勤宣布将人工智能引入会计工作中。随后，毕马威华振会计师事务所与 IBM 合作，将使用沃森认知计算技术开展会计、审计工作。同年 5 月，普华永道推出机器人自动化解决方案。财务机器人具备多项亮点功能，比如，它可以替代财务工作中高重复的手工流程——录入信息、合并汇总数据；可以 24 小时不间断地工作；此外，部分审计工作可以实现“全查”而非抽查；等等。

尽管人工智能已逐步被应用于会计工作中，但类似审核、判断、决策的管理工作，人工智能还是无法取代人工。与其说人工智能的发展将导致财务人员失业，不如说人工智能将重新定义财务人员的工作内容和能力素质要求。未来财务人员需要掌握的，不再是记账、录入财务信息这些基本技能，而是如何在战略层面使用这些信息，有效进行风险控制、做出财务决策等。未来，财务会融入每个人的工作中，因为大数据和信息系统的发展让这成为可能。而财务思维，更将成为人人都需要具备的一种基础能力。

① Jia N, Rai A, Xu SX. Reducing Capital Market Anomaly: The Role of Information Technology Using an Information Uncertainty Lens[J]. Management Science, 2020,66(2): 979–1004.

致 谢

本书的出版得益于很多人的帮助和支持。我在这些年的工作中遇到了财务领域和商界的许多前辈和志同道合的朋友，感谢乔治·福斯特、汪建熙、F. 沃伦·麦克法兰、何迪、黄世忠、张为国、顾朝阳，以及我在清华大学经管学院的各位同事，还有财政部“全国会计领军人才”项目学术四期的各位老师和同学，特别是毛新述、张俊生、孙健和袁蓉丽教授对这本书的鼎力支持。书中也分享了我的一些重要研究成果。这些基于多家企业数据和严谨分析方法的学术研究让我能够对财务中的重要问题“透过现象看本质”，因此也感谢我的合作者们：徐心、阿伦·拉伊、程强、陈霞、田轩、唐雪松、王丹。

本书的基础是我在得到 App 开设的线上课程《贾宁·财务思维课》。为了把财务学科的“高光时刻”用最通俗易懂的方式呈现给更多用户，这门课程经历了烧脑和反复打磨的过程。感谢得到团队的罗振宇、脱不花、筱颖、小七，以及总编室各位老师的支持，也感谢所有关注这门课的用户！所谓“教学相长”，你们的终身学习精神和认真的留言反馈，让这门课程变得更加精彩。同时也感谢得到图书组、中信出版社漫游者团队的李穆和罗洁馨，以及我的研究团队成员马啸腾和李宝林，他们和我一起将这门音频课的内容进行了提炼，并增加了更加丰富的内容以打造这本书。

最后，感谢一直支持和鼓励我的家人，特别是我的先生和两个可爱的女儿，让我有机会能够同时体验职场工作的成就感和家庭生活的幸福感。这个时代赋予了女性更多的机会，但同时也要求女性提升自己的格局，并懂得如何取舍，始终忠于自己的初心。仅以此书，与所有独立自信、为梦想而努力的女性共勉！